TOD IM CHIEMGAU

Mathias Lehmann wurde 1968 in Berlin geboren und wuchs in Lübben im Spreewald auf. Nach Ausbildung, Abitur und Studium lebt er heute als selbstständiger Tragwerksplaner mit Familie, Hund und Katze in einem Vorort von Magdeburg. Bücher waren schon als Kind sein liebstes Hobby, das Schreiben spannender Geschichten ist inzwischen seine Leidenschaft. Als Liebhaber der Berge verbringt er jedes Jahr mehrere Urlaubswochen in den Alpen und hat auch die Handlungen seines Kriminalromans in dieser Gegend angesiedelt.

MATHIAS LEHMANN

TOD IM CHIEMGAU

Kriminalroman

emons:

Bibliografische Information der Deutschen Nationalbibliothek
Die Deutsche Nationalbibliothek verzeichnet diese Publikation
in der Deutschen Nationalbibliografie; detaillierte bibliografische
Daten sind im Internet über http://dnb.d-nb.de abrufbar.

© Emons Verlag GmbH
Alle Rechte vorbehalten
Umschlagmotiv: mauritius images/Wolfgang Diederich/Alamy/
Alamy Stock Photos
Umschlaggestaltung: Nina Schäfer, nach einem Konzept
von Leonardo Magrelli und Nina Schäfer
Umsetzung: Tobias Doetsch
Gestaltung Innenteil: DÜDE Satz und Grafik, Odenthal
Lektorat: Julia Lorenzer
Druck und Bindung: CPI – Clausen & Bosse, Leck
Printed in Germany 2024
ISBN 978-3-7408-2034-3
Originalausgabe

Unser Newsletter informiert Sie
regelmäßig über Neues von emons:
Kostenlos bestellen unter
www.emons-verlag.de

Dieser Roman wurde vermittelt durch die Literaturagentur
Buchplanung Berlin – Nina Wegscheider.

Schließlich verschmelzen alle Dinge zu einem,
und aus der Mitte entspringt ein Fluss. Der Fluss entstand
durch die große Weltenflut, und er fließt über Felsen
aus dem Urgrund der Zeit. Auf manchen Felsen sind
zeitlose Regentropfen. Unter den Felsen sind die Worte,
und manche der Worte sind bei den Felsen.
Ich werde von Wassern verfolgt.

Norman Maclean,
»Aus der Mitte entspringt ein Fluss«
(Übersetzung: Bernd Samland)

Prolog

Der Morgen war wunderschön. Die Sonne ließ sich zu dieser Jahreszeit schon etwas länger Zeit, doch wenn sie schließlich verschlafen zwischen den Gipfeln der Chiemgauer Alpen auftauchte, sorgte sie für dieses gedämpfte Flair, das Toni am Spätsommer so mochte. Alles wurde stiller, und obwohl man ihn nicht sehen konnte, spürte man bereits den Herbst, der sich anschickte, den Farben der Natur ihre sommerliche Kraft zu nehmen. Toni liebte den morgendlichen Nebel über den Wiesen, der sich in dunstigen Schwaden in die Höhe zog, den Schnee auf den Bergen am Horizont ebenso wie die winzigen Flugzeuge am wolkenlosen Himmel, die weiße Streifen malten.

Die asphaltierte Straße wurde ein Stück hinter den letzten Häusern des Ortes zu einem steilen, nach ein paar Kilometern jedoch wieder seichter verlaufenden unbefestigten Weg. Kraftvoll arbeitete sich der allradgetriebene Suzuki Jimny die kurvenreiche Strecke entlang, bis hin zu einem kleinen Plateau, von dem nur noch ein Wanderpfad weiter den Berg hinaufführte. Toni stellte den Motor ab und schaute auf die Uhr. Wie immer war er früh dran, zehn Minuten vor der vereinbarten Zeit. Er hatte kein Problem damit, auf andere zu warten, aber er hasste es, wenn er selbst sich verspätete. Diesmal war es zwar nur sein bester Freund Hans, mit dem er sich zu dieser Tour zum Gipfel des Dürrnbachhorns verabredet hatte, doch das änderte nichts an seinem Hang zur Pünktlichkeit. Hans würde wahrscheinlich zehn Minuten zu spät hier auftauchen. Auch wie immer.

Toni stieg aus dem Fahrzeug, ging an den Rand des Plateaus und streckte seine Glieder. Ein Käuzchen grüßte aus der Ferne, ein Specht hämmerte in der Nähe. Die Luft war von kühler Frische, und der Blick über das spätsommerliche Tal entschädigte ihn für die kurze Nacht. Im Morgengrauen zu gehen war einfach am schönsten, man war fast immer allein und der Tag noch jung und unverbraucht. Viele Wanderer würden sowieso nicht unterwegs sein, es war Nachsaison, die Sommerferien waren zu Ende und die meisten Urlauber aus Reit im Winkl wieder abgereist. Der kleine Ort im Chiemgau an der Grenze zu Österreich mit seinen zweieinhalbtausend Einwohnern würde für kurze Zeit zur Ruhe kommen, bevor die Wintersaison ihm wieder Leben einhauchte.

Toni ließ den Blick die Bergstraße entlangschweifen, Hans war noch nicht zu sehen. Er ging zurück zum Auto, holte seinen Rucksack und überprüfte noch einmal dessen Inhalt. Verpflegung, ein Erste-Hilfe-Set, eine wetterfeste Jacke – alles dabei. Die Route zum Dürrnbachhorn galt zwar als schwierige Wandertour, großartig klettern würden sie aber nicht müssen. Daher hatte er seine Kletterausrüstung zu Hause gelassen und lediglich ein Seil für den Notfall eingepackt, denn in den Bergen wusste man nie, was einen erwartete. Das hatte Toni in den bisherigen dreiundzwanzig Jahren seines Lebens, in denen er in dem Bergtour-Unternehmen seiner Eltern fast täglich mit dem Wandern und Klettern konfrontiert war, verinnerlicht.

Wieder ein Blick auf die Uhr, Hans müsste bald auftauchen. Und tatsächlich, aus der Ferne näherte sich das Geräusch eines Fahrzeugs, das Toni nur allzu gut kannte. Es war mehr ein raues Rattern als ein vertrauenswürdiges Motorbrummen, und er war sicher, dass die betagte Karre in absehbarer Zeit den Geist aufgeben würde. Kurz tauchte der silberfarbene Subaru Forester in seinem Blickfeld auf, bevor er wieder hinter einer Biegung verschwand. Toni lächelte, während er den Rucksack zuzog. Hans war heute in der Tat pünktlicher als üblich.

Das Motorgeräusch kam näher, und der Subaru war hin und wieder zwischen den Bäumen zu sehen. Toni runzelte die Stirn. Hans war zwar ein Draufgänger, aber unvorsichtig war er noch nie gewesen. Also sollte er auf dem abschüssigen Straßenstück, auf dem er sich gerade befand, besser ein bisschen vom Gas gehen. Er wusste doch, dass die Abhänge am Rand der Bergstraße steil und tief waren. Sekunden später erschien der Subaru hinter der letzten Biegung, und Toni hielt die Luft an. Das Fahrzeug schleuderte mehr um die Kurve, als dass es rollte. Loses Gestein spritzte zur Seite, der Motor röhrte unnatürlich. Verdammt, Hans musste doch klar sein, dass die Fliehkräfte bei dieser Geschwindigkeit viel zu groß für diese enge Kurve waren.

»Du bist zu schnell!«, schrie Toni und lief seinem Freund entgegen. Der Berghang war bereits gefährlich nahe, und er konnte erkennen, wie Hans verzweifelt am Lenkrad riss, um den Subaru zurück in die Spur zu bringen. Die Blicke der Freunde trafen sich, und Toni nahm Todesangst in Hans' Gesicht wahr. Im nächsten Moment brach das Heck des Autos aus, und die Hinterräder rutschten über die Kante. Erbarmungslos wurde das Fahrzeug in den Abhang gedrückt, Gestein löste sich und fiel hinunter. Das Auto neigte sich mehr und mehr, und für Sekundenbruchteile sahen sich Toni und Hans in die Augen. Dann verloren die Räder den letzten Halt, der Subaru wurde von seinem eigenen Gewicht in die Tiefe gerissen.

Wie gelähmt starrte Toni auf die Stelle, an der das Auto eben noch mit dem Berg gekämpft hatte. Grelle Bilder schossen in kurzen Abständen durch seinen Kopf. Er und Hans, wie sie sich vor vielen Jahren kennenlernten und nicht mochten. Er und Hans, wie sie allen Widerständen zum Trotz vor fünf Jahren Freunde wurden. Er und Hans, wie sie große Pläne schmiedeten.

Mit einem furchtbaren Krachen schlug der Subaru auf und holte Toni in die Realität zurück. Er sackte auf die Knie und kroch an den Rand des Steilhangs. Staubschwaden umgaben das zerbeulte Fahrzeug, das sich dreißig Meter unter ihm zwischen zwei Bäumen verkeilt hatte. Flammen loderten aus dem offenen Motorraum, und schwarzer Rauch zog zu ihm herauf.

»Mein Gott«, flüsterte Toni, gleichzeitig zwang er sich, rational zu denken. Irgendwie musste er da hinunter, solange noch ein Funken Hoffnung bestand, dass sein Freund lebte. Das Seil in seinem Rucksack kam ihm in den Sinn, und wenig später hatte er es um einen einsamen Baum auf der anderen

Seite der Straße geschlungen. Da zerriss eine Explosion die Luft, Toni fuhr herum und kroch voller Panik zurück zum Abhang. Der Subaru stand jetzt vollkommen in Flammen. Aber wie konnte das sein, Autos explodierten doch nur im Film! Dann fiel ihm die Propangasflasche ein, die er gestern für seinen Gasgrill gekauft hatte und die sich noch in dem Auto befand.

Auf dem Boden kniend schlug Toni die Hände vor das Gesicht, legte den Kopf in den Nacken, und seiner Kehle entwich ein Schrei, der so voller Schmerz war, dass es ihm beinahe den Brustkorb zerriss. Verbissen weigerte er sich, das Offensichtliche zu akzeptieren, aber er wusste es: Hans war tot. Voller Resignation schüttelte er den Kopf. *Hätten wir doch bloß nicht die Autos getauscht.*

Die Verzweiflung sog sämtliche Kraft aus Tonis Muskeln, und während sein Kinn auf die Brust sackte, schlich sich eine Ahnung in seinen Kopf. In diesem Moment wusste er nicht, ob es nur ein Bauchgefühl war oder Instinkt, womöglich Intuition. Was es auch war, es blieb eine Frage: War es wirklich ein Unfall gewesen?

1

Zehn Jahre später

Es war Dienstagnachmittag Ende August, als der RE5 von München nach Salzburg in den Traunsteiner Bahnhof einfuhr. Nur wenige Fahrgäste stiegen aus, die meisten waren unterwegs nach Salzburg, wo die alljährlichen Mozart-Festspiele in vollem Gange waren. Der Zug fuhr weiter, und Toni stellte seinen prall gefüllten Wanderrucksack auf eine Bank, um seine Schuhe zu schnüren. Die hatte er irgendwann auf seiner Reise von Füssen nach Traunstein ausgezogen, um es sich auf den Sitzen bequem zu machen. Er war eingenickt und verdankte es nur der Aufmerksamkeit einer älteren Dame, der er von seinem Reiseziel erzählt hatte, dass er im letzten Moment in die Schuhe hinein- und aus dem Zug hinausspringen konnte.

Mit zwanzigtausend Einwohnern war Traunstein ein überschaubares Städtchen am Rand der Alpen. Zehn Jahre Abwesenheit war zwar eine beträchtliche Zeit, jedoch nicht lang genug, um den Weg vom Bahnhof zum Klinikum zu vergessen. An einem Kiosk kaufte Toni noch einen Strauß Blumen, um nicht mit gänzlich leeren Händen am Krankenbett seines Vaters zu erscheinen.

Der Anruf seiner Mutter Greta war vor einer Woche gekommen. Sie meinte, der Krebs habe sich bei Frank nicht angekündigt. Jäh und heftig sei er auf einmal da gewesen. Die Ärzte hielten sich bedeckt, was nicht unbedingt Gutes bedeute. Auch wenn Toni und sein Vater vor vielen Jahren im Streit auseinandergegangen waren, so hoffte er ehrlichen Herzens, dass der Krebs im Kampf um das Leben den Kürzeren ziehen würde.

Am Telefon hatte seine Mutter ihn gebeten, sofort zu kommen, doch Tonis Arbeitsvertrag als Bergführer bei einem Urlaubshotel in Füssen war noch eine knappe Woche gelaufen.

Seit zehn Jahren hangelte er sich mehr schlecht als recht mit Gelegenheitsjobs dieser Art durchs Leben und konnte es sich nicht leisten, vorzeitig zu kündigen. Natürlich hatte er nach dem Anruf darüber nachgedacht, letztlich aber entschieden, die paar Tage noch zu warten.

Als Toni mit seinem Rucksack auf dem Rücken und dem Blumenstrauß in der Hand die Krankenhauskapelle der Klinik passierte, warf er einen Blick durch die offene Tür. Er konnte den Altar mit der Jesusfigur erkennen und zwei Personen, die auf einer Bank davor saßen. Die beiden, ein Mann und eine Frau, hatten ihm den Rücken zugewandt, doch Toni verlangsamte seinen Schritt. Einen unschlüssigen Moment zögerte er, dann trat er ein. Das Paar drehte die Köpfe in seine Richtung, und obwohl Toni es schon geahnt hatte, stockte ihm der Atem. Er starrte in die von Kummer gezeichneten Gesichter seiner Mutter und seines acht Jahre jüngeren Bruders Florian. Der Blumenstrauß entglitt seiner Hand und landete mit einem leisen Rascheln auf dem Steinboden. Flo erhob sich und kam ihm entgegen. Greta sah ihm nur mit steinerner Miene in die Augen.

»Was ist passiert?«, flüsterte Toni, nachdem Flo ihn flüchtig umarmt hatte. Natürlich konnte er sich die Antwort denken.

Flo seufzte. »Er ist heute Morgen nicht mehr aufgewacht.«

Toni schloss die Augen. »So schnell? Wie kann das sein?« Er hatte immer gehofft, sich mit seinem Vater irgendwann aussprechen zu können, schließlich war er damals nicht aus freien Stücken gegangen. Nun war es zu spät. War dieser blöde Arbeitsvertrag in Füssen wirklich so wichtig gewesen? Sein Blick glitt zu seiner Mutter, die jetzt mit langsamen Schritten zu ihm herüberkam.

Greta Hauser war eine schlanke Frau Ende fünfzig, aber man sah ihr das Alter kaum an. Das brünette Haar war mittlerweile von grauen Strähnen durchzogen, trotzdem trug sie es lang und lockig, und es stand ihr. Sicher, ein paar Falten im Gesicht waren dazugekommen, und sie versprühte eine Aura, die ihre Reife erahnen ließ, aber das war es auch schon. Sie umarmte ihren Sohn nur kurz. »Er hat sich so sehr gewünscht, noch einmal mit dir reden zu können«, sagte sie mit brüchiger Stimme.

Deutlich hörte Toni den Vorwurf darin und schluckte. »Mein Job …«

»Ist mir vollkommen egal«, unterbrach ihn seine Mutter. »Dein Vater war todkrank, und du versteckst dich hinter einem Gelegenheitsjob.«

Toni wollte sich nicht streiten, schon gar nicht an diesem Ort und in solch einer Situation. »Es tut mir leid«, sagte er.

»Du hast uns damals im Stich gelassen, Toni«, erwiderte Greta leise. »Und jetzt war dir selbst die Erkrankung deines Vaters egal.«

»Das ist nicht fair«, entgegnete Toni.

Greta schüttelte den Kopf. »Du hättest zumindest gleich kommen können, als ich dich vor einer Woche über seinen Zustand informiert habe. Die Beisetzung ist am Donnerstag, vielleicht schaffst du es ja diesmal, anwesend zu sein.«

»Das ist ja schon übermorgen«, wunderte sich Toni.

»Bei Erdbestattungen geht es eben schnell«, erwiderte Greta trocken. »Dein Vater wollte es so, und die Ärzte und Behörden haben grünes Licht gegeben. Um elf auf dem Friedhof in Reit im Winkl.« Sie fasste Florians Handgelenk. »Komm, wir fahren nach Hause. Dein Bruder wird schon irgendwo eine Bleibe finden.«

Flo zuckte mit den Schultern und hakte seine Mutter unter. »Bis dann«, raunte er Toni zu. Es war offensichtlich, dass er sich trotz des traurigen Anlasses freute, ihn zu sehen.

Als Toni allein war, ließ er sich auf einen der Plätze neben dem Gang sinken. Das war soeben eine eindeutige Aufforderung gewesen, sich nicht zu Hause blicken zu lassen. Aber was hatte er erwartet, nachdem er es zehn Jahre lang so gehalten hatte? Sein Blick schweifte zum Altar, und Tränen bahnten sich den Weg an die Oberfläche. Der plötzliche Tod seines Vaters machte ihm zu schaffen, aber auch die Worte seiner Mutter.

Hatte sie womöglich recht mit dem, was sie ihm vorwarf? Hatte er seine Familie im Stich gelassen? Tonis Problem war, dass er die Fragen nicht reinen Gewissens mit Nein beantworten konnte. Doch er verdrängte das Nachdenken darüber, wie er es immer tat, seit er die Gegend verlassen hatte.

Toni wusste nicht, wie lange er in der Kapelle gesessen hatte, aber irgendwann – seine Tränen waren bereits getrocknet – machte er sich auf die Suche nach einer Bushaltestelle. Schließlich wollte er heute noch Reit im Winkl, eine Zweitausendfünfhundert-Seelen-Gemeinde im Süden des Chiemgaus an der Grenze zu Österreich, erreichen.

»Tut mir leid, Leute!«, rief der Busfahrer, ein kleiner Typ mit dickem Bauch und Zwirbelschnauzer, durch das Fahrzeug. »Der Motor streikt, heute ist in Oberwössen Endstation. Wer weiterwill, muss sich ein Taxi nehmen oder auf den nächsten Bus warten. Der kommt in einer Stunde.«

Einige Fahrgäste des spärlich besetzten Busses murmelten so etwas wie »typisch öffentliche Verkehrsmittel« und »Geld zurück«, trollten sich dann aber nach draußen.

Toni hatte es nicht eilig. Er lümmelte gelangweilt auf der letzten Bank und kaute an einem Apfel.

»Was ist los?«, brummte der Fahrer mürrisch. »Extraeinladung gefällig?«

»Ich warte die Stunde hier drinnen. Draußen schaut es nach Regen aus.«

»Dann stell dich irgendwo unter, hier kannst du jedenfalls nicht bleiben. Das ist kein Asyl für Obdachlose.«

Toni schob die Unterlippe ein Stück nach vorn und ließ den Blick an sich hinabschweifen. Gut, er hatte keinen Anzug an, seine Jeans war ausgewaschen und das Shirt nicht gebügelt. Seine mittelblonden Haare lagen etwas wild, waren vielleicht ein bisschen zu lang, und rasieren müsste er sich auch mal wieder. Aber obdachlos? Er hob den Arm und roch an seiner Achsel. Er stank auch nicht, doch er hatte keine Lust auf Diskussionen. Seufzend stand er auf, klemmte sich den Apfel zwischen die Zähne, schnappte seinen zerschlissenen Wander-rucksack und schob sich an dem Dicken vorbei.

Draußen entdeckte er auf der anderen Straßenseite einen kleinen Park mit Spielplatz. Toni ging hinüber, setzte sich auf eine Bank und beobachtete, wie zwei vielleicht zehnjährige Rotzlöffel einem jüngeren Mädchen gerade den Ball klauten und schadenfroh in seine Richtung flüchteten. Mit einem Grinsen im Gesicht warf er den Rest des Apfels in einen Mülleimer. *Falsche Route, Leute.* Dann stand er auf und packte die Knirpse am Kragen. »FBI, ihr seid verhaftet.«

Die Jungs starrten ihn an, als stünde Wyatt Earp persönlich vor ihnen. »War doch nur Spaß«, stammelte einer der beiden. Der andere schien kurz davor, sich in die Hose zu machen.

»Dann ist ja wohl alles nur ein Missverständnis«, beruhigte Toni die beiden, ehe die noch auf die Idee kamen, einen Anwalt zu fordern. »Gebt der Kleinen den Ball zurück, und ich lege keine Akte über euch an.«

Die Jungs schlugen die Hacken zusammen, taten wie befohlen und machten sich aus dem Staub.

»Danke«, sagte das Mädchen und schenkte Toni einen zaghaften Blick aus braunen Augen.

»Wie heißt du denn?«, fragte er.

»Edda.«

»Bist du allein hier, Edda?« Die Kleine war bestimmt noch keine zehn.

»Die Vroni passt auf mich auf, bis ich abgeholt werde«, sagte sie und zeigte zum Spielplatz hinüber, wo eine Teenagerin auf einer Bank in ein Buch vertieft war. Dann schwenkte ihr Arm zu einem Haus mit schickem Vorgarten, gleich neben der Bushaltestelle. »Dort habe ich Musikschule, die Vroni ist die Tochter meiner Lehrerin.«

Toni strich der Kleinen über die lockigen Haare. »Dann bleib besser in Vronis Nähe, damit sie beim nächsten Mal mitbekommt, wenn ihr Einsatz gefragt ist.«

Edda nickte und lief mit ihrem Ball zurück zum Spielplatz.

Toni schaute auf die Uhr. Noch eine Dreiviertelstunde, bis

der Bus kommen würde. Kurz zog er in Erwägung, ein Taxi zu rufen, aber das Geld konnte er sich sparen. Bis nach Reit im Winkl waren es ungefähr acht Kilometer. Er hatte keine Eile, der Himmel sah wieder freundlicher aus, weshalb also nicht einen Abendspaziergang machen? Gedacht, getan. Er schulterte seinen Rucksack und winkte Edda zum Abschied zu. Sie grüßte zurück, während Vroni nach wie vor in ihr Buch versunken war.

Acht Kilometer. Wenn er gemütlich ging, bedeutete das zwei Stunden Fußmarsch entlang der B 305. Dann wäre es halb sieben, er würde irgendwo etwas zu Abend essen und sich eine Unterkunft für die nächsten Tage suchen. Am Donnerstag würde er zur Beerdigung seines Vaters gehen und dann diesem Ort schleunigst wieder den Rücken kehren. Wie er es die vergangenen zehn Jahre gehalten hatte. Die Blessuren saßen noch immer tief, und es waren nicht nur die Wunden, die Hans' Tod gerissen hatte.

2

Toni benötigte etwas länger als geschätzt. Schuld daran war ein heftiges Gewitter, das ihn zwang, sich in einer Schutzhütte unterzustellen. Während seiner Wanderung überlegte er, wo in Reit im Winkl er für ein paar Tage unterkommen könnte. Er entschied sich für den Schwarzen Adler, ein Wirtshaus im Ortskern, das seinen Namen dem Wappen von Reit im Winkl verdankte und das er früher hin und wieder besucht hatte. Im Obergeschoss des Hauses vermieteten die Wirtsleute ein paar Zimmer, und das Essen war genießbar, soweit sich Toni erinnerte.

In Reit im Winkl angekommen, stieg Toni die Stufen der Veranda des Adlers hinauf, schob sich an ein paar Tischen und Stühlen vorbei und betrat den Gastraum. Eine rustikale, von Bierdunst geschwängerte Atmosphäre empfing ihn. Eine dralle Kellnerin im Dirndl mit einer Ladung Bierkrügen vor der Brust kreuzte seinen Weg, aus einer Musikbox ertönte John Denvers »Take Me Home, Country Roads«. Die Gäste hatten sich aufgrund des Gewitters von der Veranda nach drinnen verzogen, und dementsprechend voll war es. Der Wirt polierte hinter dem Tresen Gläser und beachtete ihn nicht.

Toni startete direkt zu den Toiletten durch, wo er sein durchnässtes Shirt wechselte und sich notdürftig die Haare trocknete. Zurück im Gastraum, fand er einen freien Tisch in einer Nische nahe dem Tresen, wo sich soeben ein älteres Pärchen zum Aufbruch bereit machte. Die Kellnerin säuberte den Tisch fix mit einem Tuch, und Toni setzte sich so, dass er den Saal überblicken konnte. Er bestellte zwei Paar Wiener mit Brezen und Senf, dazu ein Weißbier. Ganz klassisch.

Während Toni wartete, checkte er auf dem Handy die Reaktionen auf seine Jobbewerbungen. Es gab keine, und er ließ auf der Suche nach einem Bekannten den Blick durch den Raum schweifen. Soweit er sich erinnerte, wurde der Schwarze Adler von Urlaubern und Einheimischen gleichermaßen besucht. Und tatsächlich, der Typ in der Zimmermannskluft ein paar Tische weiter, der sich intensiv mit seinem Abendessen, ebenfalls Wienern, beschäftigte, war das nicht sein alter Kumpel Christoph Steiner?

Die füllige Kellnerin brachte das Weißbier und lenkte ihn ab. Toni leerte das Glas bis zur Hälfte, da zog schallendes Gelächter seine Aufmerksamkeit auf sich. Hinter dem Tresen befand sich ein massiver Tisch aus dunklem Eichenholz, an dem ein paar Männer ihre Bierkrüge hoben und sich lautstark zuprosteten. Ein hölzernes Schild hing von den Deckenbalken. »Stammtisch«, las Toni. Sein Blick blieb an dem Kerl kleben, der an der Stirnseite saß und ihm den Rücken zuwandte. Er war der Lauteste von allen, und an seinen markanten Bass hatte Toni keine guten Erinnerungen. Er hatte gehofft, eine Begegnung mit dem Mann vermeiden zu können, aber die Chance bestand ja noch immer. Er klemmte fünfundzwanzig Euro für seine Bestellung unter das Bierglas, griff seinen Rucksack und war im Begriff, unauffällig die Kneipe zu verlassen, als vom Tresen her die kräftige Stimme des Wirtes durch den Gastraum hallte.

»Da schau einer her! Ist das nicht der Hauser Anton?«

Toni verharrte in der Bewegung, seufzte und ließ sich auf seinen Platz zurücksinken. Das Geld steckte er wieder ein, nun konnte er auch noch auf sein Essen warten. Er wusste zwar nicht, was die nächsten Minuten bringen würden, doch provozieren lassen wollte er sich auf keinen Fall.

Der Kerl an der Stirnseite des Stammtisches wandte sich um und beseitigte damit Tonis letzte Zweifel. Er war es – Leopold Bräuning – Hans' Vater, die einflussreichste Person des Ortes, Bergtour-Unternehmer und, wie Toni gehört hatte, inzwischen Bürgermeister. Doch vor allem war er eines: ein narzisstisches Arschloch.

Im Gastraum herrschte auf einmal gespenstische Ruhe. Spannung lag in der Luft. Leopold lachte nicht mehr, während er Toni mit Augen wie Speerspitzen fixierte. Sein Stuhl verursachte ein ratschendes Geräusch auf den Dielen, als er ihn ein Stück zurückschob. Es klang bedrohlich inmitten der Stille. Bedächtig erhob er sich von seinem Platz.

Der Mann neben Leopold Bräuning legte seine Hand auf dessen Schulter. »Lass endlich gut sein, es ist lange her«, versuchte er, ihn wieder zum Setzen zu bewegen.

Toni erkannte in dem Mann den Sägewerksbesitzer Franz Mooslechner, Leopolds Schwager und in Tonis Erinnerung ein ganz umgänglicher Typ. Die anderen beiden Männer am Stammtisch hatte er noch nie gesehen.

Ohne den Blick von Toni zu wenden, schob Leopold die Hand seines Schwagers beiseite. Hörbar, wie ein Stier in der Arena, atmete er durch die Nase ein, sodass sich sein Brustkorb unter dem Latz der Lederhose wölbte. Dann setzte er sich mit schlendernden Schritten in Bewegung.

Tonis Herz schlug bis zum Hals. Scheinbar gelangweilt nippte er an seinem Bier.

Die Bedienung kam mit den Würsten, doch Leopold schob sie grob beiseite. »Der bekommt hier nichts. Schlimm genug, dass du dem ein Bier gebracht hast.«

Ohne ein Wort brachte sich die Kellnerin hinter dem Tresen in Sicherheit.

Leopold wandte sich Toni zu. »Da schau her, der Hauser Anton. Was verschafft uns denn die Ehre?«

Toni stellte sein Glas auf den Tisch. »Ich reise übermorgen wieder ab, Leopold«, antwortete er. »Also entspann dich und lass mich einfach in Ruhe zu Abend essen.«

Leopold fuhr sich mit der Hand durch das dichte grau melierte Haar. »Ich soll ruhig bleiben, wenn der Mörder meines Sohnes hier auftaucht? Für wen hältst du dich, Hauser?«

»Für den Mörder von Hans jedenfalls nicht.«

Leopold lachte höhnisch auf, beugte sich zu Toni hinunter und stieß drohend den Zeigefinger gegen dessen Brust. »Du verschwindest aus diesem Lokal, Hauser Anton, und wenn du draußen bist, auch gleich aus dem Ort. War das deutlich genug?«

»Du hast sicher viele Anhänger in der Gemeinde, Leopold«, erwiderte Toni, um Gelassenheit bemüht. »Aus welchen Gründen, sei dahingestellt, doch mich des Ortes zu verweisen, das liegt nicht in deiner Macht.«

Leopold schnaufte. »So redest du Würstchen nicht mit dem Bürgermeister. Was ich für diesen Ort getan habe, wirst du in deinem gesamten ärmlichen Leben nicht zustande bringen. Was du bisher geleistet hast, ist, meinen Sohn zu töten und dich dann feige aus dem Staub zu machen.«

Nun wurde es Toni doch zu bunt, und er erhob sich, sodass sie sich direkt gegenüberstanden. Er überragte Leopold um einen halben Kopf. »Du weißt ja wohl am besten, dass das nicht stimmt.«

Leopold schniefte verächtlich, und sein Blick strotzte vor Hass.

»Hans war an dem Tag mit meinem Auto unterwegs, das ist richtig«, fuhr Toni fort. »Es ist auch korrekt, dass die Bremsen versagt haben, genauso wie es stimmt, dass Hans deswegen in den Tod gestürzt ist. Aber ich habe etliche Male betont, dass ich die Bremsen erst zwei Tage zuvor gecheckt hatte. Sogar die Bremsschläuche hatte ich ausgetauscht, weil sie porös waren.«

Leopold lachte hämisch auf. »Dumm nur, dass das Auto ausgebrannt ist und man deine Aussage nicht überprüfen konnte.«

»Weißt du was«, zischte Toni seinem Gegenüber ins Gesicht. »Die Bremsen waren neu, aber sie haben trotzdem versagt. Ich habe mich schon damals gefragt, weshalb. Niemand wusste, dass Hans an diesem Morgen das Fahrzeug fahren würde, das hatten wir beide erst am Vorabend beschlossen. Normalerweise hätte also ich in dem Auto gesessen. Und jetzt frage ich dich, Leopold, wer in diesem Ort hat schon immer alles darangesetzt, mir und meiner Familie zu schaden?«

Leopolds Augen wurden zu Schlitzen. »Was willst du damit andeuten?«

»Was ich schon damals der Polizei gesagt habe. Jemand hat

die Bremsen manipuliert, mit dem Ziel, mich zu töten. Das Opfer sollte nicht Hans sein.«

Leopold drehte sich um und schlug sich lauthals lachend auf die Schenkel. »Habt ihr das gehört, Leute?«, brüllte er durch den Gastraum. »Der Mann, der meinen Sohn auf dem Gewissen hat, versucht hier gerade, die Opfer zu Tätern zu machen.« Er wandte sich wieder Toni zu, und sein Lachen war so plötzlich verschwunden, wie es gekommen war. »Natürlich, dann habe ich also die Bremsen von deiner Schrottkarre manipuliert und bin schuld an Hans' Tod.«

»Schön, dass du dir die Jacke anziehst«, entfuhr es Toni, und im selben Moment wusste er, dass es ein Fehler gewesen war. Dennoch konnte er sich auch den nächsten Satz nicht verkneifen. »Das ist doch ein Schritt in die richtige Richtung.«

»Du mieses Stück Dreck!«, brüllte Leopold und stürzte sich auf Toni. Unter der Wucht von dessen untersetztem Körper taumelte der nach hinten und riss dabei seinen Stuhl um, der krachend auf dem Dielenboden aufschlug. Das Bierglas rutschte vom Tisch und zerschellte. Instinktiv schlang Toni einen Arm um den Hals seines Gegners, drückte ihn mit einer Körperdrehung zu Boden und nahm ihn in den Schwitzkasten. Leopold keuchte und schlug um sich, hatte jedoch gegen Tonis trainierten Körper keine Chance.

Die Situation war eskaliert, doch Toni hatte nicht vor, es auf die absolute Spitze zu treiben. Er gab Leopold frei und richtete sich auf.

Der benötigte ein paar Sekunden länger, doch als er wieder auf den Beinen war, hielt er das zerbrochene Bierglas in der Hand, dessen oberer Teil messerscharf gezackt war. »Du lernst mich noch kennen, Hauser Anton«, zischte er bösartig und stieß das Glas in Tonis Richtung, der daraufhin einen Schritt zurückwich.

»Leopold, es reicht!«, rief sein Schwager Franz.

»Es ist noch lange nicht genug«, keuchte Bräuning mit irrem Blick.

»Für heute schon«, hörte Toni unverhofft eine energische

Frauenstimme sagen. »Legen Sie das Glas weg, Herr Bürgermeister, Sie tun sich damit keinen Gefallen.«

Leopold stutzte, kam dann aber offenbar wieder zu Sinnen. Bedächtig legte er das Glas auf den Tisch und wischte sich die von Bier und Schweiß feuchten Hände an seiner Lederhose ab. »Ah, die Frau Kommissarin stellt sich auf die Seite eines Verbrechers«, sagte er verächtlich. »Wenn ihr eure Arbeit immer so macht, ist es ja kein Wunder, dass der Kerl damals nicht verurteilt worden ist.«

»Ich bin hier, um eine Straftat zu verhindern«, entgegnete die Frau scharf. »Bei der übrigens Ihr politischer Kopf rollen würde, Herr Bürgermeister.«

Leopold sah sie an, als könnte er ihren Worten nicht ganz folgen.

Die Frau empfand das offenkundig ebenso. »Ich habe nicht gesehen, dass man Sie angegriffen hätte, Herr Bräuning«, erklärte sie. »Sehr wohl aber eine Tätlichkeit, die von Ihrer Person ausging.«

Irritiert ließ Leopold den Blick durch die Runde schweifen. Die meisten Gäste hatten sich von ihren Plätzen erhoben, um dem Schauspiel zu folgen. Der Wirt und die Kellnerin standen in sicherer Entfernung hinter dem Tresen. Noch einmal atmete Leopold tief durch, dann setzte er sein antrainiertes Politikerlächeln auf. »Eine Runde für alle!«, rief er. »Kleine Entschädigung für den Zwischenfall. Aber ein nicht verurteilter Straftäter verirrt sich nicht jeden Tag in unseren ruhigen Ort.« Dann schlang er den Arm um die Schultern seines Schwagers und ging mit den anderen Stammtischbrüdern zurück zu seinem Platz.

Die Frau wandte sich Toni zu. »Sie sollten von hier verschwinden, er ist unberechenbar.«

Toni sah das ebenso, schnappte seinen Rucksack, beglich am Tresen die Rechnung und stand kurz darauf mit der Frau auf der Veranda des Wirtshauses. »Danke für Ihre Hilfe«, sagte er. »Sie sind Kommissarin?«

Die Frau zeigte ein freudloses Lächeln, ohne Toni dabei

anzuschauen. »Das ist richtig, und somit habe ich nichts weiter als meinen Job getan. Einen schönen Tag noch, Herr Hauser.« Mit diesen Worten ging sie davon.

Verdutzt starrte Toni der Frau hinterher, und als sie in ihren weißen Opel Astra stieg, der sich in einer Parknische unweit entfernt befand, bekam er einen Schreck. Erst jetzt bemerkte er die Brandnarben an ihrer linken Kopfseite, die sich vom Ohr über den hinteren Wangenbereich den Hals hinabzogen und von ihren schulterlangen braunen Haaren nur halbherzig verdeckt wurden. Schockiert ließ Toni seinen Rucksack fallen und setzte sich auf die Stufen der Veranda. Diese Narben hatten sich in seinen Kopf gebrannt.

Es war lange her, aber er wusste, woher sie stammten.

3

»Herzlich willkommen daheim«, sagte plötzlich jemand hinter Toni.

Erschrocken fuhr er herum, erkannte aber im nächsten Moment seinen alten Kumpel Christoph.

»Grüß dich Gott, Chris«, sagte er erfreut. »Ich habe dich schon drinnen gesehen, hatte dann aber mit dem Bräuning was zu klären.«

Tonis Verhältnis zu Christoph war zwar nie so intensiv gewesen wie seine Freundschaft zu Hans, doch sie hatten in ihrer Jugend eine Menge miteinander unternommen.

Christoph setzte sich neben Toni auf die Stufen. »Da hast du ja Glück gehabt, dass Roxy hin und wieder hier zu Abend isst«, sagte er.

Roxy? Stimmt, Roxana Mayrhofer, so hieß die Kommissarin. Toni erinnerte sich.

Christoph legte seinen Arm um Tonis Schultern. »Ist der verlorene Sohn zurück, oder ist dein Besuch in der Heimat nur ein kurzes Intermezzo?«

»Eher Zweiteres«, erwiderte Toni und berichtete ihm vom Tod seines Vaters.

Christoph war sichtlich schockiert, er kannte Frank gut, hatte bei ihm vor vielen Jahren das Alpinklettern gelernt.

»Die Beisetzung ist am Donnerstag«, sagte Toni. »Danach reise ich wieder ab.«

»Schade«, bedauerte Christoph. »Ich habe in den nächsten Tagen Urlaub und hatte eben den Gedanken, dass wir gemeinsam etwas unternehmen könnten. Wie früher, als das Leben noch mehr Spaß gemacht hat.«

Spontan kam Toni eine Idee. »Hast du Lust, morgen bei Sonnenaufgang mit mir auf das Fellhorn zu gehen? Wir könnten auf dem Weg ein bisschen reden, einen Abstecher zur Anna-Kapelle machen und dort eine Kerze für Hans anzünden.«

Christoph war begeistert. »Super Vorschlag. Brennende Kerzen sind dort aus Brandschutzgründen zwar untersagt, aber wir pusten sie einfach wieder aus, wenn wir gehen. – Ach, verdammt, Karina ist hochschwanger, und es kann jeden Tag so weit sein.«

Verwundert schaute Toni ihn von der Seite an. »Du redest aber nicht von Karina Gruber?«

»Doch«, sagte Christoph mit verschmitztem Unterton und grinste.

»Du hast dir Karina Gruber geangelt?«, staunte Toni. »Die Partymaus stand doch damals auf ganz andere Typen als uns biedere Bergsteiger.«

»Qualität setzt sich eben durch, mein Freund. Wir sind seit ein paar Jahren verheiratet, und jetzt kommt unser erstes Kind.«

»Da kann man dich ja nur beglückwünschen«, sagte Toni. »Ich gönne es dir von Herzen. Dann mache ich die Tour morgen früh allein.« Die Glocke des Kirchturms ließ acht Schläge hören. Toni stand auf und schulterte seinen Rucksack. »Es wird Zeit, dass ich mir eine Unterkunft suche, den Adler kann ich ja nach dem Zwischenfall vorhin vergessen.«

»Zu Hause übernachten willst du nicht?«

Toni dachte an den Streit mit seiner Mutter in der Klinikkapelle und zuckte mit den Schultern. »Es ist besser, wenn ich mir was anderes suche. Kannst du mir eine Pension ein Stück außerhalb des Ortes empfehlen?«

Christoph überlegte nur kurz. »Ich habe eine Idee«, sagte er. »Mein Auto steht dort drüben, der dunkelrote Passat, ich fahre dich hin.«

Auf dem Weg zum Auto kam ihnen eine zierliche Frau um die sechzig entgegen. Sie nickte Christoph zu und grüßte auch Toni mit einer leichten Kopfbewegung. Der benötigte ein paar Sekunden, dann wusste er, wer das war. Hans' Mutter hatte zwar noch immer die schlanke Gestalt von früher, war allerdings im Gesicht merklich gealtert. Sie holt wohl ihren angetrunkenen Mann ab, dachte er beiläufig und stieg in den Passat.

»Das war Maria Bräuning«, sagte Christoph. »Ich glaube, sie hat dich erkannt.«

Toni nickte nur.

Sie verließen den Ortskern auf der B 305 Richtung Ruhpolding. »Deine Idee mit der Wanderung ist irgendwie cool«, sagte Christoph auf einmal. »Vielleicht kann ich ja doch mitkommen. Was hältst du davon, wenn wir versuchen, uns zwischen sieben und acht am Gipfelkreuz zu treffen? Sollte es bei mir klappen, können wir den Rückweg gemeinsam gehen und einen Abstecher zur Anna-Kapelle machen. Damit wir die Kerze noch anzünden können. Ich melde mich auf deinem Handy, vielleicht begegnen wir uns ja auch schon auf dem Hinweg. Sollte mit Karina etwas dazwischenkommen, gehst du die Tour eben allein.«

Toni war über Christophs Sinneswandel erfreut. »So machen wir es«, sagte er und gab ihm seine Nummer.

Etwa einen halben Kilometer hinter dem Ortskern bog Christoph auf die Blindauer Straße ein, überquerte die Lofer auf einer kleinen Holzbrücke, passierte noch ein paar Wohngrundstücke und steuerte den Passat eine Nebenstraße hinauf, die so schmal war, dass zwei Fahrzeuge kaum nebeneinander Platz hatten. Schließlich hielt er vor einem Pensionsgebäude, das malerisch von grünen Wiesen umgeben und in den Hang hineingebaut war. Erd- und Obergeschoss waren mit hellem Putz versehen, das Dachgeschoss mit dunklem Holz verkleidet. Große Dachüberstände und Holzbalkone mit prächtig blühenden Petunien verliehen dem Haus vor der untergehenden Abendsonne einen ganz besonderen Charme. Ein Schild neben dem Eingang wies darauf hin, dass noch Zimmer frei waren.

»Sieht schick aus«, sagte Toni, stieg aus dem Fahrzeug und holte seinen Rucksack aus dem Kofferraum. »Genau das, was ich gesucht habe. Danke fürs Herbringen, wir sehen uns dann hoffentlich morgen.«

»Das hoffe ich auch«, antwortete Christoph, startete den Motor und brauste davon.

Toni schaute ihm noch nach, bis der Passat seiner Sicht entschwunden war. Die Häuser im dämmrigen Tal und die umliegenden Berge als Kulisse im Hintergrund wirkten von hier oben betrachtet geradezu idyllisch. Er hatte in den letzten Jahren ganz vergessen, wie traumhaft schön seine Heimat mit dem knapp eintausendachthundert Meter hohen Dürrnbachhorn im Westen und den gigantischen Gebirgsmassiven des Wilden und Zahmen Kaisers im Süden war. Toni musste sich bemühen, die aufkeimende Melancholie zu verdrängen, ließ den Rucksack stehen und ging ein Stück die Straße zurück. Dort hatte er vorhin ein hölzernes Schild mit einer Inschrift bemerkt, womöglich waren darauf ja ein paar Informationen zu der Herberge, in die er gleich einchecken würde.

Frühstückspension Panoramablick – Inhaberin: Victoria Strasser

Tonis Augen wurden größer. Er ging näher und las die Inschrift mehrere Male. Sie blieb dieselbe. Er schluckte den Kloß hinunter, der sich in seiner Kehle gebildet hatte. Ihm war nicht klar, ob es Absicht oder ein Versehen gewesen war, aber Christoph hatte ihn soeben bei Hans' damaliger Freundin abgesetzt.

4

Seit Hans' Tod hatte Toni nicht mehr mit Victoria gesprochen. Direkt nach dem Unglück war ihrer beider Trauer zu groß gewesen, und danach war es nicht mehr möglich gewesen, da Toni buchstäblich über Nacht die Gegend verlassen hatte. Er war sich nicht sicher, ob ausgerechnet heute der richtige Zeitpunkt war, um Vicki zu treffen. Er hatte Sorge, dass ihm die Worte fehlen würden, wenn er ihr gegenüberstand. Da vernahm er ein Geräusch und entdeckte ein Stück neben der Pension einen größeren Holzschuppen, dessen Tor offen stand und aus dem soeben ein graubärtiger Mann kam.

»Wollen Sie ein Zimmer mieten?«, rief der Alte mit rauer Stimme und ging auf ihn zu.

Bis eben hatte Toni gehofft, dass es sich nur um eine Namensgleichheit handeln würde, nun war es Gewissheit. Er erkannte in dem Mann Vickis Großvater Max Walser, einen freundlichen Zeitgenossen, der schon damals mit jedem gut ausgekommen war. Hastig winkte er ab. »Ich habe mich bloß verirrt. Ich muss weiter.«

Max hatte Toni fast erreicht. »Wo wollen Sie denn hin?«, fragte er, und seine Augen wurden plötzlich groß. »Da brat mir doch einer einen Storch, wenn das nicht der Hauser Toni ist!«

Toni seufzte. »Grüß Gott, Herr Walser. Ich bin nur auf der Durchreise und möchte wirklich nicht stören.« Er wandte sich zum Gehen.

»Du bleibst da, Bub«, sagte Max mit Nachdruck und hielt Toni am Arm. »Es ist spät, und in der Nacht ein Dach über dem Kopf zu haben, ist nie verkehrt. Vicki wird sich freuen, dich zu sehen.«

Skeptisch verzog Toni das Gesicht. »Da bin ich mir nicht so sicher.«

»Papperlapapp«, fuchtelte der Alte Tonis Zweifel beiseite.

»Sie redet sogar hin und wieder von dir. Ich glaube, sie bedauert, dass ihr euch nach dem Unglück nicht ausgesprochen habt. Was hältst du von einem kleinen Begrüßungsschluck?«

Toni sah ein, dass er hier nicht so flink wegkommen würde, wie er gehofft hatte. »Warum nicht«, sagte er und folgte Max zu dem Schuppen. Beim Näherkommen entdeckte er einen feuerwehrroten VW T1 mit dunkelblauem Dach. »Ist das Ihr Bulli?«, fragte er. »Der ist doch bestimmt sechzig Jahre alt.«

»Perfekt geschätzt, Baujahr 1963«, sagte Max mit verträumter Miene. »Ist einer der letzten. Ich habe ihn mir zu meinem zweiundzwanzigsten Geburtstag gekauft. Da war er bereits fünf Jahre alt und von seinem Vorbesitzer ziemlich runtergewirtschaftet. Neu hätte ich ihn mir nicht leisten können.«

»Er sieht toll aus«, sagte Toni. »Fahren Sie noch damit?«

»Ich nicht mehr, aber Vicki. Der Bulli ist quasi das Maskottchen der Pension, doch es ist wie bei alten Menschen, manchmal kann er nicht mehr so, wie er soll. Dann nimmt Vicki meinen Golf. Der steht hinter dem Schuppen in einer kleinen Garage, ist zwar auch schon in die Jahre gekommen, fährt aber zuverlässig.«

Sie betraten den Schuppen, und Toni staunte erneut. Die Hälfte des Raumes war mit kunstvoll gefertigten Holzgegenständen vollgestellt: Blumenkästen, bepflanzbaren Schubkarren, Tierskulpturen, Vogelhäuschen und vielem mehr. »Wow, haben Sie das alles gemacht?«, fragte er.

Max nickte stolz und nahm aus einem Schränkchen über einer Werkbank zwei Gläser und eine Flasche Vogelbeerschnaps. »Mein Hobby war es schon immer, aber seitdem ich bei Vicki wohne, betreibe ich es noch intensiver. Tagsüber baue ich den Kram vor der Pension auf und versuche, die Sachen zu verkaufen. Das bringt ein bisschen zusätzliches Geld in die knappe Kasse. Der Schuppen hier ist Werkstatt und Lager zugleich. Ich war gerade mit dem Aufräumen fertig, als du gekommen bist.« Max füllte die Gläser und reichte Toni eines. »Das *Sie* lassen wir mal. Für dich bin ich ab jetzt der Max.« Er hob das Glas. »Prostata!«

Der Alkohol brannte angenehm in Tonis Kehle, und er spürte, dass er nach den aufreibenden letzten Stunden genau das gebraucht hatte. Er hielt Max das leere Glas hin. »Schenk nach.«

Max goss ein und musterte Toni aufmerksam. »Wenn mich meine Menschenkenntnis aus siebenundsiebzig Lebensjahren nicht täuscht, hast du ein paar Probleme, über die du vielleicht reden möchtest.«

Toni bewunderte den Scharfsinn des alten Mannes und kippte den Schnaps hinunter. Was soll's, dann würde er eben hier übernachten. Und um das Wiedersehen mit Vicki hinauszuzögern, kam ihm das Gespräch mit Max gerade recht. »Seit wann betreibt Vicki den Panoramablick?«, fragte er und setzte sich auf einen Schemel, der neben der Werkbank stand.

Max überlegte. »Seit fünf Jahren. Sie hat eine Ausbildung im Hotelgewerbe gemacht, danach ein bisschen Berufserfahrung gesammelt und dann die Pension hier gekauft, als die früheren Betreiber sich in den Ruhestand verabschiedet haben.«

»Das war garantiert nicht billig«, sagte Toni.

Max seufzte bestätigend. »Meine Schwester ist ein paar Monate zuvor verstorben, Gott sei ihr gnädig. Kehlkopfkrebs. Ein Wunder, dass es nicht schon viel eher passiert ist, bei zwei Schachteln Zigaretten am Tag seit fünfzig Jahren. Aber sie war ein herzlicher Mensch, ich habe sie sehr geliebt. Was soll ich sagen, sie war nicht verheiratet, hatte keine Kinder und hat mich zum Erben ihrer Eigentumswohnung in München gemacht. Als eingefleischter Provinzler konnte ich damit natürlich nichts anfangen, also habe ich die Wohnung verkauft und Vicki das Geld gegeben. Unterstützt habe ich sie in der Pension schon immer, aber seit Heidi, meine Frau, vor zwei Jahren verstorben ist, wohne ich auch hier, und Vicki kümmert sich um mich. Das ist das Beste, was mir in meinem Alter passieren konnte.«

»Eine Hand wäscht die andere.«

Max nickte und strich sich über den fast kahlen Kopf. »Wir kommen gut miteinander aus.«

»Und Vickis Eltern?«

Der Alte machte eine abfällige Handbewegung. »Weggezogen, nach Mallorca. Die finden es dort schöner, kannst du dir das vorstellen?«

Toni grinste und schüttelte den Kopf. »Auf gar keinen Fall.«

Max schenkte nach. »Ich habe genug geredet, jetzt bist du an der Reihe.«

Toni zögerte einen Moment, doch er spürte, wie der Alkohol begann, seine Zunge zu lockern. Und so erzählte er dem alten Mann in der folgenden Stunde von den letzten zehn Jahren seines Lebens. Er legte seine Version von Hans' Tod damals dar und erklärte, weshalb er kurz darauf Hals über Kopf seine Heimat verlassen hatte und dass er seitdem ohne viel Geld und festen Wohnsitz durch die Gegend streifte und sich mit saisonalen Gelegenheitsjobs, vorwiegend als Berg- und Wanderführer, bei verschiedenen Urlaubshotels mehr schlecht als recht über Wasser hielt. Natürlich ließ er auch den Tod seines Vaters nicht aus, der ihn nun für kurze Zeit wieder hierher zurückgeführt hatte.

Draußen war es bereits dunkel, und ihre gemütliche Ecke wurde nur zaghaft vom flackernden Schein einer Petroleumlampe auf der Werkbank erhellt, als Max die letzten Tropfen der Flasche in die Gläser goss. »Dann trinken wir jetzt auf deinen Vater und darauf, dass dir irgendwann Gerechtigkeit widerfährt«, sagte er mit schwerer Zunge.

»Prost, Max«, lallte Toni und hob das Glas, dass es schwappte.

»Aber danach ist Schluss mit der Sauferei, Gerechtigkeit hin oder her«, hörte er plötzlich jemanden sagen, und es war nicht die bedächtige, raue Stimme des alten Max.

Schwerfällig drehte Toni den Kopf, kniff die Augen zusammen und versuchte, die doppelten Konturen der Gestalt in der Toröffnung auf eine einzige zu komprimieren. Es gelang ihm sogar, und er erkannte eine schlanke Frau in Shirt, Jeans-Latzhose und Freizeitschuhen, die ihre aschblonden Haare zu einem praktischen Pferdeschwanz zusammengebunden hatte.

»Vicki«, stammelte Max mit schwerer Zunge. »Schau mal, wer hier ist. Der Toni …«

»Ich sehe, wer das ist«, unterbrach Vicki ihren Großvater scharf und nahm ihm die leere Flasche aus der Hand. Sie wandte sich an Toni. »Das mit deinem Vater tut mir ehrlich leid«, sagte sie mitfühlend und rümpfte im nächsten Moment die Nase. »Du brauchst eine Dusche, Anton Hauser.«

Toni wollte von dem Schemel aufstehen, verlor das Gleichgewicht, und nur die hinter ihm stehende Werkbank verhinderte, dass er auf den Boden stürzte. Beim nächsten Versuch klappte es ein bisschen besser.

»Du gehst sofort ins Bett, und morgen sehe ich dich frisch geduscht, rasiert und gekämmt aus deinem Zimmer kommen«, schimpfte Vicki. »Verstanden, Anton Hauser?«

Toni führte zackig die Hand an die Schläfe und pikste sich dabei mit dem Finger empfindlich ins Auge. »Zu Befehl, Frau Strasser«, lallte er blinzelnd, schaffte es im zweiten Versuch, seinen Rucksack zu greifen, und winkte Max zu. »Bis morgen, mein Freund.«

Vicki warf ihrem Großvater einen vorwurfsvollen Blick zu und hatte alle Hände voll zu tun, Toni unfallfrei zur Pension zu geleiten.

5

Irgendwie hatte es Toni noch hinbekommen, Vicki von seiner geplanten Wanderung zum Fellhorn zu erzählen. Zum Frühstück brauchte sie ihn somit nicht einzuplanen, ihr schien es egal zu sein.

Der Wecker neben Tonis Bett meldete sich fünfzehn Minuten vor vier Uhr. Noch im Halbschlaf tastete er nach dem Störenfried und brachte ihn zum Schweigen. Seine Schläfen pochten, sein Hals war trocken und der Geschmack im Mund fade. Er hielt die Augen geschlossen und versuchte, seine Gedanken zu ordnen. Die Erinnerungen kamen schließlich in umgekehrter Reihenfolge. Vicki, die ihn in ein Zimmer ihrer Pension verfrachtet hatte, Max mit dem leckeren Schnaps, dann seine Verabredung mit Christoph.

Verdammt!

Toni schlug die Augen auf. Draußen war es noch dunkel, durch das geöffnete Fenster strömte eine frische Brise und bewegte den Vorhang. Nur undeutlich konnte er sich daran erinnern, wie er ins Bett gekommen war. Vicki hatte sich nicht die Mühe gemacht, ihn zu entkleiden, nur die Schuhe hatte sie ihm ausgezogen. Oder hatte er das selbst bewerkstelligt? Toni wusste es nicht mehr. Er knipste die Lampe auf dem Nachttisch an und blinzelte in den spärlich beleuchteten Raum. Das Zimmer war ziemlich groß. An der Wand gegenüber sah er einen quadratischen Tisch mit Blumen und einem Teller mit Krümeln. Vage entsann er sich, dass Vicki ihm am Abend noch ein Brot geschmiert hatte. In der Ecke entdeckte er einen Kleiderschrank mit Spiegeltür und auf der anderen Seite eine Sitzecke mit Fernseher auf einer Kommode. Daneben ging es in einen Flur, den Toni von seiner Position aus nicht vollständig einsehen konnte. Wahrscheinlich befand sich dort das Bad.

Vorsichtig richtete er seinen Oberkörper auf und schwang die Beine aus dem Bett. Mit gesenktem Kopf, die Hände am

Bettrahmen aufgestützt, verharrte er eine Weile. Es funktionierte besser als vermutet, die Kopfschmerzen, die er eben noch verspürt hatte, waren so gut wie weg. Trotzdem würde er die Tour am liebsten absagen. Aber er selbst hatte den Vorschlag gemacht, und ein Rückzieher erschien ihm Christoph gegenüber unfair. Er würde es schon irgendwie hinbekommen.

Toni zog sich aus, warf seine Klamotten aufs Bett, fummelte Seife und Rasierzeug aus seinem Rucksack und schlurfte ins Bad. Er rümpfte die Nase und war jetzt auch der Meinung, unbedingt eine Dusche zu brauchen. Das Wasser war warm und weich, und er ließ sich Zeit.

Als er sich abgetrocknet hatte, wischte er das Kondensat vom Spiegel und betrachtete den Kerl, der ihn daraus anschaute. Wirklich bewusst hatte er das ewig nicht mehr getan, und so überraschte es ihn, dass der Typ wenig mit seiner Vorstellung von sich gemein hatte. In seinem Kopf war er ein Bursche Mitte zwanzig, der in einer Welt lebte, in der »Alter« ein Fremdwort war. Der Spiegel zeigte ihm jedoch einen Mann, der die Zwanziger längst hinter sich gelassen hatte und aus dessen Gesicht die jugendliche Unbekümmertheit verschwunden war. Toni wusste, dass der Spiegel die Wahrheit sagte, und ihn überkam eine eigenartige Melancholie. Das kalte Wasser, das er sich daraufhin ins Gesicht warf, half, die ungebetenen Gefühle zu vertreiben.

Es war noch vollkommen ruhig im Haus, als Toni vor das Zimmer trat. Leise schloss er die Tür und bemerkte eine Plastiktüte auf dem Fußboden des Flures. Neugierig schaute er hinein. Die Tüte enthielt ein Lunchpaket, bestehend aus belegten Broten und Obst.

Danke, Vicki.

Die Tour auf den Fellhorn-Gipfel galt offiziell zwar als schwer, für einen geübten Bergführer wie Toni war sie jedoch nicht mehr als ein Spaziergang. Dementsprechend spärlich gefüllt war sein Rucksack. Eigentlich waren nur ein Seil für den Notfall, ein paar Karabiner, Pflaster und Verbandszeug darin. Und das Lunchpaket.

Es war eine halbe Stunde vor fünf, als Toni das Haus verließ. Die Nacht stand auf der Schwelle zum Tag, der Himmel war grau und die Luft fühlbar mit Feuchtigkeit gesättigt. Der Ort lag verschlafen im trüben Tal, Nebelschwaden hingen über den Wiesen, Wolken verdeckten den Blick auf die Berge im Hintergrund. Toni streckte sich und füllte seine Lunge mit der kühlen Luft. Der rote Bulli neben dem Schuppen beobachtete ihn mit runden Augen, irgendwo läuteten Kuhglocken. Drei Stunden hatte er für die knapp zehn Kilometer und tausend Höhenmeter von Vickis Pension zum Gipfelkreuz eingeplant. Zwischen sieben und acht wollte er Christoph eventuell dort treffen, er hatte also genügend Zeit.

Vickis Panoramablick lag fünf Gehminuten vom Wanderparkplatz Blindau entfernt. Von dort führte ein befestigter Weg zur drei Kilometer entfernten Hindenburghütte, wo Toni eine erste kurze Rast einlegen wollte. Er zog den Reißverschluss seiner Jacke bis zum Kinn, schnallte sich den Rucksack auf den Rücken und machte sich auf den Weg.

Außer einer Katze, die seinen Weg kreuzte, begegnete ihm niemand, und auch der Parkplatz lag verlassen da. Toni überquerte ihn, ging hinüber zu den wegweisenden Schildern am Rand des Waldes und schließlich in diesen hinein. Von den Bäumen tropfte es, und die Nebelschwaden, die sich wie feuchte Watte auf dem Weg ausgebreitet hatten, schränkten die Sicht ein. Trotzdem fühlte Toni sich gut, die frische Luft und die Bewegung waren Balsam für seinen schweren Kopf.

Er hatte die Hindenburghütte vor einer halben Stunde passiert, als er unvermittelt an die schwarze Katze denken musste, die ihm beim Blindauer Wanderparkplatz über den Weg gelaufen war. In welche Richtung war sie unterwegs gewesen? Toni war sich sicher, dass sie von links nach rechts gegangen war. Verdammt, wenn er sich nicht irrte, brachte genau das Unglück. Lachend schüttelte er den Kopf. Seit wann war er abergläubisch? Was sollte hier schon passieren? Plötzlich vernahm er ein Geräusch. Abrupt blieb Toni stehen. Anfangs war es nur ein zurückhaltendes Grollen, ähnlich dem Donner eines fernen Gewitters, doch schon Augenblicke später wurde es zu einem unregelmäßigen Rumpeln, das sich anhörte wie eine Ladung Steine, die von der Ladefläche eines Baufahrzeuges rutschte, und schließlich zu einem tosenden Beben, als die Steinlawine auf dem Boden aufschlug. Dann hörte Toni den Schrei, einen Laut, der nicht hierhergehörte.

Die Bilder von Hans' Tod schossen wie Pfeile durch Tonis Kopf. Der verzweifelte Blick, als Hans versucht hatte, das Auto unter Kontrolle zu bringen, und das Entsetzen, als er die Anwesenheit des Todes gespürt hatte. Toni zwang sich in die Realität zurück und erinnerte sich, dass der Weg unweit vor ihm auf einer kurzen Strecke zu einem zwei Meter breiten Pfad wurde. Vor seinem geistigen Auge sah er Felsen, die links des Weges emporragten, und einen steilen Abhang ins Nirgendwo auf der rechten Seite, gesichert nur durch ein hölzernes Geländer. Befand man sich auf diesem Abschnitt, war ein Ausweichen unmöglich, sollte Gefahr von oben drohen.

Toni begann zu laufen, und schon eine Biegung weiter versperrte ihm ein Berg aus Felsbrocken unterschiedlicher Größe den Weg. Das Bild des Mannes, der von den Steinen gegen das ächzende Geländer gedrückt wurde, ließ ihn erschaudern. Es waren nicht nur das viele Blut und der angsterfüllte Blick, mit dem der Mann Toni entgegensah, es war schlicht und einfach die Tatsache, dass dieser Mann Christoph war.

»Oh mein Gott!«, entfuhr es Toni. Er wollte zu seinem Freund eilen, doch voller Verzweiflung musste er erkennen, dass es keine Möglichkeit gab, Christoph zu helfen. Der Steinberg, der ihn gegen das Geländer presste, das sich bereits bedenklich in Richtung Abhang neigte, war zu mächtig. Zudem grollte es immer wieder über ihm, was bedeutete, dass die Gefahr noch nicht gebannt war.

Toni zwang sich zur Ruhe, und sein Hirn begann, wieder rational zu denken. Mit zitternden Fingern zog er sein Handy aus der Jackentasche und setzte einen Notruf ab. »Christoph, halt durch, Hilfe ist unterwegs!«, rief Toni seinem Freund zu. Es war das Einzige, was er tun konnte, und es kam ihm so unendlich erbärmlich vor. Wieder schlich sich Hans' Unfall in seine Gedanken.

Mit unheilverkündendem Knacken brach ein Pfosten des Geländers, und Christophs Körper machte einen weiteren Ruck auf den Abhang zu. Schwer atmend unter der Last der Steine, die seinen Brustkorb zerschmettert hatten, drehte er den Kopf in die nebelverhangene Kluft. Dann schweifte sein Blick zu Toni. Seine blutigen Lippen zitterten, als wollte er etwas sagen, doch die Kraft schien ihm zu fehlen. Der nächste Pfosten zerbarst, Steine rutschten nach, und Christophs Augen traten aus den Höhlen. Er stöhnte auf vor Schmerz, und einen Augenblick später wurde der Druck zu groß für das Geländer.

Der Lärm, der folgte, war ohrenbetäubend.

6

Toni saß apathisch auf einem Stein am Wegrand und starrte auf den Boden. Er vernahm ein entferntes Wummern und hob den Kopf. Ein Hubschrauber der Bergwacht tauchte zwischen den Berggipfeln auf und näherte sich der Unglücksstelle. Kurz darauf hörte Toni Stimmen und bemerkte drei Männer in Bergsteigerausrüstung, die auf ihn zueilten. Er stand auf.

»Friedrich Mayrhofer, Bergwacht Reit im Winkl«, stellte sich der Einsatzleiter der Truppe vor, kaum dass die Männer Toni erreicht hatten. Er stutzte und musterte Toni mit gerunzelter Stirn. »Sind Sie verletzt?«

Auch Toni kam der Mann, ein durchtrainierter Typ mit schulterlangen groblockigen Haaren, bekannt vor. Im Moment konnte er ihn jedoch nicht zuordnen. Er schüttelte den Kopf und deutete zum Abhang. »Mein Freund, der Christoph Steiner, wurde von einer Steinlawine mitgerissen.«

Die Männer wechselten fassungslose Blicke. »Scheiße, der Christoph«, sagte einer von ihnen. »Die Karina ist doch schwanger.« Vorsichtig spähte er die Felswand hinunter. »So ein Mist«, flüsterte er. »Das sind bestimmt vierzig Meter, das hat er nicht überlebt.«

»Hatte er Schutzkleidung an?«, fragte Friedrich.

»Kein Helm, keine sonstigen Sicherungen«, antwortete Toni und legte mit einem tiefen Seufzer den Kopf in den Nacken. »Verdammt, das ist doch hier nur ein armseliger Wanderweg, da braucht man so was nicht. Er wurde von den Steinen gegen das Geländer gedrückt, und dann habe ich gesehen, wie er abgestürzt ist.« Er schlug die Hände vor das Gesicht. »Christoph kann das nicht überlebt haben, er war schon vor dem Sturz schwer verletzt.«

Mit geübtem Blick analysierte das Rettungsteam die örtlichen Verhältnisse. »Wir können da nicht runter«, sagte der dritte Mann. »Die Lawine schaut zwar stabil aus, aber wir müssen hoch zum Ausgangspunkt, um einschätzen zu können, ob sie wirklich zur Ruhe gekommen ist.«

Toni ließ sich zurück auf den Stein sinken. »Er ist tot«, wiederholte er abwesend. »Ihr könnt euch Zeit lassen.«

Friedrich sah den Hang hinauf. »Dort oben verläuft der Forstweg zur Jenner-Hütte«, sagte er und wandte sich an seine Kameraden. »Ihr geht ein Stück den Weg zurück, da zweigt ein Pfad ab, der durch den Wald dort hochführt. Checkt die Lage. Ich bleibe hier bei Herrn …«

»Hauser«, sagte Toni. »Anton Hauser.«

In Friedrichs Gesicht zeigte sich ein freudloses, aber wissendes Lächeln. »Ich warte hier mit Herrn Hauser auf unsere Ortspolizei, die mal wieder ewig braucht«, sagte er schließlich und führte sein Funkgerät an den Mund. »Friedrich an Tommi, hörst du mich?«

»Als ständest du neben mir. Von hier oben wirkt es ziemlich chaotisch. Muss eine enorme Lawine gewesen sein.«

»Könnt ihr eine Person erkennen?«

»Ich gehe mal ein Stück runter«, antwortete der Helipilot. »Nur Steine und Geröll – warte mal – ja, da liegt jemand. Tut mir leid, aber das sieht nicht gut aus.«

»Kannst du da irgendwo landen?«

»Auf gar keinen Fall«, antwortete Tommi. »Abseilen ist angesagt.«

»Dann lasst Caro runter, sie soll ihn untersuchen. Beeilt euch. Alle weiteren Maßnahmen entscheidet ihr selbst.«

Er hatte den Satz kaum beendet, als sich eine korpulente Gestalt in Uniform, schnaufend wie eine Dampflok, den Wanderweg zu ihnen heraufquälte.

»Prima, der Josef ist auch schon da«, empfing Friedrich den Polizisten nicht gerade freundlich.

»Verschon mich mit deinem Sarkasmus, Mayrhofer«, keuchte Josef gereizt. »Immerhin habe ich ein paar Jahre mehr auf dem Buckel als du.«

»Und bist zudem noch etliche Pfund schwerer«, konterte Friedrich.

Josef nahm seine Dienstmütze vom Kopf und wischte sich mit dem Unterarm den Schweiß von der kahlen Stirn. »Was ist passiert?«, japste er und schaute dabei aus wie ein Fisch auf dem Trockenen.

»Steinschlagunfall.«

»Wo ist der Geschädigte?«

»Im Jenseits«, sagte Toni monoton von seinem Stein aus.

Josefs Atmung hatte sich etwas beruhigt, und sein Blick schweifte zu Toni. »Wer ist das?«

»Anton Hauser«, antwortete Friedrich. »Er hat das Unglück gemeldet.«

Josef nickte. »Habt ihr den Verletzten schon versorgt?«

»Sind Sie taub?«, rief Toni. »Niemand ist verletzt.«

Josef bedachte ihn mit einem missbilligenden Blick. »Weshalb haben Sie uns dann gerufen, Herr Hauser? Dafür könnte ich Sie …«

Unvermittelt sprang Toni hoch und baute sich drohend vor dem Polizisten auf, sodass der erschrocken zurückwich. »Weil er tot ist!«, schrie er aus voller Kehle. »Tot! Tot! Tot!«

Friedrich packte Toni am Arm und zog ihn von Josef weg. »Beruhigen Sie sich.«

Toni riss sich los. »Schon gut, ich habe mich unter Kontrolle«, presste er hervor.

»Das sieht mir aber nicht so aus«, meldete sich Josef mit mahnendem Finger. »Ein Antiaggressionstraining täte Ihnen ganz gut. Es gibt da …«

»Er ist in Ordnung«, fiel ihm Friedrich ins Wort. »Der Verunglückte war sein Freund.«

Josef schien kurz nachzudenken, dann setzte er eine wichtige Miene auf und atmete einlenkend durch. »Wenn es eine Leiche gibt, muss ich die Kripo in Traunstein verständigen. Auch wenn es im ersten Moment wie ein Unfall ausschaut. Das muss nichts heißen. Letztens habe ich einen Film gesehen …«

»Ruf einfach die Kripo«, unterbrach ihn Friedrich genervt.

Ungeschickt fummelte Josef sein Handy aus einer Tasche

seiner Uniform. »Erledigt«, sagte er wenig später. »Sie schicken jemanden her.«

Der gelbe Helikopter der Bergwacht stand mit hämmernden Geräuschen unter dem bedeckten Himmel, und Toni beobachtete, wie die Notärztin, die Friedrich vorhin Caro genannt hatte, zu Christoph abgeseilt wurde. Wenig später folgte die traurige Gewissheit. Als die Helikopterbesatzung Christophs leblosen Körper barg und Toni ihn an dem Seil hängen sah, musste er sich übergeben. Die beiden Männer, die Friedrich zur Forststraße hochgeschickt hatte, kamen zurück. Offensichtlich war die Lawine dort ausgelöst worden, doch weitere Gefahr schien erst einmal nicht zu drohen.

7

Die Kripo traf eine Stunde später in Form eines dreiköpfigen Spurensicherungsteams in weißen Overalls sowie einer jungen Kommissarin ein. Toni erkannte Roxy schon von Weitem und war nicht sicher, ob er darüber erbaut oder eher beschämt sein sollte. Ersteres, weil er vielleicht die Möglichkeit bekam, einige Ereignisse aus der Vergangenheit geradezurücken, beschämt, weil es diese Begebenheiten überhaupt gab.

Friedrich ging Roxy auf den letzten Metern entgegen, und die beiden umarmten sich innig.

Toni registrierte das interessiert. Hatte sich der Einsatzleiter vorhin nicht mit dem Namen Mayrhofer vorgestellt? Im nächsten Moment wusste er, woher er den Mann kannte. Roxy war in der Schule in seinem Jahrgang gewesen, und soweit er sich erinnerte, hatte sie einen Bruder, der ein paar Jahre älter war als sie. Das war Friedrich.

Die Männer in den Overalls grüßten mürrisch und machten sich sofort an die Arbeit. Für sie war es nur ein Routineeinsatz, den sie zügig hinter sich bringen wollten. Während einer der drei mit seiner Kamera den Unglücksort dokumentierte, wurden die zwei anderen von einem der Bergretter nach oben zu dem Forstweg geführt, wo die Lawine womöglich abgegangen war.

Roxy wandte sich Toni zu. »So schnell sieht man sich wieder. Meinen Bruder haben Sie ja bereits kennengelernt. Es tut mir leid um Ihren Freund. Ich kannte ihn auch, Reit im Winkl ist nicht groß.«

»Danke.«

»Friedrich sagt, Ihnen geht es so weit gut?«

»Ich bin nicht verletzt, wenn Sie das meinen.«

Roxy nickte. »Das sehe ich. Was ist mit Ihrem seelischen Zustand?«

Toni stieß ein zynisches Lachen aus. »Ein Freund von mir

ist soeben tödlich verunglückt, und es ist nicht der erste, wie Sie wissen. Aber ich werde mich nicht hinterherstürzen, falls Sie das befürchten sollten.«

»Ist alles schon vorgekommen.«

»Ich sagte doch, Sie können unbesorgt sein.«

»Ich habe die Lage gecheckt, Frau Kommissarin«, warf Josef bedeutungsschwer ein. Allem Anschein nach fühlte er sich ein bisschen wie das fünfte Rad am Wagen. »Ein klassischer Unglücksfall, aber es war schließlich meine Pflicht, Sie zu rufen.«

Roxy nickte beiläufig, und es war offensichtlich, dass sie nicht viel von Josef hielt. Ihr Blick schweifte hinüber zu den Steinmassen und dann den Berg hinauf. »Ist ganz schön was runtergekommen«, sagte sie. »Nach dem vielen Regen in den letzten Wochen kein Wunder. Da ist sicher einiges unterspült und instabil.«

»Genau das ist der Punkt, Schwesterchen«, sagte Friedrich. »Wir haben schon vor Tagen begonnen, exponierte Stellen zu begutachten.«

»Exponierte Stellen?«, hakte Toni ein.

Friedrich bedachte ihn mit einem Blick, der erahnen ließ, dass er ihn nicht besonders mochte. »Örtlichkeiten, die großes Gefahrenpotenzial bergen, was Erdrutsch und Steinschlag betrifft«, sagte er. »Ist das Erklärung genug?«

»Das verstehe ich«, stellte sich Toni ein bisschen naiv.

»Wie auch immer, wir haben auch diese Gegend hier begutachtet.«

»Dann hättet ihr den Weg sperren müssen«, entgegnete Toni.

Friedrich deutete den Berg hinauf. »Der Hang ist zwar steil und felsig, aber genau das ist der Grund, weshalb wir ihn als sicher eingestuft haben. Der Regen konnte ihm nicht viel anhaben, hier gab es nichts zu unterspülen.«

»Die Lawine ist aber trotzdem abgegangen.«

Friedrich antwortete nicht.

»Dass zu dieser frühen Uhrzeit jemand diesen Weg geht, ist ungewöhnlich«, sagte Roxy. »Wenn die Person dann auch noch von einer Steinlawine erschlagen wird, die es laut Einschätzung der Bergwacht gar nicht hätte geben dürfen, ist das noch seltsamer.« Mit hochgezogenen Brauen sah sie Toni in die Augen. »Zweifeln Sie diese Aussage bitte nicht an, Herr Hauser, mein Bruder ist mit den Bergen hier quasi verwachsen und der Beste, was die Einschätzung von Gefahren anbelangt.«

Toni zuckte mit den Schultern. »Wie gesagt, es ist passiert. Die Welt ist voll von solchen Ereignissen. Im Übrigen unterläuft auch Genies mal ein Fehler.«

Roxy ignorierte die Spitze professionell. »Trotzdem können wir nach Friedrichs Aussage ein Fremdverschulden nicht ausschließen. Wusste eigentlich jemand, dass Sie heute Morgen diesen Weg gehen würden?«, fragte sie beiläufig.

»Wieso ich? Christoph ist verunglückt.«

Roxys Stimme nahm an Schärfe zu. »Können Sie bitte einfach meine Frage beantworten?«

»Christoph wusste es«, sagte Toni. »Victoria Strasser und ihr Großvater wussten es auch«, fügte er an und erklärte, dass er in Vickis Pension wohnte. »Zudem gehe ich davon aus, dass Christoph es auch seiner Frau Karina erzählt hat.«

Roxy wandte sich Friedrich zu. »Kümmert ihr euch um die Räumung des Weges?«

»Was bleibt uns übrig.«

»Sperrt bitte die Stelle ab, bis das Geländer repariert ist. Herr Hauser, Sie kommen mit mir.«

»Bin ich verhaftet?«

»Nur wenn Sie weiterhin dumme Fragen stellen. Kommen Sie, mein Auto steht nicht weit von hier. Wir müssen Christoph Steiners Frau informieren.«

Toni schüttelte ungläubig den Kopf. »Stellen Sie sich vor, ich habe tatsächlich verstanden, Sie hätten *wir* gesagt.«

»Ich bitte Sie darum«, sagte Roxy mit ernstem Gesicht. »Ich will das nicht allein machen müssen.«

»Sie ist schwanger«, sagte Toni. »Christoph meinte, es kann jeden Tag so weit sein.«

I. L. CALLIS

DOCH DAS MESSER
SIEHT MAN NICHT

KRIMINALROMAN

emons:

emons: Tel. 0221-56977-0 · info@emons-verlag.de

Bitte senden Sie mir das aktuelle Verlagsprogramm zu

Ich möchte den Newsletter von emons: per E-Mail erhalten

Ich habe Interesse an Krimis aus folgender Region:

f Besuchen Sie uns auch auf www.facebook.com/EmonsVerlag

Name

Straße

PLZ/Ort

E-Mail

emons: verlag
Cäcilienstraße 48

50667 Köln

Roxy seufzte. »Jemand muss es ihr sagen. Sie waren sein Freund, Sie kennen doch sicher auch seine Frau.«

»Die beiden sind erst zusammengekommen, als ich nicht mehr in der Gegend war. Davor hatte ich kaum Kontakt zu Karina.«

»Trotzdem«, blieb Roxy eisern. »Sie waren sein Freund.«

Es folgte eine Pause. Die Vergangenheitsform, in der Roxy von Christoph redete, machte Toni noch einmal schmerzhaft bewusst, was passiert war. Wieder überkam ihn Übelkeit, und er schluckte den warmen Speichel hinunter, der sich in seinem Mund gesammelt hatte. »Also gut, pack ma's«, sagte er widerwillig.

Roxy wechselte noch ein paar Worte mit ihrem Bruder, dann machten sie und Toni sich auf den Weg.

»Ich gehe dann mal wieder an die Arbeit«, rief Josef ihnen nach. »Meinen Bericht haben Sie am Nachmittag auf dem Tisch, Frau Kommissarin.«

Roxy blieb stehen. »Würden Sie vielleicht vorher noch Christophs Eltern informieren, Herr Lackner?«

Josef blähte unschlüssig die Wangen auf. »Na ja«, brummte er. »Irgendjemand muss es ja tun.«

»Danke«, sagte Roxy. Dann war sie mit ihren Gedanken wieder bei der undankbaren Aufgabe, Christophs Frau die Nachricht vom Tod ihres Mannes zu überbringen.

Toni lief links neben ihr her und schielte verstohlen auf die Brandnarben, die sich von ihrem Ohr den Hals hinabzogen. Sie hat Glück gehabt, dachte er. Sie hätte auch ihr Gesicht verlieren können. Er registrierte, wie attraktiv Roxy trotz des vermeintlichen Makels war, ganz anders als in seiner Erinnerung. Nicht nur wegen ihrer sportlichen Figur und des coolen Outfits – enge Bluejeans, helles Shirt, braune Lederjacke und farblich dazu passende Stiefeletten mit flachen Absätzen –, ihre gesamte Ausstrahlung hatte etwas Beeindruckendes. Ihr schien das nicht bewusst zu sein, womit sie bei Toni einen weiteren Pluspunkt verbuchen konnte. Er vermutete, dass ihr das scheißegal war.

Endlich fasste er sich ein Herz und setzte an, sie auf die

Vergangenheit anzusprechen, doch Roxy hob abwehrend die Hand. Toni war nicht klar, ob sie ahnte, worüber er reden wollte, und einfach kein Interesse daran hatte, oder ob es lediglich der falsche Zeitpunkt war. Jedenfalls zog Roxy ihr Handy aus der Jackentasche und informierte ihre Dienststelle in Traunstein von ihren vagen Zweifeln einen Unfall betreffend.

Als sie das Gespräch beendet hatte, war Tonis mutiger Moment verstrichen. Außerdem hatten sie Roxys Auto erreicht, und der Augenblick, in dem sie Karina die traurige Kunde überbringen würden, rückte näher.

Toni war ein wenig verwirrt, als er Karinas und Christophs Heim, ein betagtes Haus auf einem abgelegenen Grundstück, wieder verließ. Die Nachricht hatte Karina schwer getroffen, ganz klar, aber aus ihren Augen waren keine Tränen geflossen.

Sie standen neben Roxys Astra, und Roxy schien Tonis Irritation nicht entgangen zu sein. »Die Angehörigen von Todesopfern reagieren oft so«, sagte sie. »Das ist der Schock. Die Nachricht ist für sie in dem Moment keine Realität, sondern nur eine Information, als ob sie von einer Katastrophe in der Zeitung läsen. Allerdings wird es nicht lange dauern, und sie wird zusammenbrechen. Dann sollte sie nicht allein sein, schon gar nicht in ihrem Zustand. Deshalb habe ich ihre Mutter gebeten, herzukommen. Wir warten noch, bis sie da ist, dann kann ich Sie zu Ihrer Unterkunft bringen.«

»Machen Sie sich keine Umstände«, erwiderte Toni, der diesen Ort so schnell wie möglich verlassen wollte. »Ich gehe zu Fuß.«

»Kann sein, dass ich Sie noch für die ein oder andere Aussage brauche«, sagte Roxy. »Also bitte nicht ganz weglaufen.«

»Keine Sorge, bis morgen Mittag bin ich auf jeden Fall noch in der Gegend. Um elf ist die Beerdigung von meinem Vater, danach wird es allerdings schwierig.«

»Was ist mit der Beisetzung Ihres Freundes?«

Stumm sah Toni sie an. Dann wandte er sich ab und ging.

Als Toni weg war, lehnte sich Roxy erschöpft gegen die Motorhaube. Sie legte den Kopf in den Nacken, und Erinnerungen, die sie bisher erfolgreich verdrängt hatte, seit sie Toni gestern im Schwarzen Adler aus der Patsche geholfen hatte, wurden nun wach. Die Ereignisse lagen lange zurück, aber sie hatten Roxy nie losgelassen. Jeden Morgen vor dem Spiegel erinnerten sie die Brandnarben daran, aber das war nur der Höhepunkt gewesen. Neben den sichtbaren Wunden waren auch die geblieben, die sich tief in ihre Seele gegraben hatten. Und von diesen wusste nur sie.

Roxy war schlank und mit Gesichtszügen ausgestattet, die zwar nicht dem klassischen Schönheitsideal entsprachen, dafür aber etwas undefinierbar Interessantes ausstrahlten. Früher war das anders gewesen. Übergewichtig und mit breit gerahmter Brille auf der Nase, war sie in ihrer Kindheit das klassische Mobbingopfer gewesen. Später waren noch Pickel dazugekommen, was die Sache auch nicht einfacher gemacht hatte. Sie war gehänselt worden – und immer mittendrin: Anton Hauser. Eine Kröte anstatt des erhofften Wurstbrotes in der Brotbüchse, bei der Matheklausur plötzlich eine Brille vor den Augen, die Klarsichtgläser enthielt, das waren noch die harmlosen Streiche gewesen. Wirklich ernst war es geworden, als man ihr an ihrem sechzehnten Geburtstag den Pferdeschwanz, den ihr ihre Mutter zur Feier des Tages gebunden hatte, angezündet hatte. Dafür war zwar nicht Anton Hauser verantwortlich gewesen, aber seine Freunde.

Nach dem Vorfall hatte man sie in dem Wissen, den Bogen überspannt zu haben, weitestgehend in Ruhe gelassen. Roxy hatte das genossen, ihr Abitur mit Bravour bestanden und danach ein Studium bei der Polizei begonnen. In dieser Zeit veränderte sie sich äußerlich. Das körperliche Training während der Ausbildung brachte ihre Figur in Form, die Pickel verschwanden naturgemäß sowieso, und ihre Brille ersetzte sie durch Kontaktlinsen. Dazu noch eine neue Frisur und etwas Make-up, und fertig war der neue Mensch. Wenn Roxy alte Fotos mit ihrem aktuellen Spiegelbild verglich, sah sie zwei verschiedene Personen. Zumindest, was das Äußere betraf.

Nach dem Studium war sie eine Zeit lang bei der Kripo in München. Als ihre Eltern vor ein paar Jahren bei einem Autounfall starben, ließ sie sich nach Traunstein versetzen, um gemeinsam mit ihrem vier Jahre älteren Bruder Friedrich wieder auf ihrem Heimathof in Reit im Winkl zu leben. Sie kamen gut miteinander aus. Friedrich war geschieden und betrieb dort ein kleines Ein-Mann-Unternehmen für Möbelrestauration. Von Frauen hatte er vorerst die Nase voll, und was Roxy und Männer anbelangte, verhielt es sich ähnlich. Natürlich hatte es in der Vergangenheit ein paar Beziehungen gegeben, etwas Dauerhaftes hatte sich jedoch nie herauskristallisiert. So war sie mit ihren dreiunddreißig Jahren noch Single, aber das störte sie nicht.

Roxy wurde aus ihren Gedanken gerissen, als sich ein Fahrzeug näherte. Es war Karinas Mutter. Die Frauen wechselten noch ein paar Worte, dann machte sich Roxy auf den Weg zur Inspektion nach Traunstein.

8

Es war bereits Mittag, als Toni beim Panoramablick eintraf. Hier wirkte die Welt in Ordnung, als hätte es die Katastrophe nicht gegeben. Die Sonne lugte mittlerweile des Öfteren zwischen den Wolken hindurch, die Kühe auf den umliegenden Wiesen grasten unter ständigem Gebimmel. Vicki war nicht zu sehen, und auch Max konnte er nirgends entdecken. Nur dessen hölzerne Kunstwerke standen am Rand des Weges zwischen Pension und Schuppen zum Verkauf. Toni hielt sich nicht weiter auf und ging in seine Suite im Dachgeschoss. Als Erstes brauchte er eine Dusche und dann einfach seine Ruhe. Er musste die Dinge sacken lassen, zu viel war seit seiner Ankunft gestern passiert. Der Tod seines Vaters, der Streit mit seiner Mutter, die Konfrontation mit Leopold Bräuning im Schwarzen Adler und jetzt Christophs tödlicher Unfall. Handelte es sich wirklich nur um ein Unglück? Roxy schien daran zu zweifeln. Toni fiel es schwer, einen klaren Gedanken zu fassen. Die Dusche würde vielleicht helfen.

Frisch rasiert und die nackenlangen dunkelblonden Haare geföhnt und gekämmt, machte er sich auf die Suche nach Vicki. Es wurde Zeit, mit ihr zu reden. Auf dem Flur drang ihm der Geruch von Gebratenem in die Nase. Er folgte dem Duft und fand sich schließlich in einem Korridor wieder, von dem es rechts durch einen gewölbten Durchgang in den jetzt leeren Frühstücksraum ging.

»Du kannst hier essen«, hörte Toni Vicki plötzlich rufen.

Er wandte sich zur anderen Seite, wo eine Tür in die Küche führte, einen rustikal eingerichteten Raum mit massivem Eichentisch in der Mitte. Unschlüssig blieb Toni im Rahmen stehen. »Grüß dich, Vicki«, sagte er ein wenig unbeholfen.

Vicki schlug gerade Eier in eine Pfanne. »Setz dich«, erwiderte sie mit einem Seitenblick und deutete Richtung Tisch. »Ich mache Max und mir etwas zu Mittag. Möchtest du mitessen?«

Toni registrierte mit knurrendem Magen, dass es Bratkartoffeln mit Rührei geben würde. »Mach dir keine Umstände«, sagte er. »Ich bin dir schon dankbar, dass ich hier schlafen darf.«

»Du warst ja nicht mehr in der Lage, dir was anderes zu suchen«, erwiderte Vicki spitz. »Also, isst du mit?«

»So wie das duftet, fällt es mir schwer, Nein zu sagen«, antwortete Toni und begab sich zu dem Tisch. Verstohlen betrachtete er Vicki, die ihm den Rücken zugewandt hatte. Die legere Jeans-Latzhose vom gestrigen Abend war einer engen Jeans gewichen und das Shirt, das sie trug, auch deutlich auf Figur geschnitten. Der Pferdeschwanz wippte verspielt an ihrem Kopf, während sie die Eier wendete.

Toni hatte sich gerade gesetzt, als etwas gegen seine Beine stieß. Er spähte unter den Tisch und blickte in die neugierigen Augen eines halbwüchsigen Hundes mit schwarz-weißem Fell. »Wer bist du denn?«, fragte er, und der Hund legte den Kopf schief.

»Das ist Räuber«, nahm Vicki dem Tier die Antwort ab. »Ein Border Collie. Er stand vor zwei Wochen vor der Tür, pitschnass, weil es mal wieder geregnet hatte, und total abgemagert. Entweder hat ihn jemand ausgesetzt, oder er ist von zu Hause ausgebüxt. Ich habe eine Anzeige aufgegeben, aber der Besitzer hat sich nicht gemeldet. Jetzt ist er eben mein Hund. Der Tierarzt meint, dass er ein halbes Jahr alt ist.«

»Von einem Hund namens Räuber habe ich auch noch nicht gehört«, sagte Toni.

Vicki lachte. »Der klaut alles, was nicht bei drei auf den Bäumen ist. Daher möglichst keine Schuhe vor der Zimmertür stehen lassen.«

Toni kraulte dem Hund den Kopf, der das als Aufforderung begriff, zu ihm auf die Sitzbank zu springen und sich auf den Rücken in Massageposition zu legen.

In jeder Hand eine gusseiserne Pfanne, kam Vicki an den Tisch. »Ihr scheint euch ja super zu verstehen«, sagte sie schmunzelnd, stellte die Pfannen ab und setzte sich Toni gegenüber. Sie musterte ihn ungeniert. »Im Vergleich zu gestern Abend siehst du deutlich besser aus.«

Toni lächelte verlegen.

Max kam herein, warf Toni einen verschmitzten Blick zu und platzierte sich neben Vicki. »Der Bulli läuft wieder«, sagte er. »Waren mal wieder die Zündkerzen.«

»Er hilft mir, wo er kann«, sagte Vicki in Tonis Richtung und füllte die Teller.

»Ich muss euch etwas mitteilen«, sagte Toni in ernstem Ton.

Vicki und Max starrten ihn an.

»Der Christoph Steiner ist tot.«

Einen Moment herrschte betretene Stille im Raum, dann berichtete Toni den beiden von der Steinlawine.

»Das ist nicht dein Ernst«, flüsterte Vicki mit erstarrtem Blick. Max hatte den Kopf gesenkt und die Augen geschlossen. Ans Essen dachte in diesem Moment niemand mehr.

»Wie hat es seine Frau aufgenommen?«, fragte Vicki.

»Gefasster, als ich dachte«, antwortete Toni. »Der Schock eben. Ihre Mutter ist bei ihr.«

Nach einer weiteren Minute des Schweigens seufzte Vicki leise. »Es klingt vielleicht pietätlos, aber wenn wir das Essen noch kälter werden lassen, macht ihn das auch nicht wieder lebendig.«

Sie aßen ohne Appetit.

»Wann ist die Beisetzung von deinem Vater?«, fragte Vicki nach einer Weile.

»Schon morgen. Um elf.«

Sie schwiegen wieder und aßen. Nebenbei kraulte Toni Räuber den Bauch.

»Bleibst du nach der Beerdigung in der Gegend?«, fragte Vicki.

Toni schüttelte den Kopf. »Es ist besser, wenn ich wieder verschwinde«, sagte er und erzählte von seiner Begegnung mit Leopold im Schwarzen Adler.

»Max hat mir schon davon berichtet«, sagte Vicki. »Meinst du, es ist richtig, wieder wegzulaufen?«

Toni sah ihr intensiv in die Augen. »Du glaubst also auch, dass ich damals nur abgehauen bin?«

»Was soll ich denn denken?«, entgegnete Vicki und hielt dem Blick stand. »Du warst auf einmal nicht mehr da.«

Toni antwortete nicht, senkte die Lider und stocherte mit der Gabel in dem Rührei. Etwas störte ihn an diesem Gespräch, aber es war nicht der Dialog mit Vicki an sich. Im Gegenteil, ihre Gegenwart empfand er als äußerst angenehm. Weglaufen – dumpf dröhnte dieses verdammte Wort in seinem Kopf. Er war damals nicht einfach so weggelaufen, es hatte gute Gründe für sein Fortgehen gegeben.

Kurz hob Toni den Kopf. Vicki starrte ihn noch immer an, und in ihren blauen Augen konnte er plötzlich sehen, was ihm so zusetzte. Es waren seine eigenen Zweifel, und die Erkenntnis war von beängstigender Klarheit. Es war sein Unterbewusstsein, das ihn fragte: Kannst du mit Sicherheit behaupten, damals nicht vor den Problemen geflohen zu sein? Toni seufzte. Hatte er vielleicht doch den einfachen Weg gewählt und sich nur eingeredet, es sei der einzig mögliche? Die Ungewissheit hatte er bisher verdrängt, dennoch nagte sie schon seit Langem an seinem Gewissen, war nur ganz tief in seinem Innern verschüttet. Vicki hatte sie soeben mit wenigen Worten an die Oberfläche geholt.

Die Rufglocke an der Rezeption erlöste ihn. Vicki schaute nach und war kurz darauf zurück. »Besuch für dich, Toni.«

Toni runzelte die Stirn, schob sich hinter dem Tisch hervor und ging nach vorn. Räuber hob den Kopf und blickte ihm betrübt nach. Toni war überrascht, als er Roxy neben dem Rezeptionstresen sah.

Sie hielt sich nicht lange mit Vorreden auf. »Es wartet Arbeit auf uns, Herr Hauser.«

»Arbeit?«, wiederholte Toni mit skeptischem Blick. »Auf uns?«

»Ich möchte, dass Sie mich zum Ausgangspunkt der Lawine begleiten.«

»Weshalb?«

»Weil Sie das Unglück heute Morgen direkt miterlebt haben und ich die Einschätzung eines erfahrenen Kletterers brauche.«

»Wie wäre es mit Ihrem Superbruder?«

»Ich wüsste gern Ihre Meinung.«

»Verraten Sie mir, was ich beurteilen soll?«

»Ich möchte nur, dass Sie sich die Gegend anschauen und mir sagen, ob Ihnen etwas ungewöhnlich vorkommt.«

Toni zögerte noch immer, sah dann aber einmal mehr Roxys Narben. Wann immer er dieser Frau begegnete, schienen sie seinen Blick magisch anzuziehen. Sie gaben ihm das Gefühl, ihr noch etwas schuldig zu sein. Wenn die Narben auch nicht verschwinden würden, sobald er seine Schuld gesühnt hätte, so hatte Toni doch die Hoffnung, dass sie dann vielleicht einen Hauch blasser werden würden.

»Warten Sie, ich bin gleich wieder da«, erwiderte er und ging nach oben, um seine Sachen zu holen.

9

Toni beobachtete Roxy verstohlen vom Beifahrersitz ihres Astras aus, als sie auf die B 305 in Richtung Ruhpolding abgebogen waren. Sie starrte stur geradeaus, schien seine Blicke nicht zu bemerken. Vielleicht tat sie auch nur so. Nach zwei Kilometern gelangten sie auf eine enge Straße, die mit altem Asphalt bedeckt war, den der Frost der vielen Winter rissig und bucklig gemacht hatte. Die Straße endete nach ein paar hundert Metern an einer Art Kreisverkehr mitten in der bewaldeten Natur, von dem verschiedene unbefestigte Wege abzweigten.

Sie nahmen die Forststraße, die zur Jenner-Hütte oberhalb des Wanderweges führte, den Christoph und Toni am Morgen gegangen waren. Dicht stehende Bäume flankierten die Straße an der linken Seite, hinter ihnen ging es steil nach unten. Rechter Hand ragten Felsen empor. Als sich der Abhang zu ihrer Linken zu einer ebenen Fläche ausweitete, stoppten sie. Das Plateau hatte entlang des Forstweges eine Länge von fünfzig Metern und maß die gleiche Strecke zur Seite hin. Bis zu einem Steilhang, dessen Verlauf auf halber Höhe durch den Wanderweg zum Fellhorn gequert wurde.

Toni stieg aus, um sich einen Eindruck vom Gelände zu verschaffen, während Roxy im Fahrzeug blieb und ein Telefongespräch entgegennahm.

»Das war die Polizeiinspektion in Traunstein«, sagte sie wenig später, als sie neben Toni stand. »Das Unglück hat sich in Reit im Winkl offensichtlich schon rumgesprochen. Ich schätze, dass unser lieber Josef nicht ganz unschuldig daran ist, aber es hat auch sein Gutes. Vor ein paar Minuten hat sich ein Urlauberpärchen gemeldet, das heute früh hier in der Gegend unterwegs war. Den beiden ist ein Fahrzeug aufgefallen, das aus dem seitlichen Gelände kam und auf den Forstweg Richtung B 305 eingebogen ist.«

»Aus dem seitlichen Gelände«, wiederholte Toni. »Das

kann nur hier gewesen sein. Was war das denn für ein Fahrzeug?«

»Ein Geländewagen«, antwortete Roxy. »An den Typ können sich die beiden leider nicht erinnern.«

Toni trat dicht an die Felskante heran und spähte nach unten. Den Wanderweg konnte er zwar nicht sehen, aber einen zwei Meter breiten, mit felsigem Geröll übersäten Vorsprung. Er wollte sich gerade wieder abwenden, als ihm dort unten ein großer Stein auffiel, der nicht dahin zu gehören schien. Er wandte sich um und betrachtete das Terrain hinter sich. Dort befanden sich weitere Steine dieser Art. Nicht die vorwiegend scharfkantigen Felsbrocken der Steinlawine, diese hier waren rund, oval oder eine Mischung aus beidem, auf jeden Fall nicht eckig. Nur: Weshalb lag dieser eine Stein, zumal auch noch der größte von allen, dort unten? Dann sah Toni den Abdruck im Gelände, direkt neben dem Abhang. Irgendetwas hatte dort gelegen, was nun nicht mehr dort war. Womöglich dieser Stein?

»Und, was meinen Sie?«

Toni fuhr herum. Er war so in seine Gedanken versunken gewesen, dass ihn Roxys plötzliche Frage erschreckt hatte. »Ich denke, dass Sie diese Sache nicht zu den Akten legen sollten«, antwortete er.

Roxy nickte mit zusammengepressten Lippen. »Mir ist der Stein auch aufgefallen. Kommen Sie, ich möchte Ihnen noch etwas zeigen.«

Toni folgte ihr. Kurz vor dem Forstweg blieb sie stehen und deutete auf eine Mulde, die während der Regenperiode wahrscheinlich mit Wasser gefüllt gewesen war und deren feuchter Zustand nun perfekt dazu geeignet war, Vergangenes sichtbar zu machen. Wie zum Beispiel die Reifenspur eines Fahrzeugs, das vor ein paar Stunden hier hindurchgefahren war.

»Sollten wir nach einem Geländewagen suchen, bei dem die Front, vielleicht auch das Heck beschädigt ist und dessen Reifenprofil zu dieser Spur passt?«, fragte Roxy.

Toni atmete tief durch. »Ich bin zwar kein Polizist, aber an Ihrer Stelle würde ich das tun. Der Stein ist mit Sicherheit nicht durch menschliche Kraft dorthin gekommen, und er ist groß genug, um einen Steinschlag wie den heute Morgen auszulösen.«

Roxy nickte. »Danke. Sie wissen, was das bedeutet?«

»Ich denke, Sie werden es mir gleich sagen.«

»Die Unfalltheorie ist damit nur eine Möglichkeit in Bezug auf Christoph Steiners Tod. Die andere heißt Mord.«

Toni schluckte. Zwar hatte sich diese Ahnung bereits in seinem Unterbewusstsein eingenistet, doch jetzt, wo Roxy sie ausgesprochen hatte, verfestigte sie sich. Er erinnerte sich an ihre Frage, kurz nachdem sie am Morgen an der Unglücksstelle eingetroffen war: Hatte jemand gewusst, dass er, Toni, diesen Weg gehen würde? Was für einen Grund hatte sie gehabt, ihm diese Frage zu stellen? Keinen – es sei denn, sie hatte schon zu diesem Zeitpunkt geglaubt, dass es sich nicht um einen Unfall handelte und eigentlich Toni das Ziel hätte sein sollen. Aber weshalb sollte sie das denken? Toni konnte sich nur vorstellen, dass Roxy auf Hans' Tod anspielte und in Erwägung zog, dass damals tatsächlich der Falsche gestorben war.

Der Forstweg war gleichzeitig eine Wanderroute, und Toni entdeckte eine Bank am Wegrand. »Tun Sie mir einen Gefallen?«, sagte er. »Setzen wir uns ein paar Minuten auf die Bank dort.«

Roxy wirkte unschlüssig, gab dann aber nach. Sie gingen hinüber und setzten sich.

»Als du mich gestern im Schwarzen Adler vor Leopold Bräuning gerettet hast, weshalb hast du mir da nicht gesagt, dass du die Roxana Mayrhofer bist?«, fragte Toni und ging bewusst vom Sie zum Du über. »Ich habe dich leider erst erkannt, als ich die Narben gesehen habe.«

Roxy zeigte ein verhaltenes Lächeln. »Du meinst die Pummelige mit Brille und Pickeln, die man so hervorragend ärgern konnte?«

»Ich meine das Mädchen, das niemandem etwas getan hatte und trotzdem das Opfer von Arschlöchern wie mir geworden ist.«

»Du erwartest nicht, dass ich widerspreche, oder?«

Tonis Mimik blieb ernst. »Ich würde es sogar begrüßen, wenn du mir jetzt eine runterhaust. Das macht zwar nicht ungeschehen, was man dir angetan hat, aber es wäre vielleicht eine kleine Genugtuung für dich.«

Roxy neigte den Kopf, schob ihre braunen Haare hinter das Ohr und zeigte auf die Narben. »Daran hast du keinen Anteil, Anton Hauser. Außerdem ist es lange her. Die, die dafür verantwortlich sind, leben nicht mehr in der Gegend.« Sie machte eine kurze Pause, bevor sie fortfuhr. »Keine Bange, ich habe mich nicht gerächt und sie getötet. Sie waren einfach nicht mehr hier, als ich vor ein paar Jahren zurückgekehrt bin. Ich war nicht böse darüber, aber es stimmt, denen kann ich schwer verzeihen. Bei dir überlege ich es mir noch. Immerhin hast du dich dafür eingesetzt, dass man mich danach nicht mehr belästigt hat.«

Toni ließ Roxys Worte einen Moment auf sich wirken. »Dann begraben wir die Vergangenheit«, sagte er und hielt ihr seine Hand entgegen.

Unschlüssig biss sich Roxy auf die Unterlippe und starrte auf Tonis Hand. Schließlich hob sie den Kopf, sah ihm fest in die Augen und griff zu. »Lassen wir das Gewesene ruhen.«

Toni schloss seine Finger, fühlte Roxys Gegendruck, und es bedurfte in diesem Augenblick keiner Worte, er spürte, dass dieser Handschlag sie beide auf unbestimmte Weise zusammenschweißte.

Für einen kurzen Moment schlug Roxy die Lider nieder, und was Toni danach in ihren Augen sah, konnte er schwer beschreiben. Der Blick war fragend, versprühte eine Art Irritation – so als würde sie ähnlich fühlen wie er.

10

Roxy nahm die Strecke über Ruhpolding zur Inspektion nach Traunstein, nachdem sie Toni beim Panoramablick abgesetzt hatte. Es war bereits sechzehn Uhr, und sie hätte auch nach Hause, auf das Gehöft am anderen Ende von Reit im Winkl ein Stück oberhalb des Schwimmbades, fahren können, aber sie wollte unbedingt noch mit ihrem Vorgesetzten sprechen.

Hauptkommissar Manfred Dollinger saß zurückgelehnt in seinem Sessel hinter dem Schreibtisch und deutete Roxy mit einer Handbewegung an hereinzukommen, als sie an seine offene Bürotür klopfte. Er hatte den Telefonhörer am Ohr, die Krawatte locker am Hals hängen und wirkte erschöpft.

»Natürlich, Frau Staatsanwältin, wir bemühen uns.« Dann schien die Frau Staatsanwältin zu reden. Manfred Dollinger hielt den Hörer etwas weiter weg und verdrehte die Augen.

Roxy schmunzelte, setzte sich auf den Stuhl vor dem Schreibtisch und betrachtete die Fotos an der Wand hinter ihrem Chef. Es waren Bilder von Boxkämpfen, manche waren während des Kampfes, andere danach mit einem strahlenden Sieger in Jubelpose aufgenommen worden. Natürlich Manfred Dollinger. Roxys Blick schweifte zu dem Hauptkommissar, dem noch immer die Frau Staatsanwältin im Ohr lag. Ein drahtiger Mann um die sechzig, dem man seine sportliche Vergangenheit ansah. Vor allem die krumme, platte Nase zeugte davon, dass er wahrscheinlich nicht jeden Kampf gewonnen hatte. Aber wohl die meisten. Er hatte ihr einmal erzählt, dass er früher ein ganz passabler Amateurboxer gewesen sei. Sein rechtes Ohr war auch etwas verkrüppelt, aber anders kannte Roxy ihn nicht.

»Probleme?«, fragte sie, nachdem Dollinger mit einem erleichterten Seufzer aufgelegt hatte.

Er winkte ab und fuhr sich mit der Hand über den kurzen Bürstenhaarschnitt. »Das Übliche. Die Staatsanwaltschaft drängelt, wir ermitteln mal wieder zu langsam. Die haben da eine Neue, so ein junges Ding, und die sind bekanntermaßen besonders heiß, bis sie nach und nach mitbekommen, dass die Realität kaum etwas mit dem zu tun hat, was man ihnen im Studium einzureden versucht hat.« Er zündete sich eine Zigarette an und blies einen perfekten Kringel in die Luft. »Hast du in Reit im Winkl was erreicht?«

Roxy erstattete ihm Bericht.

Dollinger blähte die Wangen auf. »Bist du sicher? Eigentlich bräuchte ich dich für eine Einbruchsserie in der Fußgängerzone.« Er deutete mit einem Nicken Richtung Telefon. »Damit die Übereifrige Ruhe gibt.«

Roxy hatte ein ausgesprochen gutes Verhältnis zu Manfred Dollinger und wollte ihn nicht enttäuschen. Er hatte seine schützenden Hände über sie gehalten, als sie vor ein paar Jahren aus München in die Chiemgauer Provinz gekommen und von den hiesigen Kollegen mit skeptischen Blicken beäugt worden war. Inzwischen musste er das nicht mehr, aber ihr Verhältnis war seitdem von freundschaftlicher Natur. »Ich würde der Sache gern nachgehen«, sagte sie zögerlich.

Manfred Dollinger dachte nur eine Sekunde lang nach, und Roxy wusste, dass dies ein Zeichen seiner Wertschätzung ihr gegenüber war. »Also gut, dann ermittelst du ab sofort in Reit im Winkl«, sagte er. »Mach dir keine Sorgen, ich verklickere das der Staatsanwaltschaft schon. Einen Dienstwagen kann ich dir aber nicht geben, du musst dein Privatauto nutzen. Schreib die Kilometer auf, das verrechnen wir dann.«

Er legte die Zigarette am Aschenbecher ab, beugte sich vor und tippte eine Nummer ins Telefon. »Dollinger hier«, brummte er, nachdem am anderen Ende abgenommen worden war. »Richte mal einen zusätzlichen Arbeitsplatz in deinem schäbigen Dienstzimmer ein, ab morgen hast du für unbestimmte Zeit eine neue Mitarbeiterin.«

Roxy runzelte die Stirn, ihr Vorgesetzter schien tatsächlich vorzuhaben, sie mit Josef Lackner in ein Büro zu setzen. »Das ist jetzt nicht dein Ernst«, sagte sie, nachdem der Hauptkommissar aufgelegt hatte.

»Was willst du, Roxy?«, erwiderte er, entledigte sich seiner Krawatte jetzt gänzlich und warf sie vor sich auf den Tisch. »Du ermittelst in Reit im Winkl, dort gibt es eine Polizeistation, und die werden schon noch einen Schreibtisch für dich haben.«

Roxy sah ein, dass er recht hatte, aber mit dem dicken Josef Lackner unter einem Dach arbeiten zu müssen, widerstrebte ihr dennoch. »Ich weiß nicht, ob ich mich mit dem Lackner verstehe«, sagte sie und bemühte sich nicht, den schnippischen Unterton in ihrer Stimme zu verbergen. »Der und der arrogante Leopold Bräuning, die sind ein Herz und eine Seele.«

»Umso besser«, rief Dollinger und klatschte in die Hände. »Dann kannst du den korrupten Kerlen gleich mal ein bisschen auf die Finger klopfen. Übrigens war der Lackner auch nicht begeistert von der Vorstellung, dich in nächster Zeit öfter zu sehen.«

»Kann ich mir denken.«

Dollinger zwinkerte. »Seit ein paar Tagen sind die dort zu zweit. So ein Jungspund, frisch von der Polizeischule, teilt sich mit dem Lackner jetzt die Station. Vielleicht wäre der ja was für die bekennende Solo-Roxy.«

Roxy schaute genervt. »Ich bin Anfang dreißig, Manfred. Und du steckst mich in ein Büro mit einem Greenhorn und einem fetten Blödmann, der nur noch ein paar Jahre bis zur Pensionierung hat. Ganz ehrlich, da bleibe ich lieber solo.«

Dollingers Mimik wurde nach der kleinen Neckerei wieder ernst. »Erstatte mir regelmäßig Bericht, Roxy. Möglichst mit verwertbaren Ergebnissen, damit ich mich für die Geschichte nicht rechtfertigen muss.«

»Ich versuch's«, erwiderte sie und stand auf. »Mein Gefühl sagt mir, dass dieser Unfall stinkt. Erinnerst du dich an den Tod von Hans Bräuning vor zehn Jahren?«

Manfred Dollinger zog die Stirn in Falten. »Wer würde das nicht. Die Geschichte hat seinerzeit riesige Wellen geschlagen.«

»Ich will keine Pferde scheu machen«, sagte Roxy. »Aber

als ich vor ein paar Jahren hier angefangen habe, hast du mich zum Aktensortieren verdonnert …«

»Um dich erst einmal aus der Schusslinie zu nehmen, meine Liebe«, unterbrach Dollinger und hob abwehrend die Hände. »Deine Münchener Kriminalistenklugscheißerei kam bei den Kollegen hier nämlich nicht besonders gut an.«

»Ich weiß«, sagte Roxy. »Aber ich habe damals die Akte zu dem Fall gelesen. Der Hauser hat immer behauptet, dass eigentlich er das Opfer hätte sein sollen.«

Dollinger zuckte mit den Schultern. »Du weißt, behaupten kann man alles, kompliziert wird es, wenn man die Dinge beweisen muss.«

»Das Auto von Anton Hauser war zwar alt, aber er hat auch ausgesagt, dass die Bremsen neu waren und zudem niemand wusste, dass an diesem Morgen nicht er das Auto fahren würde.«

Dollinger verschränkte die Arme vor der Brust. »Was willst du mir damit sagen, Roxy? Es gab damals keine Hinweise, die die Thesen dieses Anton Hauser untermauert hätten. Das Auto war vollkommen ausgebrannt, wie du sicher in den Akten gelesen hast. Da konnten selbst unsere Spezialisten keine verwertbaren Spuren mehr sichern.«

»Ich will damit sagen, dass die Aussagen von Anton Hauser deswegen nicht unwahr gewesen sein müssen. Der aktuelle Tote ist wieder ein Freund von ihm, mit dem er sich zu einer Bergtour verabredet hatte. Ich halte das für einen ungewöhnlichen Zufall. Womöglich gibt es ja eine Verbindung zu dem Unglück von damals.«

»Dann solltest du aber auch die Möglichkeit in Betracht ziehen, dass dieser Anton Hauser nicht so unschuldig ist, wie er tut. Schließlich war er der Einzige, der bei beiden Todesfällen dabei war.«

Nachdenklich schürzte Roxy die Lippen. Nein, daran glaubte sie nun wirklich nicht. Trotzdem würde sie diesen Hinweis im Hinterkopf behalten.

Dollinger schüttelte lachend den Kopf. »Und du willst

keine Pferde scheu machen?« Er fuchtelte mit der Hand. »Verschwinde aus meinem Dienstzimmer, Roxana Mayrhofer! Beziehe schleunigst dein neues Büro und bring mir Ergebnisse!«

Das Gebäude der Polizeistation Reit im Winkl war ein alter zweigeschossiger Steinbau mit unebenem Putz, der ursprünglich einmal weiß gestrichen gewesen war, inzwischen jedoch grau und rissig daherkam. Früher war die Station mit fünf Beamten besetzt gewesen, aber auch am Personal wurde seit Jahren gespart, sodass inzwischen nur noch der quasi zum Inventar gehörende Josef Lackner und seit Kurzem der frisch von der Polizeischule gekommene Hubert Stoizl die Stellung hielten. Die beiden hatten ihr Büro im Erdgeschoss, und somit war für Roxy genügend Platz in den derzeit leer stehenden Räumen des Obergeschosses, um Josef nicht zu oft in die Quere zu kommen.

Josef wollte gerade in den Feierabend gehen, als Roxy eintraf. »Hab schon gehört, dass die Frau Oberkommissarin uns in nächster Zeit öfter beehrt«, empfing er sie mit einer gehörigen Portion Sarkasmus.

»Ich kann mir auch Angenehmeres vorstellen, Herr Lackner«, erwiderte Roxy ähnlich barsch.

Josef deutete zu einer Treppe, die in das Obergeschoss führte. »Seitdem bei uns am Personal gespart wird, ist da oben alles frei. Der Hubert richtet gerade ein Dienstzimmer für Sie her.«

»Das ist Ihr neuer Kollege?«

Josef schob die Daumen hinter seine Gürtelschnalle und straffte seinen korpulenten Körper, so gut das überhaupt möglich war. »Ein Grünschnabel von der Polizeischule, den ich ein bisschen unter meine Fittiche nehmen muss.«

Roxy rollte mit den Augen und ging nach oben. Die Tür des Büros gegenüber der Treppe stand offen, und sie konnte erkennen, wie darin ein junger Mann unter dem Schreibtisch hockte und mit einem Gewirr aus Kabeln kämpfte. Sie lehnte sich an den Türrahmen und beobachtete Hubert schmunzelnd.

»So, das hätten wir«, murmelte der zu sich selbst, während er rückwärts unter dem Tisch hervorkroch und Roxy freien Blick auf sein Männerdekolleté gewährte. »Jetzt muss der ganze Kram nur noch funktionieren.«

Roxy räusperte sich.

Hubert fuhr herum und knallte mit dem Kopf gegen die Tischplatte. »Haben Sie mich erschreckt«, sagte er und rieb sich die geprellte Stelle.

»Tut mir leid«, erwiderte Roxy lachend. »Sie sind also der Hubert.«

»Stoizl«, sagte der junge Mann und streckte ihr die Hand entgegen. »Hubert Stoizl, frisch von der Polizeischule und immer zu Ihren Diensten.«

Roxy ergriff amüsiert Huberts Hand. Ein Mann mit wahrhaft bubihaftem Aussehen, zu dem die Polizeiuniform noch gar nicht so recht zu passen schien. »Auf gute Zusammenarbeit«, sagte sie, dämpfte dann ihre Stimme und deutete mit einer Kopfbewegung Richtung Treppe. »Lassen Sie sich von dem Josef nicht unterkriegen.«

Hubert strahlte. »Geht klar, Frau Oberkommissarin. Wenn Sie Hilfe beim Festnageln eines Serienkillers brauchen, ich bin nur eine Etage tiefer.« Er ließ Roxy allein.

Bei der Euphorie, die der junge Mann an den Tag legte, war Roxy sich sicher, dass Hubert das sogar ernst gemeint hatte. Aber sie war froh, in ihm einen Kollegen zu haben, mit dem sie wahrscheinlich sehr gut auskommen würde.

»Wenn wir nichts mehr für Sie tun können, würden wir jetzt Feierabend machen, Frau Kommissarin«, hörte sie Josef wenig später rufen.

Roxy schaute auf die Uhr. Es war spät, und Feierabend war keine schlechte Idee. Der Tag war hart gewesen. »Wir sehen uns morgen!«, rief sie zurück. »Legen Sie bitte den Schlüssel für mich auf Ihren Schreibtisch. Ich sperre dann ab.«

Das Ferienhaus der Urlauber, die das Fahrzeug oberhalb der Unglücksstelle beobachtet hatten, lag auf Roxys Heimweg.

Die Kollegen hatten das Paar zwar schon befragt, aber manchmal kamen die Erinnerungen ja mit etwas Verzögerung. Also machte Roxy dort noch kurz halt, erfuhr jedoch – wie erwartet – nichts Neues. Ein dunkler Geländewagen, der von dem Plateau gekommen war. An den Fahrzeugtyp oder das Kennzeichen konnten sich die beiden nicht mehr erinnern.

Müde kam sie gegen einundzwanzig Uhr zu Hause an. Friedrich saß mit hochgelegten Beinen und einer Flasche Auerbräu auf der Veranda und las ein Buch. »Das Essen steht in der Mikrowelle«, sagte er, als Roxy die Veranda betrat.

Mit einem liebevollen Blick legte sie ihm flüchtig die Hand auf die Schulter. »Danke, aber ich gehe erst einmal duschen.«

11

Am nächsten Vormittag saß Toni in der Küche des Panora-
mablicks, kaute appetitlos an einem Brötchen und schlürfte
starken Kaffee. In zwei Stunden würde die Beisetzung seines
Vaters beginnen und sein Gastspiel in Reit im Winkl sich dem
Ende zuneigen. Doch es gelang Toni nicht, froh darüber zu
sein, und das verwirrte ihn. Hatte er sich emotional doch
nicht so weit von seiner Heimat entfernt, wie er glaubte?
Oder lag es an den Erinnerungen, die sein Besuch hier her-
vorgerufen hatte? War womöglich Vicki der Grund? Sie war
gerade damit beschäftigt, eine Käseplatte für die Gäste zu be-
legen, und verstohlen schielte er zu ihr hinüber. Im nächsten
Moment schob sich Roxys Bild in seinen Kopf, und Toni
kniff die Augen zusammen, um die verwirrenden Gedanken
zu verdrängen. Er tupfte sich den Mund mit einer Serviette
ab und stand auf.

Vicki brachte die Käseplatte in den Frühstücksraum und
kam mit einem Tablett mit benutztem Geschirr zurück.

»Das Frühstück war sehr lecker, Vicki«, sagte Toni. »Wenn
du nichts dagegen hast, hole ich jetzt meine Sachen aus dem
Zimmer, gehe dann zum Friedhof und reise nach der Beisetzung gleich weiter. Danke, dass ich bei dir wohnen durfte.
Was bin ich dir schuldig?«

Vicki stellte das Geschirr ab, drehte sich in Tonis Richtung
und ließ ein abfälliges Lachen hören. »Also läufst du doch wieder weg, Anton Hauser«, sagte sie und verschränkte die Arme
vor der Brust. »Du glaubst, je eher du fort bist, desto weniger
musst du dich mit deiner Vergangenheit und den Menschen,
die darin eine Rolle spielen, auseinandersetzen.«

»Wer soll das denn sein?«, entgegnete Toni ein wenig gereizt.

»Vielleicht deine Familie«, sagte sie. »Oder Bekannte,
Freunde – soll ich noch mehr aufzählen?«

Toni sah die Traurigkeit in Vickis Gesicht. Er wollte etwas sagen, doch sie kam ihm zuvor.

»Hol deine Sachen, Toni. Ich muss eh in den Ort, ich fahre dich. Über die Rechnung mach dir keine Gedanken, die geht aufs Haus.«

Der Blick, mit dem Victoria Strasser Toni eine halbe Stunde später durch die Frontscheibe des Bullis nachschaute, als der durch das Tor des Friedhofsgeländes ging, war von trauriger Kälte. »Anton Hauser«, flüsterte sie nachdenklich, öffnete das Handschuhfach und hielt kurz darauf ein Foto in der Hand. Ihre Fingerspitzen glitten zärtlich über das Bild, und sie lächelte traurig, als sie Hans' Antlitz betrachtete. Vicki hob den Kopf wieder, und als Toni hinter einer Hecke ihrer Sicht entschwunden war, legte sie das Foto zurück und fuhr nach Hause.

Der Friedhof von Reit im Winkl befand sich nahe dem Ortskern am Ende des Schulweges, wo dieser in die Schwimmbadstraße überging. Im Gegensatz zu gestern brannte die Sonne heiß an diesem Vormittag, und Toni wunderte sich über die Vielzahl von Fahrzeugen, die bereits davor parkten. Immerhin war bis elf Uhr noch über eine halbe Stunde Zeit. Doch als er sich der Kapelle in der Mitte des Areals näherte, erkannte er den Grund. Die Beerdigung seines Vaters war bereits in vollem Gange, und Toni rutschte das Herz in die Hose. Sollte er sich tatsächlich in der Zeit geirrt haben? Er war sich sicher, dass seine Mutter von elf Uhr gesprochen hatte. Hastig kramte er sein Handy aus der Hosentasche, um seine WhatsApp-Nachrichten zu checken. Doch der Akku war leer, und Toni wusste nicht, wie lange schon. Wahrscheinlich hatten sie oder Flo vergeblich versucht, ihn zu erreichen. Mist.

Die Tür der Kapelle stand offen, und traurige Musik drang in zurückhaltender Lautstärke nach draußen. Toni konnte sehen, wie die Träger den Sarg seines Vaters schulterten und sich mit bedächtigen Schritten in Bewegung setzten. Die Trauergäste erhoben sich von ihren Plätzen und folgten den Sargträgern. Dass Toni nicht gerade das passende Beerdigungsoutfit trug, war ihm egal. Er gab sich noch eine Stunde, dann würde er Reit im Winkl verlassen und hoffentlich erst in ferner Zukunft zur Beerdigung seiner Mutter wieder für ein paar Stunden hier sein.

Als die Gesellschaft ihn erreicht hatte, schob sich Toni unauffällig an die Seite von Greta und Flo, die direkt hinter den Trägern gingen. Seine Mutter, vollkommen in Schwarz gekleidet, würdigte ihn keines Blickes. Aber Flo schielte zu ihm herüber und konnte trotz des traurigen Anlasses seine Freude, ihn zu sehen, nicht gänzlich verbergen. Toni blieb angemessen ernst, aus Respekt vor seinem Vater und seiner Mutter zuliebe, die ihn, da war er sich sicher, bemerkte, obwohl sie ihn nicht anschaute.

Der Tod seines Vaters berührte Toni, trotzdem trauerte er nicht wirklich. Seit er vor einer Woche den Anruf seiner Mutter erhalten hatte, fragte er sich, weshalb das so war. Toni hatte schöne Erinnerungen an seinen Vater, insbesondere aus der Zeit seiner Kindheit und Jugend. Aber dann war die Phase gekommen, in der er sich mit Hans angefreundet hatte, und das passte nicht zu den Wertvorstellungen von Frank Hauser. Der einzige Punkt, in dem dieser sich mit seinem Konkurrenten Leopold Bräuning einig gewesen war. Ansonsten waren die beiden einander seit jeher spinnefeind gewesen. Toni und sein Vater hatten sich auseinandergelebt und in den letzten zehn Jahren, in denen er fort gewesen war, keine Chance gehabt, sich zu versöhnen. Das nagte an seinem Gewissen.

Die Grube für seinen Vater war bereits ausgehoben, und nachdem man den Sarg hinabgelassen hatte, folgte die übliche Zeremonie, die mit den Beileidsbekundungen der Trauergesellschaft an die engsten Familienangehörigen endete. Toni kannte nur knapp ein Viertel der Leute, die ihm mit ernster Miene die Hand drückten. Doch er spielte das Spiel mit und war sich sicher, dass seine Mutter ihm dies zugutehielt. Sogar Roxy war da.

Die Trauergesellschaft löste sich auf. Die engsten Freunde und Bekannten machten sich auf den Weg zum Leichenmahl, für das Greta im nahe gelegenen Hotel Unterwirt einen Raum reserviert hatte. Sie wechselte noch ein paar Sätze mit dem Pfarrer, einem jungen Mann in Tonis Alter, und dankte ihm für die tröstenden Worte. Toni und Flo warteten im Schatten eines Ahornbaumes vor dem Friedhof.

»Hast du meine WhatsApp-Nachricht nicht bekommen?«, fragte Flo und knuffte Toni in die Seite.

Der boxte zurück, und die beiden umarmten sich. »Schön, dich zu sehen, Flo. Bist ziemlich groß geworden.«

In der Tat überragte Flo seinen acht Jahre älteren Bruder um ein paar Zentimeter, und Toni war mit eins dreiundachtzig auch nicht gerade ein Winzling.

»Was zehn Jahre so ausmachen. Wie geht es dir? Vorgestern hatten wir ja nicht wirklich Zeit zu reden. Christophs Unglück hat sich rumgesprochen, es tut mir leid, Toni. Es wird gemunkelt, du warst dabei?«

Toni senkte den Kopf und lehnte sich an die Friedhofsmauer. »Ich habe gesehen, wie er gestorben ist.«

»Scheiße«, flüsterte Flo. »Wie bei Hans damals.«

Toni nickte und wechselte das Thema. »Ich bin gerade auf Jobsuche, deshalb will ich nur noch schnell mit Mama reden und dann weiter.«

»Das wird sie nicht freuen.«

Toni ging nicht darauf ein. »Was wird jetzt mit der Firma?«

»Vater fehlt natürlich, aber wir versuchen es erst einmal allein. Vielleicht schauen wir uns nach einem Bergführer zur Unterstützung um. Mama hat da insgeheim auf dich gehofft.«

Toni seufzte und schüttelte den Kopf. »Das geht nicht, Flo. Ich kann und will nicht hierher zurück. Die Vergangenheit steht dem entgegen – und die Gegenwart auch. Wenn du wüsstest, was ich gestern mit Leopold Bräuning erlebt habe, würdest du mich verstehen.«

»Keine Bange, ich kenne Leopold«, erwiderte Flo. »Immerhin schlagen wir uns jeden Tag mit seinen Intrigen herum, und manchmal ist es wie ein Kampf gegen Windmühlen. Aber Mama denkt noch immer, dass du uns im Stich gelassen hast.«

»Das wird sich nie ändern.«

»Das kannst nur du, und vielleicht hat sie ja sogar recht. Ich meine, von ihrem Standpunkt aus gesehen.«

Zweifelnd wiegte Toni den Kopf. Dann sah er, wie Greta zu ihnen herüberkam. »Bevor du etwas sagst«, empfing er seine Mutter, »der Akku meines Handys ist leer, und ich habe es erst vorhin bemerkt.«

In Gretas ernstes Gesicht verlief sich ein leises Lächeln. »Dann hätten wir das ja schon mal geklärt. Ich freue mich, dass du gekommen bist.« Sie umarmte ihren Sohn, und diesmal war es eine mütterliche Geste, ganz im Gegensatz zu vorgestern. Ihr Blick schweifte zu Tonis Rucksack. »Wie ich sehe, hast du deine Sachen dabei. Du willst also gleich weiter?«

Es war Toni peinlich, seiner Mutter zu gestehen, dass er noch keine neue Anstellung hatte und nur von hier wegwollte, um – ja, weswegen eigentlich? Um vor der Vergangenheit zu fliehen? War es das tatsächlich? »Ich habe einen guten Job im Berchtesgadener Land in Aussicht«, log er und bemühte sich, das Gespräch in eine andere Richtung zu lenken. »Wie geht es dir?«

Greta bedachte ihren Sohn mit einem Blick, der eindeutig klarmachte, dass sie ihn durchschaute. Sie seufzte. »Wie es einem halt so geht, wenn der Ehemann plötzlich verstirbt, der zudem noch das Unternehmen geführt hat, von dem wir alle leben.« Sie wischte sich mit dem Handrücken ein paar Tränen aus dem Gesicht. »Er hat in den letzten Tagen so oft von dir gesprochen wie in den vergangenen zehn Jahren nicht.«

Toni biss sich auf die Unterlippe und schaute zu Boden.

Nach einer Phase des Schweigens ergriff Greta wieder das Wort. »Wir brauchen jemanden in der Firma, der Franks Platz einnimmt. Einen Bergführer einzustellen, das werden wir uns nicht leisten können. Leopold Bräuning macht uns mit Alpentouristik nach wie vor das Leben schwer. Er greift noch immer mit Abstand die meisten Aufträge ab, und dass er inzwischen Bürgermeister ist, macht es nicht besser. Wenn nicht bald etwas passiert, können wir unser Edelweiß schließen.«

Toni presste die Lippen aufeinander und wich dem Blick seiner Mutter aus.

12

Es war schon seltsam, aber wenn man in Reit im Winkl den Namen Leopold Bräuning in den Mund nahm, konnte man sicher sein, dass besagter Kerl nicht weit war.

»Mein Beileid an die Konkurrenz«, rief unvermittelt jemand unpassend laut.

Toni, Flo und Greta wandten sich in die Richtung, aus der ihnen zwei Männer entgegengeschlendert kamen.

»Die beiden haben mir gerade noch gefehlt«, stöhnte Greta. »Der Herr Bürgermeister mit seinem Leibwächter.«

Toni zog die Stirn in Falten. »Leibwächter?«

»Das ist Ron Weinbichl«, erklärte Flo. »Leopolds erster Bergführer und, wenn man so will, seine rechte Hand.«

Die beiden Männer hatten den Ahornbaum erreicht, in dessen Schatten sich Toni, Greta und Flo aufhielten. Ron Weinbichl war im Gegensatz zu dem eher gedrungenen Leopold Bräuning von stattlicher Statur. Muskulös, mit breiten Schultern und über eins neunzig Gardemaß wirkte er mit seinem wettergegerbten Gesicht tatsächlich wie ein Bodyguard. Die Männer blieben stehen, und Leopold deutete zu der blumengeschmückten Grabstätte auf dem Friedhof, die sich deutlich von den umliegenden Gräbern abhob. »Schicke Dekoration, nur hat er leider nichts mehr davon.«

»Das hat niemand, der hier liegt«, antwortete Greta kalt und würdigte Leopold nur eines kurzen Blickes. »Kommt, wir gehen«, sagte sie zu ihren Söhnen. »Wir schauen später noch mal vorbei.«

»Früher hat man sich für Beileidsbekundungen noch bedankt!«, rief Leopold ihnen nach.

Flo blieb stehen.

»Lass gut sein, Florian«, sagte Greta mit energischem Ton und fasste ihren Sohn an der Schulter. »Er ist es nicht wert.«

Flo schüttelte die Hand seiner Mutter ab. »Früher wurden

Beileidsbekundungen auch aus Mitgefühl ausgesprochen und nicht aus Schadenfreude!«, rief er wütend.

»Oha«, spottete Leopold und baute sich vor ihm auf. »Da spricht wohl der Menschenkenner. Werde erst einmal trocken hinter den Ohren, du Grünschnabel.«

»Komm schon«, mischte sich Toni ein und packte seinen Bruder am Arm. »Wir wollten gehen.«

Flo riss sich aus Tonis Griff. »Sie haben meinen Vater auf dem Gewissen!«, schrie er Leopold entgegen. »Seit ich denken kann, machen Sie uns das Leben zur Hölle. Wegen Ihnen ist mein Vater krank geworden.«

»Natürlich«, säuselte Leopold provozierend mit einem fiesen Ausdruck im Gesicht. »Die Neigung zu haltlosen Unterstellungen scheint euch Hausers in die Wiege gelegt worden zu sein. Gestern hat schon dein Bruder, der meinen Sohn auf dem Gewissen hat, gemeint, ich wäre schuld an Hans' Tod. Und jetzt kommst du daher und behauptest, ich würde auch noch die Verantwortung für den Tod deines Vaters tragen.« Er spuckte verächtlich auf den Boden. »Nur weiter so, Familie Hauser, irgendwann läuft das Fass über. Aber lasst euch gesagt sein, ich habe gute Anwälte.« Er richtete den Zeigefinger auf Toni. »Du hast es ja damals schon verstanden und bist abgehauen, was du hoffentlich bald wieder tun wirst.« Sein Arm schwenkte zu dem frischen Grab. »Der nächste Schritt ist auch getan, das Schicksal wollte es so.« Voller Hass ließ er den Blick zu Greta und Flo schweifen. »Ihr beide werdet es über kurz oder lang auch noch kapieren.«

Bei so viel Unverfrorenheit platzte Toni nun doch der Kragen. Mit der Hand drückte er seinen Bruder beiseite und machte einen Schritt auf Leopold zu.

Augenblicklich stellte sich Ron Weinbichl vor seinen Chef, verschränkte die Arme vor der Brust und schaute finster drein.

Toni grinste ihn an. »Sag dem Kerl, der sich hinter deinem Anabolikakörper versteckt, dass der Tag kommen wird, an dem er selbst in die Grube fällt, die er anderen gräbt.«

Leopold schob sich aus dem Schatten seines Bergführers. »Drohst du mir etwa, Anton Hauser?«

Toni behielt sein abfälliges Grinsen bei. »Interpretiere es, wie du willst. Aber wenn es so weit ist, werden dir deine Winkeladvokaten auch nicht mehr helfen können.«

»Pass auf, was du sagst!«, brüllte Leopold und hob die Faust.

Reflexartig brachte sich Toni in Abwehrposition, was Ron sofort als Anlass nahm, auf ihn loszugehen. Die Kraft des muskulösen Mannes riss Toni zu Boden, doch mit einer geschickten Drehung gelang es ihm, sich unter seinem Angreifer hervorzuwinden. Der war jedoch flinker als vermutet, und die beiden standen gleichzeitig wieder auf den Beinen. Leider hatte der Kerl nicht vor, die Auseinandersetzung verbal zu regeln, und dessen Faust landete mit voller Wucht in Tonis Gesicht. Der schmeckte sofort Blut und musste auch schon den nächsten Hieb einstecken. Diesmal in den Unterleib. Er klappte vornüber und verspürte fast zeitgleich einen brutalen Schlag in den Nacken, der ihn erneut auf den staubigen Weg beförderte.

Die ganze Aktion hatte nur ein paar Sekunden gedauert, zu wenig Zeit für Greta und Flo, um rechtzeitig eingreifen zu können. Doch nun warfen sie sich auf den Angreifer, der im Begriff war, Toni einen finalen Tritt zu versetzen. Zu viert wälzten sie sich auf dem Boden, als plötzlich Roxy zur Stelle war und es irgendwie schaffte, sie alle zu bändigen.

Schwer atmend stemmte sich Toni auf die Knie und wischte sich mit dem Handrücken das Blut von Nase und Mund. »Das war geplant, stimmt's?«, keuchte er in Leopolds Richtung. »Kleine Racheaktion für vorgestern Abend.« Und mit einem Seitenblick auf Ron Weinbichl fügte er hinzu: »Nur deswegen ist der Terminator doch hier.«

Leopold verzog keine Miene. »Immer diese Unterstellungen«, säuselte er provokant. »Übrigens habe ich gehört, dass du schon wieder für den Tod von einem deiner Freunde verantwortlich bist.«

»Was soll das, Leopold?«, erwiderte Toni und quälte sich auf die Beine.

»Stimmt es etwa nicht, dass du dabei warst, als Christoph Steiner gestern in den Tod gestürzt ist?«, fragte Leopold scheinheilig. »Und du hast es nicht verhindert. Wie damals bei meinem Sohn.«

»Das ist richtig, Leopold, ich war bei Christophs Tod dabei. Ich habe es nicht verhindert, auch das stimmt. Weil ich es nicht konnte, wie damals bei Hans.«

Leopold schniefte verächtlich, und sein Blick schweifte zu Roxy. »Der Josef Lackner hat mich davon in Kenntnis gesetzt, dass Sie unseren beschaulichen Ort in der nächsten Zeit mit Ihrer offiziellen polizeilichen Anwesenheit beehren, Frau Mayrhofer. Der Grund ist dieser Steinschlagunfall?«

»Ob es ein Unfall war, wird sich zeigen«, erwiderte Roxy. »Ich ermittle in alle Richtungen. Was übrigens meine Pflicht ist und auch in Ihrem Interesse liegen sollte, Herr Bürgermeister.«

Leopold hob beschwichtigend die Hände. »Aber natürlich, Frau Kommissarin. Wenn Sie Unterstützung brauchen, Sie wissen ja, wo mein Büro ist.«

»Vielen Dank für Ihr Entgegenkommen«, erwiderte Roxy und bemühte sich, möglichst neutral zu klingen.

Leopold nickte noch kurz, wandte sich ab und ging. Ron Weinbichl folgte ihm wie ein Hund.

»Wollen Sie die Kerle nicht festnehmen?«, wandte sich Flo aufgeregt an Roxy. »Sie sind doch Polizistin. Das war gerade Körperverletzung.«

Toni fasste Flo am Handgelenk. »Lass gut sein. Es gibt genügend Zeugen. Wenn ich einen bleibenden Schaden davontragen sollte, kann ich sie ja immer noch anzeigen.«

»Er hat recht«, stimmte Roxy ihm zu. »Die Situation ist erst einmal bereinigt, und ob Ihr Bruder Anzeige erstattet, das liegt bei ihm.«

Toni schüttelte den Kopf. »Was soll das bringen? Ihr habt es doch alle gehört, er hat gute Anwälte. Und wisst ihr was, das glaube ich ihm sogar. Einen Prozess, den wir womöglich verlieren, können wir uns in unserer derzeitigen Lage nicht leisten.« Tonis Blick schweifte zu seiner Mutter. »Oder siehst du das anders?«

Greta zog ein Taschentuch aus ihrer Handtasche und tupfte die Wunden in Tonis Gesicht ab. »In der momentanen Situation wäre es schwierig«, gab sie ihrem Sohn recht. »Aber vielleicht beim nächsten Zwischenfall, wenn sich unsere privaten und wirtschaftlichen Verhältnisse stabilisiert haben. Wobei du helfen könntest, wenn du hierbleiben würdest.«

Noch vor ein paar Minuten hätte Toni energisch widersprochen. Zwar hatte er noch immer vor, die Gegend wieder zu verlassen, doch plötzlich hatte er es nicht mehr ganz so eilig. Sein Blick suchte Roxys, und wieder stellte sich das Gefühl der Verbundenheit ein, das er gestern schon gespürt hatte. Er ahnte, was sie gerade dachte.

Wir haben hier einen Fall zu lösen.

13

Roxy hatte darauf bestanden, Toni nach dessen Zusammen-stoß mit Ron Weinbichl vorsichtshalber zu einem Arzt zu fahren.

Das Wartezimmer in der Praxis von Dr. Valentin Reiter in der Weitseestraße war brechend voll. Aber Roxy hatte schon während der kurzen Fahrt mit der Arzthelferin telefoniert, und so wurden sie nach ihrer Ankunft direkt ins Behandlungs-zimmer geleitet.

»Ein Notfall, es ist ein Notfall«, säuselte die Sprechstunden-hilfe mehrmals beschwichtigend in Richtung der murrenden Patienten und setzte dabei einen Gesichtsausdruck auf, der vermuten ließ, Toni sei kurz vor dem Exitus.

Dr. Reiter war ein schlanker dunkelhaariger Mann um die vierzig. Als Roxy und Toni das Arztzimmer betraten, erhob er sich von dem Drehstuhl hinter seinem Schreibtisch und begrüßte Roxy mit einer herzlichen Umarmung. »Findest du endlich mal Zeit, deinen Cousin zu besuchen?«, sagte er mit prüfendem Blick, während er sie mit ausgestreckten Armen an den Schultern hielt. »Ich hoffe, du bist nicht krank, wenn du mich in der Praxis aufsuchst?« Vorsichtig betastete er die Brandnarben an Roxys Hals. »Mit der Salbe kommst du klar?«

»Ich trage sie einmal in der Woche auf, und sie hilft tat-sächlich gegen das Spannungsgefühl, wie du gesagt hast.« Sie deutete auf Toni. »Das ist Anton Hauser. Er hatte vor ein paar Minuten eine handfeste Auseinandersetzung mit dem Weinbichl Ron. Leider hat er den Kürzeren gezogen ...«

»... weil der Herr Weinbichl offensichtlich Kraftsport macht und mich unverhofft angegriffen hat«, ergänzte Toni umgehend.

Roxy grinste. »Kannst du ihn bitte durchchecken, Valentin? Er hat ganz schön was abbekommen.«

»Gegen Ron Weinbichl in physischer Hinsicht das Nachsehen zu haben, ist keine Schande«, sagte Dr. Reiter und gab Toni die Hand. »Ziehen Sie mal Ihr Shirt aus. Beim nächsten Mal duellieren Sie sich besser auf geistiger Ebene, da gewinnen Sie ganz sicher.«

»Ich werde es ihm vorschlagen«, erwiderte Toni, machte seinen Oberkörper frei, und Dr. Reiter tat seine Arbeit. Bis auf ein paar Prellungen und oberflächliche Wunden im Gesicht schien Toni glimpflich davongekommen zu sein. Auch die Nase war nicht gebrochen. »Eventuell haben Sie eine kleine Gehirnerschütterung von dem Faustschlag oder dem Aufprall auf dem Boden«, sagte der Arzt abschließend. »Lassen Sie es die nächsten Tage einfach etwas ruhiger angehen. Wenn Sie jedoch Schwindelanfälle bekommen sollten oder Ihnen übel wird, schauen Sie bitte umgehend wieder hier vorbei.«

»In Ordnung, Doc«, sagte Toni und streifte sich sein Shirt wieder über. »Danke für Ihre Zeit.«

»Gern geschehen.«

»Ist bei dem vollen Wartezimmer aber nicht selbstverständlich. Sie scheinen gut zu sein in Ihrem Job.«

Valentin Reiter lächelte nur, während er das Untersuchungsergebnis im Computer festhielt. »Bevor Sie gehen, geben Sie bitte Agnes noch Ihre Chipkarte, dann legt sie eine Patientenakte über Sie an.«

»Ich reise in Kürze wieder ab«, sagte Toni.

»Dann waren Sie eben nur einmal bei mir zur Behandlung, die Karte brauchen wir trotzdem.«

Toni nickte, verabschiedete sich und verließ mit Roxy das Behandlungszimmer.

»Einen netten Cousin hast du«, sagte er, als sie ein paar Minuten später auf dem Weg zum Parkplatz waren.

»Er war früher Internist im Klinikum Traunstein, hat sich vor ein paar Jahren aber hier niedergelassen.«

»Weshalb?«, fragte Toni. »Eine Internistenstelle in einem großen Krankenhaus ist doch der Wunsch vieler Ärzte.«

Sie hatten den Astra erreicht, und Roxy lehnte sich mit dem Rücken dagegen. Sie schien zu überlegen, ob sie auf Tonis Frage antworten sollte. »Ganz freiwillig hat er seinen Posten nicht geräumt«, sagte sie schließlich. »Man hat ihm einen Kunstfehler unterstellt, woraufhin er von sich aus gekündigt hat.«

»Das tut mir leid«, sagte Toni. »Wir sind alle nur Menschen, niemand ist vollkommen. Jeder macht mal einen Fehler.«

»Du verstehst nicht«, erwiderte Roxy. »Er hat sich nichts zuschulden kommen lassen. Ich sagte ja, man hat ihm diesen Fehler angedichtet. Hintergrund des Ganzen war eine bevorstehende Beförderung zum Chefarzt, für die noch ein anderer Arzt in Frage kam.« Sie seufzte. »Valentin ist der loyalste Mensch, den ich kenne. Der andere Arzt war es nicht, mehr ist dazu nicht zu sagen. Im Nachhinein ist Valentin sogar froh darüber, wie alles gekommen ist. Er fühlt sich wohl in seiner Praxis, und du hast es ja selbst gesehen, an Arbeit mangelt es ihm nicht.«

»Qualität spricht sich eben rum«, sagte Toni. »Kanntest du meinen Vater eigentlich näher?«

Roxy schüttelte den Kopf.

»Aber du warst auf seiner Beerdigung.«

»Purer Zufall«, erwiderte Roxy. »Im Pfarramt hat es am letzten Wochenende einen Einbruch gegeben. Ich musste noch einmal mit dem Pfarrer reden.« Sie öffnete die Tür des Opels. »Valentin meinte, du brauchst ein paar Tage Ruhe. Ich würde dir empfehlen, dich daran zu halten und deinen Aufenthalt in Reit im Winkl etwas zu verlängern.«

Toni massierte sich mit den Fingern die Stirn und atmete tief durch. Dabei spürte er seine geprellten Rippen. In der Tat ein weiterer Grund, noch nicht abzureisen. »Falls du jetzt nach Traunstein zur Inspektion fährst, könntest du mich beim Panoramablick absetzen?«, fragte er.

»Natürlich«, antwortete Roxy und stieg ins Auto.

In den folgenden zehn Minuten erzählte sie Toni, dass sie derzeit von der Polizeistation Reit im Winkl aus ermittele, und wies Hubert Stoizl per Handy an, ihr eine Liste sämtlicher Halter von schwarzen Geländewagen in Reit im Winkl und Umgebung zusammenzustellen. Dann lieferte sie Toni bei Victoria Strassers Pension ab.

14

Es war bereits früher Nachmittag, und zwischen dem Werkstattschuppen und der Pension waren wieder Max' Holzarbeiten aufgebaut. Aus dem Schuppen ertönte ein kreischendes Geräusch. Toni schulterte seinen Rucksack und ging hinüber. Der Lärm kam von einer elektrischen Säge, mit der Max gerade Bretter für sein nächstes Kunstwerk zuschnitt. Der alte Mann hatte ihm den Rücken zugewandt, und da Toni nicht wollte, dass er erschrak und sich womöglich einen Finger abtrennte, wartete er am Tor, bis die Säge abgestellt war.

»Mensch, Toni!«, rief Max, als er ihn bemerkt hatte. Er musterte ihn blinzelnd. »Heute Vormittag hast du noch besser ausgesehen. Ich dachte, du bist schon über alle Berge.«

Sie begrüßten sich mit einer herzlichen Umarmung, wie alte Bekannte. So ein spontaner Saufabend wie vor zwei Tagen schweißte eben zusammen. Dann berichtete Toni von seinem Erlebnis am Friedhof sowie dem Entschluss, noch ein paar Tage zu bleiben.

»Ich weiß überhaupt nicht, ob Vicki schon wieder da ist«, erwiderte Max. »Sie wollte im Ort ein paar Besorgungen machen. Aber sie wird sich freuen.«

»Seid ihr euch da sicher?« Vicki stand so unverhofft hinter ihnen wie am Dienstagabend.

Toni riss voller Unschuld die Hände in die Höhe. »Dein Großvater hat das behauptet.«

Vicki schmunzelte. Als sie Tonis lädiertes Gesicht sah, runzelte sie die Stirn. »Wer hat dich denn durch den Fleischwolf gedreht?«

»Toni hat sich mit dem Ron Weinbichl angelegt«, sagte Max in stolzem Ton. »Ganz schön mutig, findest du nicht, Vicki?«

»Eher dumm, würde ich sagen«, antwortete seine Enkelin verächtlich. »Warst du beim Arzt?«, fragte sie in Tonis Richtung.

»Roxy hat mich hingefahren.«

Vicki hob die Augenbrauen. »Soso, Roxy«, sagte sie beiläufig und wechselte das Thema. »Habe ich da vorhin etwas von ein paar Tagen gehört, die du bleiben möchtest?«

Toni nickte. »Wie lange genau, weiß ich noch nicht.«

»In Ordnung, komm mit. Deine Junior Suite ist noch nicht wieder vergeben.«

Toni zögerte. »Vicki, ich weiß nicht, ob ich das bezahlen kann. Vielleicht gibst du mir lieber ein kleineres Zimmer.«

Vicki winkte ab. »Mach dir darüber keine Gedanken«, erwiderte sie, und damit schien dieses Thema für sie erledigt zu sein. Die beiden ließen Max allein. Als sie Toni den Schlüssel ausgehändigt hatte, holte Vicki eine Plastikwanne aus einer Abstellkammer auf dem Flur und drückte sie Toni in die Hand. »Da kommen sämtliche Klamotten rein, die du auf dem Leib hast und die sich in diesem Ding da befinden, das du Rucksack nennst.« Sie rümpfte die Nase und deutete mit einer knappen Kopfbewegung auf besagtes, in der Tat ziemlich zerschlissenes Stück. »Der Waschraum ist im Keller. Es genügt, wenn du die Wanne vor die Maschine stellst.«

»Darf ich noch etwas anbehalten?«, fragte Toni zaghaft.

»Nein!«

Toni stand stramm.

»So wie du ausschaust, brauchst du Ruhe. Ich gebe dir gleich einen Pyjama von Max, und dann legst du dich hin. Vorher bringst du aber noch die Wanne runter. Dazu kannst du einen Bademantel anziehen, den du im Schrank findest. Verstanden?«

Widerrede war eindeutig zwecklos.

Der Pyjama passte Toni perfekt. Max war er mit Sicherheit zwei Nummern zu groß, aber ältere Leute mochten es ja mitunter bequem. Denn nichts war unangenehmer als ein Schlafanzug, der nachts im Schritt kniff.

Toni saß auf der Bettkante und kraulte Räuber den Kopf, der es sich nicht hatte nehmen lassen, zu ihm ins Zimmer zu huschen. Mit einem bedrückenden Gefühl im Herzen atmete er durch. Seine Wäsche war im Keller, Vicki würde sich darum kümmern. Die Frau, die Hans' Freundin gewesen war und endlich Antworten aus seinem Mund bekommen sollte.

Er war leidlich aus den Auseinandersetzungen mit Leopold Bräuning und Ron Weinbichl herausgekommen. Beide Male hatte Roxy dafür gesorgt. Die Frau, die früher unter ihm und seinen Freunden gelitten hatte.

Christoph war vor seinen Augen in den Tod gestürzt. Sein Kumpel, mit dem zusammen er Hans die Ehre hatte erweisen wollen.

Er war zu spät zur Beerdigung seines Vaters erschienen. Seine Mutter und Flo hatten es ihm nicht nachgetragen. Seine Familie, die er damals im Stich gelassen hatte. Toni seufzte. Hatte er das tatsächlich getan und nicht bemerkt?

Eine plötzliche Müdigkeit überkam ihn, er schloss die Augen und ließ sich auf das Bett fallen. Sekunden später schlief er ein. Als er erwachte, drang nur noch spärliches Licht durch das Fenster. Räuber befand sich im Bett zu seinen Füßen und schnarchte leise. Toni gähnte und schielte auf den Wecker auf dem Nachttisch. Es ging auf neunzehn Uhr zu, er hatte tatsächlich etliche Stunden geschlafen. Ein angenehmer Duft lag in der Luft, und sein Blick schweifte durch das Zimmer. Über der Lehne des Stuhles hingen ein paar seiner Sachen – eine Jeans, ein Shirt, Strümpfe und Unterwäsche. Alles frisch gewaschen, trocken und gebügelt. *Danke, Vicki.*

Als Toni aufstand, wurde Räuber wach und rollte sich gähnend auf den Rücken. Toni kraulte ihm kurz den Bauch, bevor er sich im Bad frisch machte. Dabei stellte er fest, dass seine Schwellungen im Gesicht zurückgegangen waren. Seine Rippen schmerzten noch ein bisschen, aber es war auszuhalten und schränkte ihn nicht sonderlich ein. Räuber war auf den Toilettendeckel gesprungen und beobachtete Toni. »Meinst du, dein Frauchen findet es richtig, dass du dich bei mir rumtreibst?«, fragte er.

Der Hund neigte den Kopf und winselte leise.

»War das ein Ja?«

Räuber ließ ein kurzes helles Bellen hören und wischte sich mit der Vorderpfote über das Gesicht.

»Schon gut, dann nehme ich es als solches.«

Es klopfte an der Tür, und ehe Toni darauf reagieren konnte, ging sie auch schon auf. Max kam mit einem vollen Tablett in den Händen herein. »Vicki meint, ich soll dir das hier bringen«, sagte er und stellte das Tablett auf dem Tisch ab. »Das sind Spaghetti mit Tomatensoße. Sehr lecker. Wenn du fertig bist, sollst du das Geschirr nur vor die Tür stellen.«

»Ich hätte doch runterkommen können«, sagte Toni. »So schlecht geht es mir nun auch wieder nicht.«

Max schüttelte den Kopf. »Vicki will dich erst zum Frühstück wieder sehen. Du sollst dich ausruhen.«

»Sie ist nicht meine Mutter.«

»Aber sie sorgt sich um dich«, erwiderte Max. »Wir sehen uns morgen zum Frühstück, Toni.« Er verließ mit Räuber, der noch sein Fressen und den abendlichen Auslauf brauchte, das Zimmer.

15

Mit Räuber zu seinen Füßen saß Toni am nächsten Vormittag am Eichentisch der Pensionsküche und schlürfte schwarzen Kaffee. Er genoss das Privileg, dort essen zu dürfen und nicht mit den anderen Pensionsgästen im Frühstücksraum sitzen zu müssen. Am Vorabend hatte er noch eine Weile wach gelegen und nachgedacht. Seit nicht einmal drei Tagen war er hier, und die Ereignisse hatten sich in dieser Zeit überschlagen. Zum Glück hatte er keine nennenswerten Blessuren von seiner Auseinandersetzung mit Ron Weinbichl davongetragen. Die Schwellungen in seinem Gesicht würden bald gänzlich abgeklungen sein, und die Prellung an seinen Rippen spürte er nur noch, wenn er mit der Hand dagegendrückte.

Gedanklich musste sich Toni noch an den Umstand gewöhnen, länger als vorgesehen Gast in Leopold Bräunings Reich zu sein. Und wer war schuld daran? Roxy. Ihre Andeutungen über einen möglichen Zusammenhang zwischen den tödlichen Unfällen von Christoph und Hans hatten Toni nachdenklich gemacht und seiner Vermutung, dass vor zehn Jahren er das eigentliche Opfer hätte sein sollen, neue Nahrung gegeben. Genauso wie Roxy wollte er den Ereignissen näher auf den Grund gehen, und er hatte nach wie vor das Gefühl, dass sie nur gemeinsam ans Ziel kommen würden. Ebenso gut konnte es aber auch sein, dass Roxy es nicht gern sah, wenn er sich über seine Rolle als Zeuge hinaus in dem Fall engagierte. Also entschied Toni, erst einmal seine eigene Strategie zu entwickeln, und was lag da näher, als die Person unter die Lupe zu nehmen, der er schon damals am ehesten ein Attentat dieser Art zugetraut hatte? Leopold Bräuning.

Wann und wo aber würde er Leopold an einem Freitag allein antreffen? Im Rathaus brauchte er es nicht zu versuchen, da waren zu viele Leute. Doch er vermutete, dass sich spätestens nach dem Mittagessen kaum noch ein Mitarbeiter der

Verwaltung, Leopold eingeschlossen, dort aufhalten würde. Schließlich stand das Wochenende vor der Tür. Toni entschied, am frühen Nachmittag Leopolds Anwesen aufzusuchen, da erschien ihm die Chance, dem Kerl zu begegnen, am größten. Es war erst zehn Uhr, er hatte also noch ein paar Stunden Zeit. Spontan entschloss er sich, vorher zu seinem Elternhaus zu gehen und mit seiner Mutter zu reden. Vielleicht konnte er auf diese Weise ein paar Differenzen aus der Welt schaffen, auch wenn er entgegen Gretas Hoffnung Reit im Winkl wieder verlassen würde, sobald er Leopold Bräuning überführt hätte.

Es war später Vormittag, als Toni sich dem von saftigen Wiesen umgebenen Grundstück am Haselnußweg neben dem Pötschgraben näherte, auf dem er etliche Jahre seines Lebens verbracht hatte und wo Greta und Flo versuchten, ihr Unternehmen am Laufen zu halten. Ein gelber Ford Ranger mit Edelweiß-Logo – eine Edelweißblüte im Vordergrund mit Bergmassiv dahinter – auf den Türen fuhr gerade in Richtung B 305 davon. Toni hoffte, dass er den Weg hierher nicht umsonst gemacht hatte und nicht seine Mutter mit dem Fahrzeug unterwegs war.

Am Rand des Grundstücks hielt Toni inne und betrachtete das ländliche Wohnhaus mit dem ausladenden Dach und den farbenfrohen Blumen in den Balkonkästen sowie die aus Feldsteinen gemauerte Scheune daneben. Die Heimat seiner Kindheit und Jugend und der Firmensitz von Edelweiß. Alles sah aus wie früher, als wäre die Zeit stehen geblieben und er nie fort gewesen.

Die beiden Flügel des mit großflächiger Verglasung versehenen Giebeltores der Scheune waren offen, und Toni ging hinüber. Drinnen war Flo damit beschäftigt, Wander- und Kletterausrüstungen, die Edelweiß für den Verleih an seine Kunden vorhielt, zu reinigen und zu sortieren. Als er Toni bemerkte, kam er herüber und umarmte seinen großen Bruder.

»Ich habe den Ranger wegfahren sehen«, sagte Toni.

»Mama ist damit nach Ruhpolding zur Werkstatt unterwegs«, erwiderte Flo. »Irgendetwas stimmt mit der Elektronik nicht, das Reifendrucküberwachungssystem zeigt ständig Fehler an, obwohl der Luftdruck stimmt.«

»Das wird dann sicher eine Weile dauern«, vermutete Toni. Flo nickte. »Sie hatte vor, danach noch ein paar Besorgungen zu machen. Wolltest du zu ihr?«

»Ich hatte die Absicht, mit ihr zu reden, ja«, sagte Toni. »Ich bleibe zwar noch ein paar Tage, möchte aber nicht, dass nach meinem Abschied wieder jahrelang unausgesprochene Dinge zwischen uns stehen.«

»Kann ich verstehen«, erwiderte Flo. »Aber wenn du noch eine Weile in der Nähe bist, ergibt sich das bestimmt ein anderes Mal.«

»Das hoffe ich«, sagte Toni, und sein Blick blieb an einem Motorrad haften, einer orangefarbenen KTM 690 Enduro, die seitlich in der Scheune stand. Er ging hinüber und strich mit der Hand über den Sitz der Maschine. »Fährt sie noch?«, fragte er.

Flo stellte sich neben seinen Bruder und legte den Arm um dessen Schultern. »Was denkst du denn! Ich bin manchmal mit ihr unterwegs. Nicht so oft wie du damals, aber hin und wieder.«

»Kann ich sie mir für ein paar Tage ausleihen?«, fragte Toni spontan. So wäre er flexibel und müsste nicht sämtliche Wege zu Fuß erledigen.

»Es ist deine KTM«, sagte Flo. »Das war sie damals, und sie ist es logischerweise auch heute noch. Nimm sie, ich brauche sie nicht.« Sein Arm schwenkte zu einem Regal an der Wand. »Dein alter Helm liegt dort drüben.«

»Danke«, sagte Toni. »Ich hoffe, du bist mir nicht böse, wenn ich schon wieder gehe, ich habe noch was Wichtiges zu erledigen.«

»Was immer das sein mag«, erwiderte Flo. »Ich hoffe, wir sehen uns noch mal, bevor du wieder gehst.«

»Sicher«, sagte Toni und holte den Helm.

Wenig später hatte er die Enduro aus der Scheune geschoben, setzte den Fuß auf den Kickstarter und trat durch. Er lächelte, die Maschine war sofort angesprungen, als wäre er gestern erst mit ihr gefahren. Toni schwang sich auf den Sitz, und die Erinnerungen ließen nicht lange auf sich warten. So oft war er früher damit durch die Gegend gedüst, und so mancher Jugendliche aus dem Ort hatte ihn um das Motorrad beneidet. Toni hatte das damals genossen und verspürte auch jetzt ein erhabenes Gefühl. Ein paarmal spielte er noch mit dem Gasgriff, dann zog er die Kupplung, trat mit dem Fuß den Gang in Position, sodass die Maschine zusammenzuckte, und machte sich mit lautem Geknatter auf die Suche nach Leopold Bräuning.

Das Anwesen von Leopold und Maria Bräuning befand sich oberhalb der Birnbacher Straße, nahe der Grenze zu Österreich, direkt neben dem grenzüberschreitenden Golfplatz Reit im Winkl/Kössen. Toni nutzte Nebenstraßen, die entlang saftiger Weiden und hin und wieder durch kleinere Waldgebiete führten. Nachdem er die letzten Bäume hinter sich gelassen hatte, stoppte er die Maschine und schob das Visier des Helmes nach oben. Der Motor der Enduro tuckerte leise im Leerlauf.

Das Grundstück der Bräunings lag auf einem almähnlichen Plateau einen Viertelkilometer vor ihm. Von seinem Standpunkt aus konnte Toni direkt auf das Anwesen hinabblicken. Das moderne, in den Hang gebaute Wohnhaus stach sofort ins Auge. Mit seinen drei üppig verglasten Staffelgeschossen und den ausladenden, mit Edelstahlgeländern eingefassten Balkonen und Terrassen bildete es einen scharfen Kontrast zu der ortsüblichen Architektur. Ein monströser Geländewagen – trotz der Entfernung meinte Toni, einen Jeep Gladiator zu erkennen – stand vor dem breiten Garagentor des untersten Geschosses.

Alpentouristik, die Firma der Bräunings, war in einem nur unwesentlich minderprächtigen Nebengebäude untergebracht. Die Parkfläche davor war kunstvoll gepflastert, und ein riesiges Werbeschild auf dem Dach ließ keinen Zweifel daran, welches der in Reit im Winkl ansässigen Bergtour-Unternehmen den Anspruch hatte, die unangefochtene Nummer eins zu sein.

Toni blähte die Wangen auf und ließ die Luft langsam entweichen. Beim Anblick des Ensembles zweifelte er nun doch, ob es ratsam war, sich mit Leopold Bräuning anzulegen. Einem Mann, dessen wirtschaftliche und politische Stellung in der Region über allem stand und der in sich sämtliche Eigenschaften vereinte, die diese Zweifel rechtfertigten: Skrupellosigkeit, Arroganz, Aggressivität, Machtbesessenheit – um nur einige zu nennen. Doch war es richtig, deswegen zu kuschen? Die Fehde zwischen den Familien Hauser und Bräuning gab es immerhin schon, seit Tonis Großvater vor über fünfzig Jahren nach Reit im Winkl gekommen war und Edelweiß gegründet hatte. Alpentouristik existierte da bereits viele Jahre, und ein Konkurrenzunternehmen in der Nähe wurde von den Bräunings schon damals als Bedrohung angesehen. Das hatte sich bis heute nicht geändert.

Tonis Blick schweifte hinüber zu den Felsen im Nordwesten. Dort befand sich der Hausbachfall-Klettersteig, und ein Lächeln breitete sich auf seinem Gesicht aus. Erinnerungen wurden wach. Trotz der jahrzehntelangen Feindschaft zwischen ihren Familien waren er und Hans irgendwann zu Freunden geworden.

16

Fünfzehn Jahre zuvor war der Tag gerade erst angebrochen, und feuchte Schwaden zogen über das Gelände. Es war frisch an diesem Oktobermorgen am Fuß des Hausbachfall-Klettersteiges. Vicki fröstelte und zog den Reißverschluss ihrer Jacke bis zum Kinn. »Also gut«, sagte sie, legte den Kopf in den Nacken und schaute die Felswand hinauf. »Ihr startet im Abstand von fünfzehn Minuten. Ich erwarte euch oben am Ziel und messe die Zeit.«

»Dann muss der Hauser aber nach mir los«, spottete Hans und kramte seine Klettersteigausrüstung aus dem Rucksack. »Sonst hält er mich irgendwann auf.«

»Träum weiter, Bräuning«, konterte Toni und lächelte milde. »Eure Sippe hat noch nie zwischen Realität und Wunschdenken unterscheiden können.«

»Hört auf, ihr Idioten«, grätschte Vicki dazwischen. »Wir sind hier, damit ihr euch endlich abgewöhnt, euch gegenseitig die Köpfe einzuschlagen. Der Verlierer akzeptiert, dass der andere besser war, und ihr geht in Zukunft vernünftig miteinander um. Ihr habt es versprochen.«

Die Jungs nickten, doch die Blicke, mit denen sie sich beäugten, sagten etwas anderes: Wir sind Konkurrenten und werden es immer sein. Wir sehen diesen Wettkampf nur als willkommene Möglichkeit, dem anderen die eigene Überlegenheit zu demonstrieren.

Eigentlich war der Schlagabtausch zwischen den beiden nichts Besonderes. Vielmehr war es der alltägliche Umgangston, den Anton Hauser und Hans Bräuning untereinander pflegten und mitunter regelrecht zelebrierten. Sie waren damit groß geworden, wurden vor achtzehn Jahren hineingeboren in die seit Jahrzehnten andauernde Fehde ihrer Familien. Die Jungs kannten es nicht anders, Feindschaft war normal, Freundschaft undenkbar.

Toni wusste, dass Vicki die Zwietracht zwischen ihm und Hans gewaltig auf die Nerven ging. Sie hatten früher oft zusammen gespielt, und erst als sie älter wurden, hatte sich ihre Kinderfreundschaft zu einem respektvollen Miteinander gewandelt. Doch die seit ein paar Monaten bestehende Beziehung zwischen Vicki und Hans war Nährboden für Konfliktpotenzial. Einmal hatte sie ihm und Hans sogar an den Kopf geworfen, sich ähnlicher zu sein, als sie beide es jemals zugeben würden. Was für ein absurder Gedanke, da waren er und Hans ausnahmsweise einmal einer Meinung gewesen.

»Also gut, wir losen«, sagte Vicki, hob einen Kieselstein auf und ließ ihn hinter ihrem Rücken in einer ihrer Hände verschwinden. Dann streckte sie beide Fäuste nach vorn. »Wer den Stein hat, fängt an.«

»Du wirst meinen Atem in deinem Nacken spüren, Bräuning«, stichelte Toni, nachdem klar war, dass Hans beginnen würde.

Hans schnaufte verächtlich. »Bevor wir uns oben wiedersehen, habe ich noch eine Stunde Zeit für ein Nickerchen.«

Vicki verdrehte die Augen. »Los, Hans, leg deine Ausrüstung an«, seufzte sie.

Hans schlüpfte in den Klettersteiggurt, prüfte Sicherungsseile und Karabiner, setzte den Helm auf und streifte abschließend die Kletterhandschuhe über. »Von mir aus kann es losgehen, schließlich habe ich nicht den ganzen Tag Zeit, mich mit Anfängern zu duellieren.«

Diesmal ignorierte Toni die Spitze und machte sich seinerseits daran, die Ausrüstung anzuziehen. Natürlich wusste er, wie gut Hans klettern konnte, und war sich keineswegs sicher, als Sieger aus dem Duell hervorzugehen. Aber das musste er dem Kerl ja nicht auf die Nase binden. Im Übrigen konnte er auch seine eigenen Fähigkeiten ganz gut einschätzen, und letztendlich war es so, dass die Chancen fifty-fifty standen. Toni war klar, dass Hans' große Klappe wie bei ihm selbst nur nichtssagendes Säbelrasseln war.

Hans drückte Vicki einen Kuss auf den Mund. Dann begab

er sich zum Startpunkt und sicherte sich mit den Karabinern seiner Ausrüstung am Kletterseil des Steiges. »Wir sehen uns oben, Hauser, wenn du mir zum Sieg gratulierst.«

Toni war dabei, seine Schuhe zu schnüren, und tat so, als hätte er es nicht gehört.

Vicki holte eine Stoppuhr aus ihrer Jackentasche, stellte sich neben Hans und hob den Arm. »Auf die Plätze – fertig – los!«

Mit einem Schwung war Hans in der Wand, kletterte ein paar Meter, löste eines der beiden Sicherungsseile, klickte es ins nächste Segment des Steiges, ließ das andere Seil folgen und kletterte weiter.

Toni blähte anerkennend die Wangen auf, während er Hans nachschaute. Er würde sich richtig anstrengen müssen. Aber er blieb gelassen und widmete sich wieder seiner Ausrüstung.

»Verdammt, Hans!«, kreischte Vicki unvermittelt. »Klick die Karabiner ins Seil!«

Tonis Blick schnellte augenblicklich nach oben. »Spinnst du, Hans!«, brüllte nun auch er. »Das ist es nicht wert!«

Hans hörte nicht auf die beiden und kletterte weiter. Ungesichert an der steilen, feuchten Felswand. So kam er natürlich schneller voran.

Vicki krallte sich an Tonis Arm und sah ihm flehend ins Gesicht. »Bitte, Toni, du musst hinterher.«

»Ich muss mich sichern, Vicki. Ich werde zu langsam sein, um ihn einzuholen.«

In Vickis Augen traten Tränen. »Versuch es, Toni. Hans bewundert dich insgeheim, aber er würde alles tun, um gegen dich zu gewinnen. Er wird abstürzen.«

Toni wusste, dass es auf der Strecke einige Passagen gab, die ungesichert nahezu nicht zu bewältigen waren. Sollte sich Hans in seinem blinden Enthusiasmus dazu entschließen, sich auch dort nicht in das Steigseil einzuhängen, könnte es tatsächlich zu einem Unglück kommen. Er spürte Vickis Zittern und erkannte, wie viel diesem Mädchen an seinem Widersacher lag. Einen Augenblick haderte er noch, dann löste er sich aus ihrem Griff und schwang sich in die Wand. In diesem Moment tat er es nicht wegen Hans, er tat es Vicki zuliebe.

Hans war nicht mehr zu sehen, und Toni legte die ersten Meter ebenfalls ungesichert zurück. Erst als es steiler wurde, hängte er seinen Gurt in das Führungsseil ein. Auf der Suche nach der effizientesten Kletterlinie schaute er nur nach oben. Allerdings wurde diese durch die beschränkte Länge der Sicherungsseile im Grunde vorgegeben, und Tonis einziger Vorteil war, dass er den Steig schon mehrmals gegangen war und ihn somit recht gut kannte.

Unvermittelt hallte ein Schrei zwischen den Felsen des Steiges, und Toni verharrte einen Moment. Es war Hans' Stimme, und sie hörte sich näher an, als er vermutet hätte. Doch ein Felsvorsprung war im Weg, und er konnte Hans nicht sehen. Toni dachte nicht nach, als er die Karabiner vom Führungsseil löste, er dachte auch nicht nach, als er leicht in die Knie ging und mit einem Satz nach oben schnellte, er hörte nicht Vickis entsetzten Aufschrei fünfzig Meter unter ihm, er war nur froh, dass er den Felsvorsprung mit seinen Fingern gerade noch zu fassen bekam.

Toni baumelte in der Luft wie Tom Cruise in der Anfangssequenz von »Mission: Impossible 2«. Instinktiv bündelte er seine Kräfte und schwang sich in einer Kombination aus Klimmzug und Seitwärtsrolle auf den Vorsprung. Für einen Moment schweifte sein Blick nach unten, doch Toni verdrängte die Gedanken an die Gefahr, in die er sich gerade begab. Aber den Felsvorsprung zu umklettern hätte bedeutet, mehrere Minuten Zeit zu verlieren.

Er konzentrierte sich auf das, was oben war, und nun konnte er Hans erkennen. Ungefähr zehn Meter entfernt balancierte er auf einer schmalen, schlierigen Felskante. Die Vorderseite seines Körpers hatte er gegen die Wand gepresst und die Finger seiner ausgebreiteten Arme in die Felsen gekrallt, obwohl es dort kaum etwas zum Festhalten gab. Das Führungsseil des Klettersteiges war nah, aber dennoch zu weit entfernt, als dass Hans es hätte erreichen können.

»Du Vollidiot!«, rief Toni. »Halte durch, ich komme!«

»Beeile dich!«, rief Hans zurück. »Ich habe mir den Fuß verstaucht!«

Hastig checkte Toni die Situation und sah nur eine Möglichkeit, Hans zu retten. Ein Stück weiter oben machte der Klettersteig eine Biegung nach links, sodass er die Stelle queren konnte, an der Hans sich ein paar Meter tiefer an die Felswand klammerte. Toni hängte seine Karabiner in das Führungsseil ein und machte sich auf den Weg dorthin. Es musste schnell gehen, und er hatte keine Zeit, die Erfolgsaussichten abzuwägen. Entweder es klappte, oder Hans starb.

»Du musst die Bremse benutzen!«, rief Hans ihm zu.

»Schlaumeier!«, antwortete Toni keuchend vor Anstrengung. Die Klettersteigbremse seiner Ausrüstung war ihre einzige Chance, das hatten sie beide erkannt. Toni musste einen eigenen Absturz herbeiführen, damit die Bremse ausgelöst wurde und die den Sturzimpuls dämpfende Seilverlängerung herbeiführte, die es ihm hoffentlich ermöglichen würde, Hans zu erreichen.

Er war an der Stelle angelangt, von der aus er sich in die Tiefe stürzen würde. »Halte deinen Karabiner bereit!«, rief er Hans zu. »Klick dich sofort in meine Ausrüstung ein, wenn ich bei dir bin. Wir versuchen, den Schwung zu nutzen, um das Seil am Steig zu fassen.«

Hans' schwerer Atem verriet, dass er mit den Kräften am Ende war.

Toni verlor keine Zeit, stieß sich ab, und sein Gewicht löste wie erwartet die Bremse seiner Ausrüstung aus. Er erreichte Hans, die Jungs klammerten sich aneinander, und Hans klickte den Karabiner eines seiner Sicherungsseile an Tonis Gurt.

»Hoffentlich hält das Seil«, schnaufte Toni, als sie fest umschlungen in der Luft hingen und er den Arm nach dem Führungsseil des Steiges ausstreckte. Tatsächlich gelang es ihm, es zu greifen. So gut es ging, brachte er sie beide in eine halbwegs stabile Position. Erst als Hans sich ebenfalls am Steigseil gesichert hatte, atmeten die Jungs durch. Ungläubig versuchten beide, das soeben Geschehene zu begreifen. Sie waren dem Tod von der Schippe gesprungen, gerade so.

Eine halbe Stunde später war ein Team der Bergwacht Reit im Winkl zur Stelle und erlöste die beiden Hitzköpfe aus ihrer misslichen Lage. Letztlich konnte man sich darüber streiten, ob dieses Duell zwischen Toni und Hans wirklich hätte sein müssen, aber eines blieb festzustellen: Begonnen hatten Anton Hauser und Hans Bräuning den Wettlauf als Feinde, als Freunde hatten sie ihn beendet.

Das Glockengeläut einer Herde Kühe, die ein Bauer ein Stück vor ihm über die Weide trieb, holte Toni in die Realität zurück. Er spürte, dass seine Augen feucht waren, wischte kurz mit den Fingern darüber und schob mit einer energischen Handbewegung das Visier des Helmes wieder nach unten. Dann ließ er den Motor der Enduro aufheulen, mehr, als es nötig gewesen wäre, und raste dem Anwesen von Leopold Bräuning entgegen.

17

Toni stellte das Motorrad neben dem Geländewagen – es war tatsächlich ein Jeep Gladiator – ab. Er nahm den Helm vom Kopf und schaute sich um. Ein paar Fahrzeuge standen auf dem Kundenparkplatz vor dem Alpentouristik-Gebäude, ein Mähroboter stutzte den Rasen am Wohnhaus, Menschen waren nicht zu sehen.

Plötzlich ging die etwas zurückgesetzte Eingangstür des Hauses auf, und Maria Bräuning kam heraus. Sie trug ein geblümtes Kleid, und ihre grauen Haare waren im Nacken zu einem Zopf gebunden.

»Kann ich Ihnen helfen?«, fragte sie, erkannte dann aber, wen sie vor sich hatte. »Was führt dich denn hierher, Toni? Ist es wegen der Sache mit Ron? Leopold hat mir davon berichtet. Es geht dir doch gut, oder?«

»Alles in Ordnung, Frau Bräuning«, antwortete Toni. »Ich bin nicht wegen Ron Weinbichl hier, ich wollte zu Ihrem Mann.«

Maria seufzte und widmete Toni einen mitfühlenden Blick. »Möchtest du versuchen, dich mit ihm auszusprechen?«

Toni wollte ihr nicht ins Gesicht sagen, weshalb er wirklich hier war. »Etwas in der Art«, antwortete er ausweichend.

Maria schaute ihn skeptisch an. »Ich weiß nicht, ob Leopold dazu bereit ist. Aber er ist sowieso nicht zu Hause. Er ist mit Ron und ein paar Kunden in der Klausenbachklamm, sie werden noch eine Weile unterwegs sein.«

Toni war sich nicht sicher, ob er erleichtert oder enttäuscht sein sollte. Offensichtlich machte er einen so unentschlossenen Eindruck, dass Maria ihn fragte, ob er auf eine Tasse Kaffee hereinkommen wolle.

Eigentlich widerstrebte es Toni, Leopold Bräunings Haus zu betreten, schaden konnte es aber auch nicht. Vielleicht entdeckte er ja einen Hinweis, der seine Ermittlungen vorantreiben würde. Allerdings hatte er keine Ahnung, was das sein könnte.

»Vielen Dank, Frau Bräuning, aber wirklich nur ein paar Minuten«, sagte er und saß wenig später in der einem Empfangsfoyer ähnelnden Diele des Hauses auf einem weichen Sessel. Vor ihm stand ein flacher Holztisch mit lackierter Platte und gedrechselten Beinen.

Maria Bräuning kehrte mit einem kleinen Tablett zurück, auf dem zwei Tassen Kaffee und eine Schale mit Keksen standen. Sie stellte alles auf den Tisch und setzte sich Toni gegenüber.

»Wie geht es dir, Toni?«, fragte sie. »Der Tod deines Vaters tut mir sehr leid. Es ist schade, dass er und Leopold sich nie zusammenraufen konnten.«

»Für meine Mutter und Flo ist es schwer«, erwiderte Toni und nahm einen Schluck. »Sie wissen nicht, ob sie die Firma halten können.«

Maria nickte verstehend. »Du gehst wieder fort?«

»Ich denke, es ist besser so. Leopold lässt die Vergangenheit nicht ruhen, wenn er mich in der Gegend weiß.«

»Hans fehlt uns«, seufzte Maria. »Das wird wohl immer so bleiben.«

»Mir fehlt er auch.«

Maria Bräuning schien plötzlich etwas einzufallen. »Komm mit, ich möchte dir etwas zeigen«, sagte sie und stand auf.

Toni stellte die Tasse ab und folgte ihr eine geschwungene Marmortreppe hinauf ins oberste Geschoss des Hauses. Sie durchquerten einen von abstrakten Gemälden gesäumten Flur und blieben schließlich an dessen Ende vor einer Tür stehen.

»Bevor Hans sich damals von uns losgesagt hat und in seine eigene Wohnung gezogen ist, war das sein Zimmer.« Sie lächelte mit traurigem Blick. »Auch wenn Leopold immer gegen eure Freundschaft war und dir nie erlaubt hätte, einen Fuß in dieses Haus zu setzen, gehe ich davon aus, dass du das Zimmer kennst.«

Toni nickte stumm. Tatsächlich war er des Öfteren hier gewesen, heimlich, wenn Hans' Vater nicht daheim war.

»Ich habe das Zimmer seit Hans' Auszug nicht verändert«, fuhr Maria fort. »Nur hin und wieder bin ich hineingegangen, um den Staub zu beseitigen. Nach dem Unglück habe ich es nie wieder betreten. Ich habe noch immer Furcht vor dem Schmerz, der mich womöglich überfallen wird.«

»Weshalb erzählen Sie mir das?«, fragte Toni.

Maria Bräuning zuckte mit den Schultern. »Weil du Hans' Freund warst und mich an ihn erinnerst«, antwortete sie leise und wirkte in diesem Moment um Jahre gealtert. »Du hast vorhin gesagt, dass er dir fehlt, vielleicht möchtest du dir das Zimmer ja anschauen.«

Toni atmete durch. Er war gekommen, um Leopold Bräuning zur Rede zu stellen. Stattdessen stand er mit dessen Frau vor Hans' altem Zimmer und war kurz davor, sich in Erinnerungen zu verlieren, die so furchtbar geendet hatten. Er war nicht sicher, ob er das wollte.

Doch Maria hatte die Tür schon einen Spalt geöffnet. »Geh ruhig hinein, Toni. Wenn dir etwas wichtig ist, ein Erinnerungsstück, nimm es dir einfach. Ich warte unten.«

Toni sah der Frau nach, bis sie die Treppe hinabstieg. Sein Blick schweifte zu der Tür. Einen Augenblick zögerte er noch, dann gab er ihr mit den Fingern einen leichten Stoß. Die Tür schwang auf, und die Furcht, von der Maria Bräuning vor ein paar Minuten gesprochen hatte, sprang ihm augenblicklich ins Gesicht. Sie klammerte sich an seinen Hals, umschloss sein Herz und presste erbarmungslos die Luft aus seinen Lungenflügeln. Toni drohte zu ersticken.

Nachdem die Emotionen etwas abgeklungen waren, betrat er zaghaft das Zimmer. Er ließ den Blick wandern, und die Erinnerungen waren so schmerzhaft, wie er befürchtet hatte. Der überdimensionierte Flachbildfernseher, auf dem sie sich Bergsteigerfilme und alpine Lehrvideos angeschaut hatten, die breite Couch, auf der sie nebeneinander gelümmelt und sich mit einer Flasche Bier in der Hand gegenseitig in jugendlicher Großkotzigkeit bestätigt hatten, was für tolle Typen sie doch waren, die Fotos an der Wand, die sie bei ihren gemeinsamen Touren aufgenommen hatten – das alles zu sehen, tat so weh.

Als Toni zwanzig Minuten später auf der Enduro das Grundstück von Leopold und Maria Bräuning verließ, hatte er alles in dem Zimmer so belassen, wie es gewesen war. Nur einen winzigen Gegenstand hatte er an sich genommen, es Maria jedoch nicht gesagt. Er glaubte sogar, dass sie nicht einmal wusste, dass dieser sich in dem Zimmer befunden hatte. Er war versteckt gewesen, zwischen den Seiten eines Buches von Reinhold Messner, in dem der seine Eroberung des K2 beschrieb und das Toni zufällig aufgeschlagen hatte, als er in seinen Erinnerungen schwelgte.

Die Gedanken an Hans' Mutter ließen Toni auch auf der Rückfahrt nicht los. Er hatte diese warmherzige Frau, die sich in den örtlichen Vereinen engagierte und sich nicht anmerken ließ, wie sehr sie unter der Dominanz ihres Gatten litt, schon immer gemocht. Toni hatte gespürt, wie es ihr das Herz gebrochen hatte, als Hans sich von seinem narzisstischen Vater und dessen Plänen und damit auch von ihr losgesagt hatte. Doch Marias Psyche schien robuster, als man es der zierlichen Frau ansah, und so hatte sie letztlich auch den Tod ihres Sohnes irgendwie bewältigt. Im Gegensatz zu ihrem Mann hatte sie Toni nie Vorwürfe gemacht oder ihm gar die Schuld an Hans' Tod gegeben. Sie hatte nicht einmal widersprochen, als Toni seine These von den manipulierten Bremsen und seine Vermutung, dass er das Opfer hätte sein sollen, öffentlich äußerte.

Damit hatte Toni damals Öl ins Feuer gegossen. Vielleicht war es das gewesen, was ihm letztlich das Genick gebrochen hatte. Er konnte seine Anschuldigungen nicht beweisen, und das hatte Leopold Bräuning die Chance geboten, ihm einen Strick aus Lügen, Verleumdung und Diffamie zu drehen. Toni hatte Trost im Alkohol gesucht, und es war ihm alles andere als leichtgefallen, aber er hatte letztlich keine Möglichkeit mehr gesehen, weiterhin in Reit im Winkl zu bleiben.

18

Josef Lackner saß hinter seinem akkurat aufgeräumten Schreibtisch und stopfte ein Stück Sachertorte in sich hinein, das er sich vor ein paar Minuten vom Bäcker gegenüber geholt hatte. Nebenbei löste er das Kreuzworträtsel einer bunten Zeitschrift, deren Titelblatt eine barbusige Schönheit zierte. Immerhin war Freitagnachmittag und Zeit, sich so langsam auf das Wochenende vorzubereiten. Er griff zum Telefonhörer und rief seine Frau an, um sie daran zu erinnern, seine Tracht vom Lederhosenwascher zu holen. Am Samstag fand nämlich das alljährliche Blindauer Dorffest statt, und Josef Lackner als Gesetzeshüter des Ortes und letztjähriger Sieger des Schützenwettbewerbes sollte da schon eine gute Figur abgeben.

Hubert Stoizl hingegen war mit seinen Gedanken noch voll bei der Arbeit und damit beschäftigt, den Drucker mit frischem Papier zu bestücken, um die Liste der Halter schwarzer Geländewagen auszudrucken, um die Roxy ihn gebeten hatte. Er hatte sich dabei erst einmal auf Reit im Winkl und einen Radius von fünfundzwanzig Kilometern beschränkt, was auf deutscher Seite im Wesentlichen die Orte Unterwössen, Oberwössen, Marquartstein und Ruhpolding einschloss. Zeitgleich kam aus Traunstein per Fax die Analyse der Reifenspur.

Hubert brachte beides eine Etage höher, wo Roxy in ihrem Büro am Schreibtisch saß, nachdenklich an einem Bleistift knabberte und versuchte, Struktur in ihre Ermittlungen zu bringen.

»Die Liste der Fahrzeughalter, Frau Oberkommissarin«, sagte Hubert stolz und reichte ihr das Papier. »Und ein Fax aus Traunstein mit der Auswertung der Reifenspur.« Er legte die Nachricht auf den Schreibtisch, breitete die Arme aus und strahlte bis zu den Ohren. »Bereit zu neuen Schandtaten, Boss.«

Roxy war nicht nach Späßen zumute. Sie hatte letzte Nacht schlecht geschlafen, da ihr das Schicksal von Christoph Steiner nicht aus dem Kopf ging. Gab es da wirklich eine Verbindung zu Anton Hauser und Hans Bräuning? Oder wollte sie diesen Bezug nur sehen, um endlich selbstständig ihren ersten großen Fall zu lösen? Natürlich spielte Ehrgeiz eine Rolle, trotzdem wurde sie das Gefühl nicht los, dass an dieser ganzen Geschichte um Anton Hauser, Hans Bräuning und Christoph Steiner mehr dran war. Genervt von ihrer eigenen Unschlüssigkeit, holte sie tief Luft. »Wie wäre es, wenn Sie eine Runde mit dem Streifenwagen durch den Ort drehen?«, sagte sie zu Hubert. »Sie haben sicher auf der Polizeischule gelernt, wie wichtig es ist, Präsenz zu zeigen.«

Hubert schob schmollend die Unterlippe nach vorn. »Sie wissen, wo Sie mich finden«, sagte er und machte sich daran, das Büro zu verlassen.

Nun tat Roxy der junge Kerl doch leid. »Wenn Sie schon mal unterwegs sind, ein Stück Kuchen wäre nicht schlecht«, rief sie ihm nach. »Für Sie und den Josef natürlich auch. Ich habe heute früh versehentlich meine Spendierhosen angezogen.«

Huberts Miene hellte sich auf. »Der Josef ist aber schon fleißig beim Kuchenessen.«

Roxy zeigte ein mildes Lächeln. »Schauen Sie ihn an, der verträgt ganz sicher ein weiteres Stück.«

An der Tür drehte sich Hubert noch einmal um, zögerte unschlüssig und tippte sich dann mit dem Finger an seine linke Halsseite. »Frau Oberkommissarin, darf ich fragen …?«

»Nein, dürfen Sie nicht«, unterbrach Roxy ihn heftiger, als sie es beabsichtigt hatte.

Hubert zuckte zusammen. »Entschuldigung, ich wollte nicht aufdringlich sein.«

»Schon gut«, erwiderte sie beschwichtigend. »Ein andermal vielleicht.«

Eilig schloss Hubert die Tür hinter sich.

Als Roxy allein war, legte sie die Liste mit den Fahrzeughaltern, die sie noch immer in der Hand hielt, beiseite und besah sich erst einmal das Fax mit der Reifenspuranalyse. Wahrscheinlich Ganzjahresreifen Typ BF Goodrich All-Terrain T/A KO2 265/70 121S, las sie. Was immer diese verwirrende Bezeichnung bedeuten mochte. Sie schob das Fax weg und nahm sich nun die Auflistung der Fahrzeughalter vor. Die Liste umfasste ein DIN-A4-Blatt, Hubert hatte die Namen alphabetisch geordnet, und Roxy ging sie von oben nach unten durch. In der Mitte angekommen, stutzte sie und runzelte die Stirn. Dass Leopold Bräuning einen Geländewagen fuhr, war ihr bekannt, aber soweit sie sich entsann, war das Ding silberfarben. Sie stand auf, öffnete die Bürotür und rief die Treppe hinunter nach dem jungen Sherlock Holmes.

»Der fährt gerade 'ne Runde Streife, Frau Oberkommissarin«, hörte sie Josefs Stimme.

Roxy ging zurück ins Büro und dachte nach. Möglicherweise hatte der Herr Bürgermeister ja ein neues Auto, Hubert wird sich schon nicht geirrt haben. Kurz entschlossen schnappte sie sich ihre Lederjacke, die über der Stuhllehne hing und ohne die sie selten nach draußen ging. Auch nicht im Sommer, da sie die perfekte Länge hatte, um die Waffe in ihrem Gürtelholster zu verdecken. Wie ein Revolverheld wollte sie in der Öffentlichkeit schließlich nicht rüberkommen. In der Tat hatte Leopold Bräuning in Roxys Augen ein Motiv, aber es gab etwas, das ihn für sie noch verdächtiger machte. Sie traute ihm auch die Verschlagenheit und Skrupellosigkeit zu, solcherart Taten zu begehen.

Roxy war gerade dabei, ihren Astra aufzuschließen, um sich auf den Weg zu Leopold Bräuning zu machen, als hinter ihr ein Knattern ertönte. Im nächsten Moment hielt ein orangefarbenes Motorrad neben ihr. Mit gerunzelter Stirn wartete sie, bis der Mann darauf die Maschine zum Schweigen gebracht und den schwarzen Helm von seinem Kopf genommen hatte.

»Grüß dich Gott«, sagte Toni und strich sich die Haare aus der Stirn.

Überrascht betrachtete Roxy das Motorrad. »Wenn du zu mir willst, ist das gerade ungünstig, ich bin auf dem Weg zu Leopold Bräuning«, sagte sie und berichtete Toni kurz von der Halterliste und dem Ergebnis der Reifenspuranalyse. Sie wusste selbst nicht, weshalb sie das tat. Immerhin waren das Ermittlungsinformationen, die nicht unbedingt für die Ohren von Zivilisten bestimmt waren. Andererseits war Toni in die Angelegenheit nicht unwesentlich involviert. In Roxys Augen war es einfach eine rechtliche Grauzone, und sie bat ihn, es nicht an die große Glocke zu hängen.

»Leopold ist nicht daheim«, sagte Toni und erzählte ihr von seinem Treffen mit Maria Bräuning. Doch er kam nicht mehr dazu, ihr von seiner Entdeckung zu berichten, denn Roxy rügte ihn mit einem tadelnden Blick.

»Bitte keine Alleingänge. Erstens ist das Ermitteln nicht deine Aufgabe, und zweitens kann es gefährlich werden. Mit dem Bürgermeister ist nicht zu spaßen, das weißt du doch.«

»Aber du kannst mir doch nicht verbieten, mit ihm zu reden«, widersprach Toni.

Roxy atmete durch. »Ich sagte ja auch nur, dass du dich vorsehen sollst.«

Toni führte zackig die Hand an die Schläfe. »Werde ich mir merken, Frau Kommissarin. Leopolds Jeep steht allerdings vor der Garage.«

»Ist doch perfekt«, sagte Roxy und stieg in ihr Auto.

Toni hinderte sie am Schließen der Tür. »Nimmst du mich mit?«, fragte er. »So kannst du sicher sein, dass ich nicht eigenmächtig handle«, fügte er eilig an.

Roxy zögerte, erinnerte sich dann aber daran, dass sie Toni bereits in ihre Ermittlungen einbezogen hatte, als sie mit ihm den Ausgangspunkt der Steinlawine begutachtet hatte. Außerdem hatte sie ihn gebeten, sie beim Überbringen der traurigen Nachricht an Karina Steiner zu unterstützen. Beide Male war er äußerst kooperativ gewesen, ihn jetzt außen vor zu lassen, kam ihr unfair vor.

»Steig ein«, sagte sie, verfrachtete die halb geleerte Wasserflasche, die auf dem Beifahrersitz lag, auf die Rückbank und strich eilig noch ein paar Krümel vom Sitz, die von einem Kuchenstück stammten, das sie gestern im Auto gegessen hatte.

Kurz darauf saß Toni auch schon neben ihr und bugsierte den Motorradhelm zu der Wasserflasche nach hinten. »Worauf wartest du?«, fragte er tatenfroh.

Roxy gingen Manfred Dollingers Worte nicht aus dem Kopf. Toni war der Einzige, der miterlebt hatte, wie Hans und Christoph gestorben waren. Wenn sie es sich schon zur Aufgabe gemacht hatte, in beiden Fällen zu rühren, auch wenn zehn Jahre dazwischenlagen, konnte sie das nicht ignorieren. Sie räusperte sich. »Versteh mich bitte nicht falsch«, begann sie. »Ich muss das einfach ansprechen. Du warst der Einzige, der in beiden …«

»Ich war's nicht«, unterbrach Toni sie barsch.

Roxy beließ es dabei und gab Gas.

19

Roxy stellte ihren weißen Astra direkt neben dem schwarzen Gladiator von Leopold Bräuning ab. Sie und Toni hatten den gleichen Gedanken, als sie ausstiegen. »Das unschuldige Kätzchen neben der finsteren Bestie«, sprach Toni es deprimiert aus. »Wer die längeren Krallen hat, ist ja wohl klar.«

Roxy schniefte geringschätzig. »Aber es wird sich zeigen, ob es auch die schärferen sind.«

Toni spitzte die Lippen und pfiff leise. »Mit dir möchte ich nicht verheiratet sein.«

»So bin ich eben«, erwiderte Roxy. »Möglicherweise lebe ich ja deswegen mit meinem Bruder zusammen. Keine Bange, die Wahrscheinlichkeit, dass wir beide einmal gemeinsam vor dem Traualtar stehen, ist äußerst gering.« Irritiert runzelte sie die Stirn. Weshalb reagierte sie eigentlich so ausführlich auf diese blöde Bemerkung? Widerwillig musste sie sich eingestehen, dass ihr dieser Anton Hauser nicht unsympathisch war. Toni war witzig, ohne peinlich zu sein, schlagfertig und schaute zudem noch ganz passabel aus. Roxy drehte sich zur Seite und verzog das Gesicht, als hätte sie in eine Zitrone gebissen. *Bleib bei den Tatsachen, Mädchen. Der Kerl hat dich früher gemobbt, den darfst du nicht anziehend finden.*

»Dann hätten wir das ja geklärt«, sagte Toni und begann, langsam um den Jeep herumzugehen.

Roxy folgte ihm. Besonders eingehend betrachtete sie die Front und das Heck, denn sollte mit dem Fahrzeug ein großer Stein ins Rollen gebracht worden sein, müsste man entsprechende Spuren erkennen können. Doch Fehlanzeige, die Karre sah aus wie neu. Was sie wohl auch war, denn die Bestätigung kam umgehend.

»Finger weg von meinem neuen Gladiator!«, brüllte Leopold, der unverhofft hinter ihnen stand.

Erschrocken fuhren Roxy und Toni herum. Auch Maria

eilte aus dem Haus. Leopold war früher von der Wandertour durch die Klausenbachklamm zurückgekehrt, doch Roxy war zu tough, um sich einschüchtern zu lassen.

»Keine Sorge, Herr Bürgermeister, wir haben das gute Stück nicht angefasst. Allerdings müssen wir uns das Fahrzeug im Zuge der Ermittlungen im Fall Christoph Steiner näher anschauen. Zumindest von außen.« Roxy ahnte, was als Nächstes folgen würde, und beeilte sich, Leopold zuvorzukommen. »Der Herr Hauser ist übrigens nur zufällig hier, die Ermittlungen führe ich.«

Leopolds Augen verengten sich, und er fixierte Roxy mit finsterer Miene. »Das wäre in der Tat meine nächste Frage gewesen, Frau Oberkommissarin. Was für ein merkwürdiger Zufall. Sorgen Sie gefälligst dafür, dass er hier verschwindet.«

Roxy wandte sich Toni zu. »Würden Sie bitte das Grundstück des Herrn Bürgermeisters verlassen, Herr Hauser?«

Toni warf Leopold einen abwertenden Blick zu und machte sich wortlos daran, dessen Besitz zu verlassen. Fünfzig Meter entfernt setzte er sich auf einen Stein am Wegrand.

»Also gut, Herr Bräuning«, sagte Roxy mit fester Stimme und straffte ihren Körper. »Ich muss mir die Reifen Ihres Jeeps ansehen.«

»Was haben die Reifen meines Fahrzeuges mit dem Fall Steiner zu tun?«

»Wahrscheinlich nichts«, erwiderte Roxy. »Aber ich darf auch mit Ihnen nicht über laufende Ermittlungen sprechen, Herr Bürgermeister. Das wissen Sie doch.«

»Seien Sie vorsichtig, Frau Polizistin«, knurrte Leopold drohend. »Stehe ich etwa unter Verdacht, etwas mit der Sache zu tun zu haben?«

Es war nicht einfach, aber Roxy versuchte, souverän zu bleiben. »Es ist eine Routineuntersuchung, die dazu dient, bestimmte Personen möglichst schnell aus einem eventuellen Verdächtigenkreis auszuschließen«, wand sie sich halbwegs diplomatisch aus der Nummer. »Herr Bräuning, ich bitte Sie, in Ihrem eigenen Interesse zu kooperieren.«

Leopold schürzte unschlüssig die Lippen, trat dann aber zur Seite und wies mit einer ausladenden Armbewegung auf den Gladiator. »Nur zu, Frau Kommissarin. Ich habe nichts zu verbergen.«

Toni beobachtete das Ganze aus der Ferne. Nebenbei bemerkte er, wie Ron Weinbichl auf dem Parkplatz von Alpentouristik zwei Pärchen verabschiedete, die er und Leopold durch die Klausenbachklamm geführt hatten. Ron warf ihm einen finsteren Blick zu.

Toni ließ den Kerl links liegen und konzentrierte sich wieder auf Roxy. Er war überrascht, als er sah, dass sie in die Hocke ging und Leopold ihr offensichtlich gestattet hatte, die Reifen des Gladiators mit der Analyse auf dem Papier in ihrer Hand zu vergleichen. Andererseits, welche Wahl hatte Leopold denn? Weigerte er sich, machte er sich erst recht verdächtig.

Es dauerte nicht lange, und Roxy richtete sich wieder auf. Sie wechselte noch ein paar Worte mit Leopold, stieg in den Astra und gabelte eine halbe Minute später Toni auf.

»Fehlanzeige«, seufzte sie, ohne den Blick von der Straße zu nehmen. »Außerdem hat er für den betreffenden Zeitraum ein Alibi. Er ist am Mittwochmorgen mit dem Zug nach München gefahren, zu einer Veranstaltung des Verbandes der Deutschen Berg- und Skiführer, und war erst am späten Abend wieder zurück.«

»Wäre ja auch zu einfach gewesen«, erwiderte Toni und starrte ebenso bedrückt durch die Scheibe.

Roxy telefonierte mit Hubert und wies ihn an, Leopolds Alibi und die anderen Fahrzeuge auf der Liste zu überprüfen. Den Rest der Fahrt zur Polizeistation hingen beide ihren Gedanken nach, und nachdem sie sich voneinander verabschiedet hatten, fuhr Toni mit seiner Enduro zu Vickis Pension.

Den Nachmittag verbrachte er damit, Max bei dessen Holzarbeiten zu helfen, und als er sich nach dem Abendessen zum Schlafen fertig machte, fiel ein quadratisches Stück Papier auf den Boden, das lose in seiner Brieftasche gelegen hatte. Toni schlug sich mit der Hand an die Stirn. Verdammt, das hatte er doch Roxy zeigen wollen. Er hob das Papier auf und betrachtete es nachdenklich. Die Ultraschallaufnahme des Embryos war zehn Jahre alt, und er fragte sich, zu wem sie gehörte. Und vor allem, weshalb sie sich in Hans' Zimmer befunden hatte.

20

»Hast du Lust, heute mit mir zum Blindauer Dorffest zu gehen?«, fragte Vicki am Frühstückstisch.

Fragend schaute Toni zu ihr hinüber. Stimmt, die Plakate hatte er gesehen, sie waren überall im Ort verteilt. Lust war übertrieben, aber weshalb eigentlich nicht? Er zuckte mit den Schultern. »Ein bisschen Gaudi hat noch nie geschadet«, sagte er. »Wann geht's los?«

»Um vier«, antwortete Vicki. »Auf dem Blindauer Spielplatz. Am Abend ist dann Tanz im Festzelt mit Liveband. Bestimmt kennst du das alles noch von früher.«

Toni schenkte sich Kaffee nach. »Ich kann mich vage erinnern. Klingt gut, solange ich nicht tanzen muss.«

»Das werden wir sehen, wenn es so weit ist«, sagte Vicki mit einem verschmitzten Lächeln und stand auf, um sich um ihre Gäste zu kümmern. »Wir treffen uns an der Rezeption, in Ordnung?«

Toni nickte. »Um vier im Foyer.«

Nach dem Frühstück schaute er kurz bei Max im Werkstattschuppen vorbei und startete dann mit Räuber zu einer fünfstündigen Wandertour zur Winklmoosalm. Toni ging entlang des Steinbachweges, das Wetter war gut, und Räuber apportierte pausenlos einen zerbissenen Gummiball, den Toni warf. Er genoss die Einsamkeit. Auf halber Strecke machte er Rast und setzte sich auf eine Bank am Wegrand. Räuber schlabberte etwas Wasser aus der Schwarzlofer und streckte sich dann zu seinen Füßen aus.

Toni legte den Kopf in den Nacken, schloss die Augen und ließ sich die Sonne ins Gesicht scheinen. Die Aktion gestern bei Leopold Bräuning war ein Reinfall gewesen, sie waren keinen Schritt weitergekommen. Leopolds triumphierendes Grinsen, als Roxy ihn von seinem Grundstück geschickt hatte, sah er noch deutlich vor seinem inneren Auge. Hatten sie sich von dem Offensichtlichen blenden lassen? War Leopold Bräuning zwar das größte Arschloch des Planeten, aber letztlich nicht der, den sie suchten? Im Moment schaute es ganz danach aus, und zum ersten Mal zog Toni in Betracht, dass Hans' Tod doch ein tragischer Unfall gewesen sein könnte. Hatten die Bremsen des Subaru versagt, weil er selbst sie schlampig installiert hatte? Hatte Leopold Bräuning recht, war Toni verantwortlich für den Tod seines Sohnes?

»Habe ich dich umgebracht, Hans?«, flüsterte Toni, öffnete die Augen wieder und wischte sich ein paar Tränen aus dem Gesicht. Dann atmete er durch und stand auf. Räuber ließ ein ausgelassenes Bellen hören.

Um drei Uhr nachmittags, später als geplant, war Toni zurück im Panoramablick. Räuber sprintete sofort in die Küche, wo sein Fressen schon auf ihn wartete. Toni hingegen stand vor der ersten größeren Herausforderung des Tages. In einer Stunde würde er mit Vicki zu diesem Fest gehen, nur: in welchem Outfit? Seine Klamotten waren dank Vicki zwar alle sauber, eine große Auswahl hatte er trotzdem nicht. Tracht wäre sicher angebracht, aber etwas, das halbwegs in diese Richtung tendierte, würde es wohl auch tun. Also Jeans, ein kariertes Hemd und braune Wildlederschuhe, das gab seine Garderobe her.

Doch vorher war Duschen angesagt, er musste sich rasieren und die Haare halbwegs in Form bringen. Toni dachte an Vicki, und ein klein wenig Aufregung erfasste ihn. War ihr gemeinsamer Besuch auf dem Fest etwa ein Date oder doch nur eine harmlose Unternehmung von alten Freunden? Toni war sich nicht schlüssig, was ihm lieber wäre. Er mochte Vicki, sehr sogar, was dafür sprach, dass er Ersteres favorisieren würde. Sein schlechtes Gewissen Hans gegenüber ließ ihn allerdings nach wie vor zur zweiten Variante tendieren.

Kurz vor vier betrachtete sich Toni im Spiegel. Noch ein bisschen Eau de Toilette, fertig. Zum Friseur sollte er in den nächsten Tagen auch mal gehen, aber die Schwellungen im

Gesicht von Rons Faustschlag waren zum Glück abgeklungen. Lediglich eine Schramme an der Wange und eine bläuliche Verfärbung am linken Auge zeugten noch von der Auseinandersetzung. Abschätzend schob Toni die Unterlippe nach vorn, durch die Blessuren wirkte er sogar ein klein wenig verwegen. Er wartete noch bis eine Minute vor vier, dann machte er sich auf den Weg zur Rezeption.

Vicki empfing ihn mit vorwurfsvollem Blick.

Demonstrativ schaute Toni auf seine Uhr. »Wir hatten um vier gesagt, oder irre ich mich?«

Vicki lachte. »Ich hätte wissen müssen, dass du bei Verabredungen nicht in Minuten, sondern in Sekunden rechnest.«

»Hauptsache, nicht zu spät, mein altes Laster eben«, erwiderte Toni und musterte Vicki von Kopf bis Fuß. »Du siehst echt schick aus«, sagte er und meinte es auch so.

Vicki schlug verlegen die Lider nieder. »Danke«, sagte sie und errötete ein bisschen. Sie hatte ihre aschblonden Haare wieder zu diesem attraktiven Pferdeschwanz gebunden, der ihr bis auf den Rücken fiel, und das hellblaue Dirndl mit der weißen Schleife an der Taille betonte ihre schlanke Figur hervorragend.

Toni konnte es nicht verhindern, er spürte Schmetterlinge im Bauch. Es war kaum zu glauben, aber diese Verabredung war für ihn die erste seit Jahren.

Die Eingangstür schlug auf, Max polterte herein und verharrte überrascht. »Ein fesches Paar gebt ihr ab«, sagte er mit anerkennendem Nicken. »Ich könnte dir eine Lederhose von mir borgen, Toni. Dann wäre es perfekt.«

Vicki zog die Augenbrauen nach oben und schien mit einem abschätzenden Seitenblick auf Toni tatsächlich darüber nachzudenken.

»Lass gut sein, wir sind spät dran«, winkte Toni eilig ab. »Es ist erst einmal gut genug.«

Vicki widersprach nicht, und Toni atmete auf. Er hakte Max' Enkelin unter und machte sich mit ihr auf den Weg. Von der Pension waren es nur ein paar Minuten Fußweg bis zum

Festplatz. Zum Glück spielte das Wetter mit, mal Sonne, mal Wolken, fünfundzwanzig Grad – ideal.

Schon von Weitem hallte ihnen Blasmusik entgegen, und als sie sich dem Festgelände näherten, tobte eine Meute Kinder ausgelassen auf sie zu und glücklicherweise an ihnen vorbei. Es roch nach Grillwurst und ein paar Meter weiter nach Kaffee und Schmalznudeln. Bunte Girlanden und Wimpel hingen überall, und am Rand des Platzes war ein riesiges Festzelt aufgebaut. Durch den offenen Eingang konnte Toni einen Blick auf eine Tanzvorführung der Grundschulkinder des Ortes werfen. Eine Bühne, auf der ein paar Stuhlreihen aufgebaut waren, befand sich neben dem Zelt, und die letzten Vorbereitungen für die Eröffnungsrede des Bürgermeisters liefen. Auf dem Rand saß ein Mädchen mit Dirndl und geflochtenen Zöpfen, ließ die Beine baumeln und schleckte eine Kugel Vanilleeis.

Toni stutzte. Das war doch die Kleine, die er bei seiner Ankunft vor ein paar Tagen vor den beiden Jungs beschützt hatte. Im nächsten Moment setzten sich ein Mann und eine Frau neben das Mädchen, ebenfalls beide eine Waffel mit Eis in der Hand. Überrascht erkannte er Roxy und Friedrich Mayrhofer und fragte sich sofort, wessen Kind die Kleine wohl war.

Vicki war Tonis Blicken gefolgt und schien dessen Gedanken zu ahnen. »Keine Sorge, Edda ist nicht die Tochter von Roxana Mayrhofer«, sagte sie. »Sie gehört zu ihrem Bruder Friedrich.«

»Weshalb sollte ich mir deswegen Gedanken machen?«, fragte Toni bemüht beiläufig.

»Ich habe den Eindruck, dass du dich mit der Polizistin ganz gut verstehst«, antwortete Vicki in ebenso belanglosem Ton.

»Geht so, aber das hat doch mit dem Kind nichts zu tun.«

»Natürlich nicht«, erwiderte Vicki. »Die Kleine ist die Tochter von Friedrich Mayrhofer. Als er vor ein paar Jahren zum Einsatzleiter der Bergwacht aufgestiegen ist, hat sich seine Frau von ihm getrennt.«

»Ein Karrieresprung als Trennungsgrund«, sagte Toni. »Mal ganz was Neues.«

»Du weißt ja, dass die Leute der Bergwacht das ehrenamtlich machen«, fuhr Vicki fort. »Er hat dadurch also nicht mehr Geld nach Hause gebracht, aber seine Zeit wurde noch knapper. Jedenfalls ist seine Frau irgendwann fremdgegangen, und dann ging alles ziemlich schnell. Sie ist ausgezogen, Edda war damals vielleicht ein oder zwei Jahre alt. Nicht lange danach sind Friedrichs Eltern tödlich verunglückt, und er hat mit der Kleinen eine Zeit lang allein auf dem Familiengrundstück am Waldrand oberhalb des Schwimmbades gelebt. In der Zeit hat sich Roxana von München nach Traunstein versetzen lassen. Sie ist bei ihm eingezogen, und seitdem wohnen sie dort zu dritt.«

»Edda ist nicht bei der Mutter geblieben?«

»Wie du siehst, nein.«

Toni hakte nicht weiter nach. Es wird einen Grund gegeben haben, und außerdem konnte es ihm egal sein.

In diesem Moment entdeckte Edda ihn und rutschte vom Bühnenrand. »Da ist der Mann vom Ef-pi-ei«, rief sie aufgeregt und fuchtelte so wild in Tonis Richtung, dass ihre Eiskugel beinahe aus der Waffel gerutscht wäre.

Wenig später begrüßten sich die vier Erwachsenen. Edda schaute strahlend zu Toni auf.

»Soso, FBI«, stellte Roxy fest. »Edda hat uns von diesem mysteriösen Agenten erzählt. Du warst das also.«

»Kleine Notlüge«, erwiderte Toni. »Sonst hätten die beiden Rabauken Eddas Ball womöglich nicht so schnell wieder rausgerückt.«

Roxy lächelte. »Jedenfalls vielen Dank.«

»Vielleicht sehen wir uns am Abend beim Tanz, dann gebe ich dir einen aus«, ergänzte Friedrich und wirkte jetzt Toni gegenüber nicht mehr so abweisend wie noch vor ein paar Tagen.

»Martini, bitte«, sagte Toni. »Geschüttelt, nicht gerührt.«

»Das wäre dann aber der MI6, Mr. Bond, nicht das FBI«, frotzelte Roxy.

Edda beendete die Flachserei der Erwachsenen mit der erbarmungslosen Direktheit eines Kindes. »Ich will jetzt Karussell fahren, Tante Roxy«, rief sie. »Du hast es versprochen.«

»Ihr hört es, Edda fordert ihr Recht«, sagte Roxy und bedachte nun auch Vicki, die sich bisher im Hintergrund gehalten hatte, mit einem Blick. »Victoria«, verabschiedete sie sich mit einem leichten Nicken.

»Roxana«, erwiderte Vicki und nickte ebenso sachte.

Toni sah die beiden Frauen skeptisch an, ihre Stimmen hatten irgendwie kalt geklungen. Doch dann lenkte ihn ein Knacken in den Lautsprechern ab. Er hatte es gar nicht bemerkt, aber inzwischen waren die Stühle auf der Bühne alle belegt, mit Männern und Frauen in schicken Trachten, manche waren auch im Anzug oder Sommerkleid gekommen. Toni vermutete, dass es sich dabei um Vereinsvorsitzende, Unternehmensvorstände und Kommunalpolitiker handelte. Die wichtigen Persönlichkeiten des Ortes. Eine attraktive Frau im Businesslook brachte noch eilig das Mikrofon in die richtige Position, dann verstummte die Musik, und Leopold Bräuning betrat die Bühne.

21

Leopold Bräunings Rede war weniger die Eröffnung eines beschaulichen Dorffestes als vielmehr Werbung in eigener Sache. Er sprach über die Tradition seines Unternehmens, seine Verdienste zum Wohle der Gemeinde, seine Rolle als Bürgermeister.

Toni und Vicki standen vor einer Getränkebude an einem Bistrotisch und rollten genervt mit den Augen. Vicki nippte an einem Glas Wein, Toni hatte eine Maß Bier vor sich.

»Hattest du eigentlich noch Kontakt zu ihm?«, fragte Toni und deutete zur Bühne, wo Leopolds Selbstdarstellung langsam peinliche Züge annahm.

»Du meinst, nach Hans' Tod?« Vicki schüttelte den Kopf. »Auch die fünf Jahre, die ich mit Hans zusammen war, hatten wir wenig Berührungspunkte. Schau ihn dir an, du kennst ihn, er ist ein dominanter Narzisst. Damit kann ich nichts anfangen.«

»Aber ihr habt ihn zum Bürgermeister gewählt.«

»Ich nicht.«

Toni lächelte und nahm einen Schluck.

»Faktisch hat er sich diese Position ja erkauft«, fuhr Vicki fort.

Toni nickte. »Ich weiß, was du meinst. Sponsoring für die vielen Ortsvereine bringt eben eine ausreichende Wählerschaft.«

»Alpentouristik wurde für ihn irgendwann Mittel zum Zweck«, stimmte Vicki zu. »Es scheint, dass sein Unternehmen und seine Funktion als Bürgermeister inzwischen untrennbar miteinander verbunden sind.«

Während Toni an seinem Bier nippte, fiel ihm auf, dass die Geräusche der Menge um sie herum nahezu verstummt waren. Er schaute sich um und stellte fest, dass die Augen der meisten Menschen auf ihn gerichtet waren.

Auch Vicki nahm offenbar die Veränderung wahr, sie runzelte verwundert die Stirn.

»Endlich haben wir die Aufmerksamkeit der beiden Turteltäubchen«, tönte Leopold Bräunings Bass aus den Lautsprechern.

Tonis Blick schnellte zur Bühne, wo der Bürgermeister in gewohnt arroganter Manier auf ihn hinabstarrte. Er war so in sein Gespräch mit Vicki vertieft gewesen, dass er nicht bemerkt hatte, wie Leopold sie beide beobachtete. Er ahnte, dass der Kerl gleich wieder seine Hasstiraden auf ihn abfeuern würde, aber damit konnte er umgehen. Problematischer würde es werden, sollte er Vicki beleidigen.

»Eigentlich hatte ich den Mörder meines Sohnes gebeten, nach der Beisetzung seines von uns allen geschätzten Vaters unseren Ort wieder zu verlassen«, rief Leopold. »Aber wie ihr seht, Leute, ist er noch immer hier und besitzt sogar die Dreistigkeit, unser beschauliches Dorffest mit seiner Anwesenheit zu stören.«

Einige der Umstehenden murmelten zustimmend, andere klatschten.

»Unruhe stiftest nur du mit deinem ewigen Gerede!«, rief unverhofft jemand aus der Menge.

Einen Moment herrschte Stille, dann war zu Tonis Überraschung beipflichtender Applaus zu hören.

Verärgert ließ Leopold Bräuning den Blick auf der Suche nach dem Störenfried über den Festplatz wandern. »Ah, der Mayrhofer meldet sich zu Wort«, tönte er, nachdem er den Zwischenrufer identifiziert hatte. »Kümmere du dich lieber um die Organisation deiner Bergwacht, statt hier dem Ortsoberhaupt in den Rücken zu fallen.«

Toni staunte, dass ausgerechnet Friedrich Mayrhofer ihm beistand. Andererseits hatte er sich mit ihm nie überworfen, und womöglich färbte seine Versöhnung mit Roxy ja auch auf ihren Bruder ab.

»Der Toni Hauser hat dir nichts getan, Leopold«, bestätigte Friedrich diesen Eindruck. »Sein Vater ist vor ein paar Tagen verstorben und, wie du weißt, auch sein Freund. Lass ihn endlich in Ruhe.«

Auch diesmal waren Applaus und zustimmendes Gemurmel zu hören.

»Wen ich in Ruhe lasse, überlässt du mir, Mayrhofer«, rief Leopold gereizt in das Mikrofon. »Bei so vielen Schicksalsschlägen sollte der Hauser besser trauern, als sich auf einem Fest rumzutreiben. Und was dich betrifft, rede lieber mal deiner kleinen Polizistenschwester ins Gewissen, die im Ort Miss Marple spielt und unschuldige Leute verdächtigt, bevor du hier große Ansprachen hältst.«

Was seine eigene Anwesenheit auf dem Fest anbelangte, musste Toni zugeben, dass Leopold Bräuning gar nicht so unrecht hatte. Dass er nur Vicki zuliebe hier war, wusste natürlich niemand. Trotzdem verfolgte er das Wortgefecht der beiden gespannt, und wie es aussah, war die allgemeine Einstellung zu Leopold Bräuning gespaltener, als er vermutet hatte. Genugtuung überfiel ihn, und zum ersten Mal seit seiner Rückkehr konnte er sich vorstellen, länger in Reit im Winkl zu bleiben. Auch wenn er das Heimatgefühl bisher verdrängt hatte, es bahnte sich allmählich den Weg an die Oberfläche.

Friedrich schien es vorzuziehen, sich nicht auf Leopold Bräunings Niveau herabzulassen, und er verzichtete auf eine Antwort.

Leopold schien das in seiner einseitigen Sichtweise als Sieg aufzufassen, hob selbstbewusst das Kinn und richtete noch ein paar abschließende Worte an die Anwesenden.

Dankend nickte Toni Friedrich aus der Ferne zu. Ein paar argwöhnische, aber auch freundliche Blicke mussten er und Vicki noch über sich ergehen lassen, dann nahm der Festbetrieb seinen Lauf, und sie waren wieder Teil der feiernden Menge.

»Das Auftreten meines Gatten tut mir leid«, sagte plötzlich jemand neben ihm, und Toni schaute verdutzt in das Gesicht von Maria Bräuning. Sie grüßte ihn mit einem freundlichen

Nicken und wandte sich an Vicki. »Schön, dich zu sehen, Victoria. Wir haben lange nicht mehr miteinander geredet.«

»Ich freue mich auch, Frau Bräuning«, antwortete Vicki. »Besuchen Sie mich doch mal im Panoramablick auf eine Tasse Kaffee. Kuchen habe ich auch.«

»Das werde ich.«

Sie hatten keine Chance mehr, das Gespräch fortzuführen, denn plötzlich stand Leopold neben ihnen. Natürlich hatte er Ron Weinbichl im Schlepptau. Provokant knallten die beiden ihre Bierkrüge auf den Tisch, dass es schwappte. »Darf man sich an eurem heimeligen Beisammensein beteiligen?«, fragte Leopold, und Ron schob sich mit frechem Grinsen zwischen Toni und Vicki.

»Kommt drauf an«, antwortete Toni ruhig und schaute die beiden fest an. Jetzt nur keine Schwäche zeigen.

»Leopold, bitte«, sagte Maria. »Wir sind auf einem Fest, streitet euch nicht.«

Scheinheilig schaute Leopold seine Frau an. »Niemand will Ärger«, sagte er, und sein Blick wechselte zu seinem Begleiter. »Du etwa, Ron?«

Der schüttelte mit gespielter Entrüstung den Kopf. »Wenn man mich nicht provoziert, bin ich die Besonnenheit in Person.«

»Na, dann ist ja alles gut«, seufzte Toni.

Ron wiegte zweifelnd den Kopf. »Das Problem ist nur, dass ich mich von deiner Anwesenheit provoziert fühle, Hauser.«

»Lass ihn in Ruhe!«, fuhr Vicki streng dazwischen und wechselte nahtlos in einen süffisanten Tonfall. »Dass du daheim nichts zu sagen hast, ist allgemein bekannt, Ron Weinbichl. Aber lass den Frust darüber gefälligst nicht an Toni aus.«

Ron starrte Vicki an, als wäre sie soeben als Bunny einer Geburtstagstorte entstiegen. Mit festem Griff packte er sie an ihrem Pferdeschwanz.

Vicki schrie auf.

Toni reagierte umgehend und schlug Ron grob gegen die Brust, sodass der Vicki losließ und einige Meter zurücktaumelte. Toni folgte ihm und stieß erneut zu. »Leg dich mit Männern an, du Spinner!«, rief er. »Kratzen und An-den-Haaren-Ziehen gilt nicht.« Er vermutete zwar, Ron damit noch mehr zu provozieren, aber so lenkte er den Kerl wenigstens von Vicki ab.

Ron grinste. Offensichtlich hatte er Toni, wo er ihn haben wollte, zurechtgelegt für die nächste Tracht Prügel. Doch einmal mehr war Roxy zur Stelle und drängte sich zwischen die Streithähne.

»Schaut fast so aus, als hätte ich deinen Schutz abonniert«, sagte Toni. »Ist aber nicht nötig, diesmal werde ich mit dem Möchtegernbergführer selbst fertig«, schob er in dem Wissen nach, heute kein Opfer von Ron Weinbichl zu werden.

Ron schnaubte wütend.

Roxys Mundwinkel zuckten ein bisschen, dann wandte sie sich mit strenger Miene an Leopold Bräuning. »Halten Sie Ihren Gorilla im Zaum, Herr Bürgermeister. Miss Marple versteht keinen Spaß.« Sie drehte sich zu Vicki. »Alles in Ordnung mit dir?«

Vicki nickte. »Mir geht's gut.«

Leopold schien einzusehen, dass er hier nicht weiterkam, legte den Arm um Maria und klopfte Ron auf die Schulter. »Lasst uns gehen und das Fest genießen, wir wollen schließlich keinen Ärger.« Die beiden Männer schnappten sich ihre Bierkrüge und mischten sich wieder unter die feiernde Menge. Maria warf Toni noch einen entschuldigenden Blick zu und gesellte sich dann zu einer Gruppe reiferer Frauen, die sich bei Kaffee und Kuchen emsig dem neuesten Tratsch widmete.

»Danke«, sagte Vicki an Roxy gewandt.

»Gern geschehen«, erwiderte Roxy und winkte ab.

Toni hatte den Eindruck, dass die beiden sich nicht mehr ganz so abweisend gegenüberstanden wie vorhin. Er nahm es wohlwollend zur Kenntnis, als ein Stück entfernt ein Tumult ausbrach.

»Ein Arzt! Wir brauchen einen Arzt!«, hallte Leopolds kräftige Stimme aus der Menge.

Toni wechselte einen verdutzten Blick mit den beiden Frauen, dann zwängten sie sich durch die Menschentraube, die sich ein paar Meter neben ihnen gebildet hatte. Ron Weinbichl lag auf dem Rücken, und sein muskulöser Körper zitterte, als hätte er einen epileptischen Anfall. Erbrochenes war neben seinem Kopf, und Schaum quoll aus seinem Mund. Die Augäpfel waren verdreht, sodass nur noch das Weiße zu sehen war. Leopold hockte neben ihm, und sein Blick fand Roxy. »Holen Sie Ihren Cousin, den Arzt!«, rief er ihr zu.

Roxy hatte ihr Handy ohnehin schon am Ohr.

Zum Glück war Valentin mit seiner Familie auf dem Fest und Sekunden später zur Stelle. »Hast du die Leitstelle verständigt?«, rief er Roxy zu, während er Leopold beiseiteschob und sich neben Ron kniete.

»Der Krankenwagen muss gleich hier sein.«

Valentin Reiter hatte seine Arzttasche nicht dabei und konnte demzufolge auch nicht mehr tun, als dafür zu sorgen, dass Ron nicht an seinem eigenen Erbrochenen erstickte. Der Notarzt war wenig später zur Stelle, doch da hatte Ron Weinbichl schon aufgehört, sich zu bewegen. Er lag auf dem Boden, als wäre er tot.

Nachdem Ron von den Sanitätern abtransportiert worden war und sich die Menge der Neugierigen aufgelöst hatte, sah Toni Rons Bierglas auf dem Boden liegen. Er hob es auf, um es auf einen der Stehtische zu stellen. Plötzlich stutzte er. Er war zwar kein Arzt, aber Rons Symptome ähnelten denen einer Vergiftung. War womöglich das Bier der Grund für seinen Zusammenbruch? Toni betrachtete das Glas in seiner Hand. Ein winziger Rest Flüssigkeit war noch drin, vielleicht genügte der ja, um im Labor eine Analyse zu machen. Eigentlich konnte ihm Ron Weinbichl egal sein, aber er würde den Krug trotzdem Roxy geben. Sie würde dann alles Notwendige in die Wege leiten.

Toni drehte das Glas in der Hand und runzelte die Stirn. An dem dicken Boden fehlte eine Ecke, genau wie bei seinem eigenen. Plötzlich schlug sein Herz bis zum Hals, und eine ungeheuerliche Ahnung bahnte sich den Weg durch seinen Kopf. Er eilte zu dem Tisch, an dem er vor Kurzem mit Vicki gestanden hatte. Sein Bierglas war noch dort, und hastig untersuchte er es auf die Schadstelle am Boden. Er konnte keine finden. Schweißperlen traten auf Tonis Stirn, seine Knie wurden weich. Das war nicht sein Glas. Es musste Ron gehören, der nach ihrer Auseinandersetzung offensichtlich versehentlich seines gegriffen hatte. Toni wusste, was das bedeutete. Sollte während ihres Streites jemand das Bier vergiftet haben, galt der Anschlag nicht Ron.

Das Opfer hätte einmal mehr er selbst sein sollen.

22

Die Lust zum Feiern war Toni und Vicki vergangen. Sie saßen abseits des Festplatzes auf einer Bank, starrten auf das Bergpanorama, über das sich die Dämmerung auszubreiten begann, und ließen das Geschehene sacken.

»Du denkst, die Kripo wird etwas in dem Glas finden?«, fragte Vicki.

»Ich bin mir sicher«, antwortete Toni. »Roxy will auf dringlich machen und denkt, dass wir morgen das Ergebnis haben.«

Vicki sah ihn von der Seite an. »Morgen ist Sonntag.«

Toni zuckte mit den Schultern.

»Was willst du tun, wenn es tatsächlich Gift war?«

»Irgendjemand hat mich auf der Abschussliste«, antwortete Toni.

Vicki schien noch immer zu zweifeln. »Glaubst du das wirklich?«

»Du weißt ja, was ich über Hans' angeblichen Unfall damals denke«, sagte Toni. »Kaum bin ich nach all den Jahren zurück, verunglückt Christoph in meiner Gegenwart. Als Nächstes wird der Weinbichl, mit dem ich mehrere Auseinandersetzungen hatte, höchstwahrscheinlich vergiftet. Ja, Vicki, inzwischen glaube ich wirklich, dass in allen Fällen ich das Opfer hätte sein sollen.« Er machte eine Pause und atmete durch. »Wer auch immer es auf mich abgesehen hat, er war erst vorhin in unserer Nähe, um das Bier zu vergiften. Es wird Zeit, dass ich ihn schnappe, bevor er mich erwischt.«

»Du machst mir Angst«, sagte Vicki leise.

Toni drehte den Kopf in ihre Richtung und begegnete dem sorgenvollen Blick ihrer blauen Augen. »Ich pass schon auf mich auf.«

»Das war doch vorhin nur Glück«, zweifelte Vicki. »Ich meine, dass der Weinbichl zufällig dein Glas genommen hat.«

»Deswegen muss ich herausbekommen, wer es auf mich abgesehen hat.«

»Wie willst du das anstellen?«

Toni zögerte mit der Antwort. »Vielleicht hat Roxy ja eine Idee.«

Vicki rutschte näher an Toni heran und ließ ihren Kopf gegen seine Schulter sinken.

Die plötzliche Nähe kam unverhofft, doch Toni widerstand dem Impuls zurückzuzucken. Der Duft von Vickis Haaren strömte ihm in die Nase, und sein Herz schlug schneller. Er schluckte, wollte etwas sagen, schwieg aber. Beide schwiegen.

»Du bist kein schlechter Mensch«, flüsterte Vicki nach einer Weile.

Toni zog die Stirn in Falten und sah sie an. »Hält man mich denn dafür?«

Vicki schüttelte den Kopf. »Du selbst tust das. Du machst dir Vorwürfe wegen Hans, deiner Familie, dem Tod deines Vaters, womöglich auch wegen Christoph. Hör auf damit, Toni. Die Dinge sind schlimm, doch du hast sie nicht zu verantworten.«

»Aber die Zweifel bleiben«, seufzte Toni.

Vicki legte ihre Hand an Tonis Wange und drehte seinen Kopf sachte in ihre Richtung. Nur wenige Zentimeter trennten ihre Gesichter. »Du kannst die Zweifel nur besiegen, wenn du nicht wieder fortgehst«, flüsterte sie.

Vickis Nähe war betörend, doch anstatt sie zu küssen, rückte Toni von ihr ab. »Weshalb tust du das?«, fragte er und merkte selbst, dass es schroffer klang, als er beabsichtigt hatte.

Vicki wirkte verunsichert.

»Weshalb tust du so vertraut mit mir? Wir haben uns zehn Jahre nicht gesehen, du warst damals Hans' Freundin.«

Mit ungläubiger Miene starrte Vicki ihn an. »Du denkst, ich schmeiße mich an dich ran, weil Hans nicht mehr da ist?«

»So habe ich das –«

»Bin ich in deinen Augen nur die kleine, alleinstehende Pensionsbetreiberin, die eine helfende Hand braucht und Torschlusspanik hat?«, unterbrach ihn Vicki schroff. »Du denkst, ich habe dich auserkoren, meine Probleme zu lösen? Gestatte mir noch eine Frage, Anton Hauser. Für wie wichtig hältst du dich eigentlich?«

Toni blähte die Backen auf, er war ins Fettnäpfchen getreten und konnte Vickis Reaktion sogar verstehen. »Was du mir da gerade unterstellt hast, stimmt so nicht. Lass uns morgen darüber reden.«

Vicki sah ihm noch ein paar Sekunden in die Augen. Dann räusperte sie sich, stand auf und strich mit den Händen ihr Kleid glatt. »Fang endlich an, an die Zukunft zu denken, Anton Hauser«, giftete sie noch immer gereizt und pustete sich eine Strähne aus dem Gesicht. »Die Vergangenheit kannst selbst du nicht ändern.«

Ein paar Minuten später erreichten sie die Pension. Auf dem Weg dorthin hatten sie kein Wort miteinander geredet.

23

Am nächsten Morgen wurde Toni von David Bowie geweckt. Der Klingelton »Heroes« tönte aus seinem Handy, sein Lieblingssong. Verschlafen nahm er das Gespräch entgegen.

»Um acht bei mir zum Frühstück«, hörte er Roxy sagen. »Es gibt warme Semmeln, Eier und Kaffee. Du weißt, wo ich wohne?«

»Vicki hat es mir erzählt.«

Roxy wurde ernst. »Wir müssen dringend über den Fall reden. Sieh dich vor, du scheinst tatsächlich in Gefahr zu sein.«

Toni schielte zum Wecker auf dem Nachttisch. Er hatte noch eine Stunde Zeit. »In Ordnung, bis nachher.«

Max kramte schon in seiner Werkstatt rum, als Toni vor das Haus trat. Die Enduro stand neben dem roten Bulli. »Sag Vicki bitte, dass ich heute bei Roxy frühstücke«, rief er Max durch das offene Tor zu. »Sie möchte etwas mit mir besprechen.«

Der alte Mann blickte kurz von seiner Arbeit auf, nickte und winkte ihm zu.

Toni stülpte sich den Helm über und machte sich auf den Weg zu Roxana und Friedrich Mayrhofer. Es war Sonntagmorgen, und das Knattern seines Motorrads verfing sich in den leeren Gassen des Ortes. Toni genoss die Einsamkeit auf den Straßen. Kurz hinter dem Ortskern bog er in die Schwimmbadstraße ein, passierte noch ein paar Gehöfte und hatte Punkt acht Uhr sein Ziel erreicht.

Das gut zweitausend Quadratmeter große Grundstück von Roxy und Friedrich war mit einem hüfthohen Holzlattenzaun eingefasst. Früher war es wohl ein Bauernhof gewesen, denn das Hauptgebäude darauf bestand aus einem rustikalen Wohnhaus und einer daran angebauten Scheune. Der Scheunenteil, in dem durch das offene Tor noch ein paar alte Schweineboxen zu erkennen waren, diente Friedrich jetzt als Werkstatt für seinen Brotjob, die Restauration antiker, aber auch neuzeitlicher Möbel. Ein Stück abseits war noch ein hölzerner Schuppen zu sehen, der offensichtlich erst vor Kurzem einen neuen Anstrich bekommen hatte. Ein Lieferwagen mit Werbung an den Seiten und Roxys Astra standen zwischen Schuppen und Haus. Toni parkte die Enduro neben den Autos, nahm den Helm vom Kopf und stieg die Stufen der Veranda hinauf.

Barfuß und mit Jeans und Schlabbershirt bekleidet lehnte Roxy mit verschränkten Armen am Rahmen der offenen Tür. »Äußerst pünktlich«, sagte sie anerkennend.

»Dann kennst du ja jetzt meine gute Eigenschaft«, erwiderte Toni und legte seinen Helm auf die Bank neben der Tür.

»Komm rein«, sagte Roxy und ging vor. »Edda ist schon ganz aufgeregt. Schließlich ist es das erste Mal, dass ein FBI-Agent bei uns frühstückt.«

Toni quittierte die Bemerkung mit einem Schmunzeln. Er hatte das Haus kaum betreten, als die Kleine auch schon auf ihn zugestürmt kam. Kurz hob er sie hoch, als würden sie sich bereits ewig kennen, dann hängte er seine Jacke an die Garderobe. Edda nahm seine Hand und zog ihn hinter sich her in die Küche. Friedrich goss gerade die Eier ab. Es duftete nach frischen Semmeln und Kaffee.

Friedrich deutete mit dem Kopf zum gedeckten Esstisch. »Such dir einen Platz aus.«

»Danke für die Einladung«, sagte Toni und setzte sich auf die Bank vor dem Fenster.

»Mach dir keine Hoffnung, zur Gewohnheit wird das nicht«, sagte Friedrich und schenkte Kaffee ein.

Edda schob sich neben Toni, sah mit ihren kastanienbraunen Augen zu ihm auf und strahlte bis zu den Ohren.

Roxy kam mit einem Blatt Papier in der Hand herein, registrierte die Vertrautheit zwischen ihrer Nichte und Toni durchaus mit Wohlwollen und reichte Toni das Blatt. »Der Untersuchungsbericht von dem Bierglas«, sagte sie. »Bevor du fragst, weshalb es so schnell ging, jemand aus dem Labor war mir noch einen Gefallen schuldig.«

»Atropin und Scopolamin«, las Toni. »Was auch immer das ist.«

»Die Hauptwirkstoffe der Tollkirsche«, klärte ihn Roxy auf. »Wächst meist an Waldrändern, ist somit leicht zu beschaffen und bei entsprechender Dosierung tödlich. Dank seiner körperlichen Konstitution lebt Ron Weinbichl noch. Er ist zwar noch nicht über den Berg, aber die Ärzte meinen, dass seine Chancen gut stehen.«

Toni legte den Bericht beiseite und nahm einen Schluck Kaffee.

»Du bist sicher, dass es dein Glas war, aus dem er getrunken hat?«, hakte Roxy nach.

»Ohne Zweifel.«

Edda sah Toni mit großen Augen an. »Will dir jemand wehtun?«

Da erst bemerkten die Erwachsenen, dass sie das Thema besser nicht in Gegenwart des Kindes besprechen sollten, und konzentrierten sich auf das Frühstück. Eine halbe Stunde später saßen sie im Wohnzimmer zusammen, und Edda spielte draußen mit einem Kätzchen.

»Fällt dir außer Leopold Bräuning noch jemand ein, der dir an den Kragen will?«, fragte Roxy.

Toni hatte aufgehört zu zählen, wie oft er schon darüber nachgedacht hatte, und schüttelte den Kopf.

»Ich habe mich gestern auf dem Fest noch ein bisschen umgehört«, fuhr Roxy fort. »Niemand hat gesehen, wie das Bier vergiftet wurde. Womöglich ist es ja schon direkt beim Ausschank passiert.«

»Ist es nicht«, widersprach Toni. »Ich hatte schon davon getrunken, bevor es zu der Auseinandersetzung mit Ron gekommen ist.«

»Also ist es während eures Streites geschehen«, sagte Roxy. »Wer war zu diesem Zeitpunkt in der Nähe?«

Toni dachte nach. »Leopold, Ron, Maria, Vicki, ich …«

»… und eine Menge anderer Leute«, mischte sich Friedrich in das Gespräch der beiden. »Jeder, der auf dem Fest war, könnte es gewesen sein. Eine günstigere Situation gab es nicht, niemand achtete in dem Moment auf die Gläser.«

»Das stimmt«, bestätigte Toni. »Ich habe Ron weggestoßen, als er Vickis Haare gepackt hat. Der Tisch war unbeaufsichtigt.«

»Vielleicht hat ja Leopold die Chance genutzt«, sagte Friedrich.

»Unwahrscheinlich, wenn wir davon ausgehen, dass die Unfälle von Hans und Christoph sowie Rons Vergiftung auf die Kappe ein und derselben Person gehen«, erwiderte Roxy. »Für den Zeitpunkt von Christophs Tod hat Leopold Bräuning ein Alibi.«

In diesem Moment fiel Toni die Ultraschallaufnahme ein, die er in Hans' Habseligkeiten entdeckt hatte. »Ich weiß nicht, ob es wichtig ist, aber es gibt da etwas, das ich dir schon seit vorgestern zeigen will.«

Roxy horchte auf. »Beweise zurückzuhalten ist strafbar«, sagte sie mit einem Augenzwinkern.

Toni eilte in den Flur, um das Bild aus seiner Jacke zu holen. Zurück im Wohnzimmer reichte er es Roxy und erzählte, wie es in seinen Besitz gelangt war.

Roxy betrachtete die Aufnahme. »Das war in einem Buch, sagst du?«

»Ich weiß nicht, ob Hans es dort versteckt oder einfach nur hineingelegt hat«, antwortete Toni. »Keine Ahnung, ob es überhaupt etwas zu bedeuten hat. Hans war damals mit Vicki zusammen, aber ich kann mich nicht entsinnen, dass sie schwanger war.«

»Vielleicht ist er fremdgegangen«, warf Friedrich ein.

»Wir waren damals jeden Tag zusammen«, sagte Toni. »Das hätte ich mitbekommen. Seine Beziehung zu Vicki war absolut intakt.«

»Wie auch immer«, sagte Roxy. »Auf dem Bild steht kein Patientenname, aber die Arztpraxis und eine Nummer. Womöglich ist das ja die Patientennummer. Ob uns das weiterbringt, werden wir sehen. Dr. Melissa Altas, Ruhpolding«, las sie laut und schaute zu Toni hinüber. »War das damals Vickis Frauenärztin?«

Toni verdrehte die Augen. »Woher soll ich das wissen, sie war Hans' Freundin, nicht meine.«

»Ich dachte, du und Hans wart ein Herz und eine Seele?«

»Ich weiß es wirklich nicht«, seufzte Toni. »Aber wenn ich dich richtig verstehe, sollten wir der Sache nachgehen. Du bist die Kommissarin, schieß los, wie ist der Plan?«

»Ich kümmere mich um die Ärztin«, antwortete Roxy und holte ein Telefonbuch aus dem Schub einer Kommode. »Es ist zwar Sonntag, aber diese Melissa Altas wird ja auch eine Privatadresse haben.«

Kurz darauf hatte sie die Ärztin in der Leitung. »Sie ist den ganzen Tag zu Hause«, sagte Roxy, nachdem das Gespräch beendet war. »Ich fahre nachher rüber und rede mit ihr.«

»Wisst ihr, was ich mich frage?«, warf Friedrich gedankenverloren ein.

Toni und Roxy schauten ihn an und warteten.

»Wenn das Ultraschallbild tatsächlich von Victoria Strasser sein sollte, wo ist dann das Kind?«

Toni zog überrascht die Augenbrauen nach oben und pfiff anerkennend.

»Wenn die Aufnahme von ihr ist, wäre das in der Tat die nächste Frage«, antwortete Roxy und wandte sich Toni zu. »Kannst du versuchen, mit Vickis Großvater zu reden? Unauffällig? Vielleicht erfährst du von ihm ja etwas.«

»Sicher, aber wieso fragen wir Vicki nicht einfach selbst?«

Roxy druckste herum und schien unschlüssig, wie sie auf die Frage reagieren sollte.

Toni brauchte ein paar Sekunden, um zu verstehen. »Das ist jetzt nicht dein Ernst«, sagte er. »Du verdächtigst nicht etwa Vicki, oder doch?«

»Ich kann sie nicht aus dem Kreis der Verdächtigen ausschließen«, antwortete Roxy und bemühte sich um einen beschwichtigenden Tonfall. »Jedenfalls nicht zum jetzigen Zeitpunkt.«

»Kreis der Verdächtigen«, spottete Toni. »Das hört sich an, als hätten wir freie Auswahl und den Kerl schon so gut wie an der Angel.«

»Denk einfach objektiv, Toni«, sagte Roxy ruhig.

»Und zur Abwechslung mal nicht mit dem Schwanz«, ergänzte Friedrich.

Roxy warf ihrem Bruder einen tadelnden Blick zu. »Nehmen wir mal an, Vicki war von Hans schwanger«, wandte sie sich an Toni. »Sie wollte mit ihm eine Familie gründen, doch Hans starb bei dem Unglück damals. Vicki gab dir die Schuld daran und tut dies womöglich auch heute noch. Genau wie Leopold.«

Toni hob fragend die Schultern. »Was hat das mit dem Baby zu tun?«

»Das Kind verstärkt ein mögliches Motiv«, erklärte Roxy. »In ihren Augen hast du nämlich nicht nur ihr den Mann, sondern ihrem Kind auch den Vater genommen. Da Vicki heute kinderlos ist, besteht die Möglichkeit, dass sie das Baby verloren hat, vielleicht im Zuge der Trauer. Das wäre noch schlimmer, dann hättest du ihr nämlich Mann und Kind genommen. Aus ihrer Sicht, wohlgemerkt. Aber legt man die zugrunde, hätte sie allen Grund, dich zu hassen.«

»Ziemlich weit hergeholt«, sagte Toni.

»Vicki wusste zudem, dass du an dem Tag, als Christoph starb, zum Fellhorn-Gipfel und zur Anna-Kapelle gehen wolltest«, ließ sich Roxy in ihrer Analyse nicht beirren. »Außerdem war sie gestern auf dem Fest die gesamte Zeit in deiner unmittelbaren Nähe. Das Gift in das Glas zu geben, wäre für sie kein Problem gewesen.«

In Tonis Hals bildete sich ein Kloß, er konnte nicht glauben, dass Vicki ihm womöglich etwas vorspielte. So war sie nicht. Verzweifelt suchte er nach Gegenargumenten. »Wenn die Todesfälle damals und heute in Zusammenhang stehen und der Täter ein und dieselbe Person ist, passt deine Theorie nicht«, hielt er dagegen. »Weshalb hätte Vicki damals die Bremsen an meinem Auto manipulieren sollen? Sie hatte keinen Grund dazu. Wir waren Freunde.«

Roxy dachte über diese These nach, schränkte dann aber ein: »Sofern die Ereignisse tatsächlich miteinander verbunden sind. Sind sie das nicht, ist Vicki als Verdächtige wieder im Spiel. Jedenfalls was die Gegenwart betrifft.«

Toni raufte sich die Haare. »Es wird immer komplizierter. Das würde ja bedeuten, es gibt zwei Täter.«

»Auszuschließen ist es nicht«, stimmte Roxy zu.

Toni schüttelte den Kopf. »Es mag jetzt blöd klingen, aber Vicki hat gestern versucht, mir näherzukommen. Das macht man doch nicht, wenn man jemanden hasst.«

»Sie hat sich an dich rangeschmissen?«, entfuhr es Friedrich spontan.

Roxy verzog die Mundwinkel, die Direktheit ihres Bruders ging ihr mitunter ganz schön auf die Nerven.

»Wenn du es so nennen willst«, erwiderte Toni und suchte wieder Roxys Blick. »Ich habe doch recht, oder etwa nicht?«

Roxy schürzte die Lippen. »Auch das mag jetzt blöd klingen«, sagte sie und machte eine bedeutungsschwere Pause. »Aber je näher Victoria Strasser dir ist, desto besser kann sie dich töten.«

Das hatte gesessen. Toni hatte keine Erwiderung mehr parat, und in den nächsten Minuten versuchten sie alle, ihre Gedanken zu ordnen.

Roxy spähte aus dem Fenster, um nach Edda zu sehen. Die Kleine spielte noch immer mit dem Kätzchen, dem sie ein Halsband umgelegt hatte und das sie jetzt auf dem Grundstück spazieren führte wie einen Hund. Roxy lehnte sich mit dem Gesäß gegen die Fensterbank und verschränkte die Arme vor der Brust. »Erzähl mir von dem Tag damals«, bat sie.

»Von welchem Tag?«, fragte Toni.

»Von dem, an dem Hans starb.«

Diese Erinnerungen aufzuwärmen war das Letzte, wonach Toni der Sinn stand. »Was soll das bringen?«, fragte er unwirsch.

»Ich will mir ein Bild machen, das nichts mit den Akten im Polizeiarchiv zu tun hat«, erklärte Roxy.

Toni seufzte. »Hast du außer Kaffee noch was zu trinken?«

»Schnaps?«

»Wäre angebracht, aber Wasser genügt. Ich muss noch fahren.« Wenig später begann er zu erzählen.

24

Seit Hans sich vor ein paar Wochen von seinem dominanten Vater und dessen Plänen losgesagt hatte, bewohnte er die oberste Etage eines dreigeschossigen Mietshauses am Rand von Reit im Winkl.

An einem lauen Spätsommerabend stellte Toni seinen in die Jahre gekommenen silberfarbenen Subaru Forester vor dem Haus ab. Direkt neben Hans' modernem Suzuki Jimny, dem er einmal mehr neidische Blicke widmete. Toni rieb sich die Stirn, sein Kopf brummte noch immer, schließlich hatten sie es gestern in der Disco gehörig krachen lassen. Vor ein paar Tagen hatten er und Hans die Bergführerausbildung erfolgreich abgeschlossen, und das musste logischerweise begossen werden. Sich im Alter von dreiundzwanzig Jahren schon Bergführer nennen zu dürfen war ungewöhnlich, doch ihr Talent und die Einbindung in die Bergtour-Unternehmen ihrer Väter seit Kindheitstagen hatten es möglich gemacht.

Toni läutete, der Türöffner surrte, und er betrat das Treppenhaus. Auf halbem Weg kam ihm ein Pizzabote entgegen, sie grüßten sich flüchtig und schoben sich aneinander vorbei. Die Tür zu Hans' Wohnung stand bereits offen.

»Geh schon mal ins Wohnzimmer, ich bin gleich da«, rief Hans aus der Küche. »Ich habe uns Pizza bestellt.«

Toni hatte heute noch nichts gegessen, und sein Magen erinnerte ihn mit einem lauten Knurren daran. Er nahm sich eine Flasche Chiemseebräu, die auf dem Tisch bereitstand, und machte es sich in einem Sessel bequem.

Hans kam herein und stellte die Kartons auf den Tisch. »Salami oder Schinken?«

»Ist mir egal«, antwortete Toni und wählte einen Karton. Es war Salami.

»Ist das erste Feste, was ich heute zu mir nehme«, sagte Hans.

Toni war schon am Kauen. »Wem sagst du das«, nuschelte er.

Sie stießen mit den Flaschen an. »Bergführer Anton Hauser und Bergführer Hans Bräuning«, sagte Hans. »Hört sich gut an, nun können wir endlich Nägel mit Köpfen machen und unser eigenes Bergtour-Unternehmen gründen.«

Toni nickte, rülpste ungeniert und griff nach einem weiteren Stück Pizza.

»Was ist los mit dir?«, fragte Hans. »Du sprühst ja regelrecht vor Begeisterung. Zweifelst du auf einmal?«

»Natürlich nicht, aber es wird nicht einfach, neben Edelweiß und Alpentouristik zu bestehen. Ein bisschen glaube ich schon, dass wir unseren Eltern damit in den Rücken fallen. Schließlich sind wir dann Konkurrenten für sie.«

»Du bekommst plötzlich Gewissensbisse?«, prustete Hans los. »Die hauen sich seit Jahrzehnten die Köpfe ein, anstatt miteinander zu kooperieren. Mir geht das tierisch auf den Keks. Wenn mein Alter wegen uns dichtmachen muss, würde ich das als Erfolg feiern.«

»Ziemlich harte Einstellung«, erwiderte Toni und spülte die Pizza mit Bier nach.

»Mein Vater ist hart«, sagte Hans mit verbissener Miene. »Das war er schon immer. Zu meiner Mutter und zu mir.«

Toni wusste, was sein Freund meinte. Seit ihrem Erlebnis vor fünf Jahren am Hausbachfall-Klettersteig hatte er viel über Hans' Leben erfahren, und entgegen dem äußeren Schein war dessen Jugend unter der Regentschaft von Leopold Bräuning alles andere als ein Zuckerschlecken gewesen. »Keine Bange«, beschwichtigte er. »Wir ziehen es durch wie besprochen. Vielleicht können wir ja auch zu dritt nebeneinander existieren. Wir müssen einfach mit ein paar neuen Ideen um die Ecke kommen, um uns zu behaupten. Ein bisschen jugendlichen Elan und Zeitgeist in unser Touren-Angebot bringen. Erlebnistouren für Kinder oder so etwas in der Art.«

Hans nickte. »Finde ich gut, aber lass uns das in den nächsten Tagen besprechen. Ich muss gleich noch mal mit Vicki telefonieren, die ist heute irgendwie komisch. Habe ich gestern was Dummes angestellt?«

Toni hob unwissend die Hände. »Mich darfst du nicht fragen. Ich habe einen Filmriss wie du. Was hältst du davon, wenn wir uns morgen früh den Kopf an der frischen Luft freilaufen? Wir drehen die Klausenbachrunde durch die Klamm. Dabei können wir über die Zukunft reden.«

»Super Idee«, sagte Hans. »Wir treffen uns oberhalb von Blindau am Ende des Forstweges, du weißt schon, wo es nur noch zu Fuß weitergeht.«

»Verdammt«, fluchte Toni.

»Was ist los?«

»Ich wollte noch zur Tanke, bevor ich zu dir gekommen bin. Habe ich total vergessen, ein Wunder, dass ich es bis hierher geschafft habe.« Toni schaute auf die Uhr. »Jetzt haben die zu.«

Hans winkte ab. »Kein Problem, ich erledige das morgen früh. Die Tanke macht um fünf Uhr auf und ist ja gleich um die Ecke. Bis dahin wird der Sprit noch reichen, zur Not schiebe ich deine Karre die paar Meter. Du wolltest doch schon immer mal mit meinem Jimny fahren. Nimm ihn, wir sehen uns morgen um sechs am Treffpunkt.«

Den Suzuki Jimny mit seinem Allradantrieb die Berge hochzujagen reizte Toni tatsächlich. »Cool, danke«, sagte er und stand auf.

An der Tür drückte Hans ihm den Autoschlüssel in die Hand. »Bis morgen.«

25

»Das Auto ist explodiert, da wusste ich, dass Hans tot war«, schloss Toni seine Ausführungen.

Friedrich zog ungläubig die Stirn in Falten.

»Es war eine Propangasflasche im Fahrzeug«, erklärte Roxy ihrem Bruder und wandte sich an Toni. »Weißt du, ob Hans jemandem von der Tour erzählt hat?«

»Keine Ahnung, aber weshalb hätte er das tun sollen? Er wollte an dem Abend schnell ins Bett und vorher nur noch mit Vicki telefonieren.«

»Mit Victoria Strasser«, sagte Roxy bedeutungsschwer. »Sie könnte es also gewusst haben, und womöglich hat er ihr ja nicht gesagt, dass ihr die Autos getauscht habt.«

»Du bastelst dir da was zusammen, Roxy«, erwiderte Toni gereizt. »Ich sagte doch, Vicki hatte keinen Grund, mir zu schaden.«

»Das ist vielleicht deine Einschätzung«, mischte sich Friedrich ein und hob den Finger. »Dinge, die für dich keiner Erwähnung wert sind, können in der weiblichen Wahrnehmung existenzbedrohende Züge besitzen.«

»Du musst es ja wissen«, frotzelte Toni und wandte sich wieder Roxy zu. »Ich habe das Gefühl, dass du dich aus Mangel an Alternativen auf Vicki einschießt. Was hast du gegen sie?«

»Ich habe kein Problem mit ihr. Sofern sie unschuldig ist.« Roxy machte eine kurze Pause, bevor sie fortfuhr. »Sollte die Ultraschallaufnahme von Vicki stammen, war sie zum Zeitpunkt des Unglücks schwanger. Wahrscheinlich von Hans. Du hast gesagt, dass ihr beide damals täglich zusammengehangen und Pläne für die Zukunft geschmiedet habt.«

Toni war nicht klar, worauf sie hinauswollte, und offensichtlich sah man ihm das an.

»Von weiblicher Psyche scheinst du nicht viel zu verstehen«, schmunzelte Roxy. »Für eine schwangere Frau mit familiären Plänen ist es eine Frage der Existenz, wenn der eigene Freund mehr mit seinem Kumpel abhängt als mit ihr. Irgendwann fängt die Frau an, nach Lösungen zu suchen, und wenn sie keine einfachen findet, greift sie womöglich zu radikalen.«

Toni ließ die Worte einen Moment sacken. »Ich finde nach wie vor, dass du dich da in etwas hineinsteigerst.«

»Das Ultraschallbild ist der Kernpunkt«, erwiderte Roxy sachlich. »Durch die Schwangerschaft könnte Vicki ein Motiv gehabt haben. Auch damals.«

»Dann sollten wir schleunigst klären, ob es wirklich von ihr ist«, erwiderte Toni und stand auf. »Mach dich auf den Weg zu dieser Melissa Altas, ich versuche, mit Max zu reden.«

Inzwischen war es später Vormittag, die Sonne versprühte wieder angenehme Wärme, ein leichtes Lüftchen wehte. Toni hatte Roxys Grundstück verlassen und war auf dem Weg zum Panoramablick. Kurz vor der Einmündung auf die B 305 kam er an ein paar Parknischen vorbei, die zu einem kleinen Bekleidungsgeschäft gehörten. Toni hatte den Laden gerade passiert, als sich aus einer der Nischen ein dunkler Pkw in Bewegung setzte. Das Fahrzeug bog hinter ihm auf die Hauptstraße ein und folgte der Enduro mit unauffälligem Abstand.

Toni hatte Mühe, sich auf den Verkehr zu konzentrieren, seine Gedanken waren bei dem Gespräch mit Roxy. Er weigerte sich nach wie vor, ihre These zu akzeptieren, war allerdings auch objektiv genug, um einzusehen, dass immer mehr Hinweise diese stützten. Ärgerlich stieß er einen Fluch in den Helm. War er tatsächlich im Begriff, blind ins Verderben zu laufen? *Hör auf, mit dem Schwanz zu denken*, hatte Friedrich sinngemäß gesagt. Das war übertrieben, denn das tat er nicht. Vielleicht ein bisschen, aber er würde spüren, wenn Vicki ihm etwas vormachte. Doch es gab diese verdammten letzten zehn Jahre, in denen er keinen Kontakt mit ihr gehabt hatte. Hatte sie sich verändert, wie auch er reifer geworden war? Hatte sich ihre Einstellung zu ihm gewandelt und die Distanz aus

Freundschaft Hass werden lassen? Toni war im Begriff, sein Herz an Vicki zu verlieren, doch nun fragte er sich, ob er diese Frau nicht lieber meiden sollte. *Je näher Victoria Strasser dir ist, desto besser kann sie dich töten.* Scheiße, Roxy!

Kurz entschlossen bog er auf den Blindauer Wanderparkplatz ab. Hier hatte er vor ein paar Tagen seine Tour zum Fellhorn-Gipfel begonnen, auf der er Christophs Tod hatte mit ansehen müssen. Waren Roxy und er auf dem Holzweg? War der Steinschlag doch nur ein bedauernswerter Zufall mit tragischem Ausgang gewesen? Der Reifenabdruck oben am Forstweg und der große Stein – waren das tatsächlich Anhaltspunkte für eine Straftat oder lediglich willkommene Artefakte zur Untermauerung ihrer Mordtheorie?

Eine zähe Masse verkleisterte Tonis Hirn, und es fiel ihm schwer, einen klaren Gedanken zu fassen. Sollte er sich noch einmal die Steinschlagstelle anschauen? Aber was hoffte er dort zu finden, außer den grausamen Erinnerungen an Christophs Tod? Trotzdem stellte er das Motorrad auf dem spärlich besetzten Parkplatz ab. Ein kleines Stück zu laufen, um den Kopf frei zu bekommen, konnte nicht schaden.

Er hatte erst ein paar Meter zurückgelegt, als hinter ihm ein Motor aufheulte. Toni wirbelte herum und starrte in grell aufgeblendete Scheinwerfer. Einen Augenblick später quietschten Reifen, und das Auto machte einen Satz nach vorn. Wie ein Raubtier, das seine Beute im Visier hatte, jagte es auf ihn zu. Nur noch wenige Meter, dann hätte es ihn erreicht. Mit einem Hechtsprung warf sich Toni zur Seite, das Fahrzeug machte einen Schlenker, streifte Sträucher, riss einen Mülleimer aus der Halterung. Der metallische Behälter traf Toni am Kopf, und hätte er den Helm nicht noch aufgehabt, hätte er sich nie wieder Gedanken um Vicki, Roxy oder seine Familie machen müssen. Das Fahrzeug bremste scharf, schlingerte und erlangte schließlich seine Stabilität zurück. Über einen schmalen Weg, der vom Parkplatz abzweigte, raste es davon.

26

»Das Ziel befindet sich auf der rechten Seite«, waren die abschließenden Worte der netten Dame aus dem Off, und Roxy steuerte den Astra in die Einfahrt von Dr. Melissa Altas.

Die Ärztin wohnte in Ruhpolding in der Schloßstraße in einem konservativen Eigenheim mit Satteldach und hellem Putz. Das Grundstück war mit einem Maschendrahtzaun eingefasst, hinter dem eine üppige Hecke aus Kirschlorbeer aufragte. Roxy war unschlüssig, ob man das Gelände als gepflegt bezeichnen konnte oder nicht. Die Wahrheit lag wohl irgendwo in der Mitte. Ein schmaler Gehweg führte zum Hauseingang, der unter einem Vordach lag und über ein paar Stufen zu erreichen war. Sie läutete.

Die Frau, die Augenblicke später öffnete, war bereits über siebzig. Anhand des Telefongespräches hätte Roxy sie deutlich jünger geschätzt, aber sie ließ sich ihre Überraschung nicht anmerken.

Melissa Altas schaute aus wie eine Frau, die in ihrem Leben viel Leid gesehen hatte, mit sich selbst jedoch im Reinen war. »Sie sind sicher die Kommissarin, mit der ich vorhin gesprochen habe«, sagte sie.

»Roxana Mayrhofer, Kripo Traunstein«, stellte sich Roxy vor und zeigte ihren Dienstausweis.

Melissa Altas warf keinen Blick darauf. »Kommen Sie herein«, sagte sie, trat einen Schritt zur Seite und wies Roxy den Weg zu ihrem Wohnzimmer. »Ich habe gerade eine Kanne Tee aufgebrüht, möchten Sie auch eine Tasse?«

»Gern«, antwortete Roxy und betrachtete das schwarz gerahmte Porträt eines Mannes an der Wand.

»Johann, mein Ehemann«, sagte Melissa Altas, während sie den Tee eingoss und sich ein angenehmer Geruch von Kräutern im Zimmer ausbreitete. »Er ist letztes Jahr verstorben. Alzheimer.« Sie setzte sich in einen Sessel, und ihre Stimme wurde traurig. »Ich war mein Leben lang Ärztin, aber helfen konnte ich ihm trotzdem nicht. Bei Krebs hätte er womöglich eine Chance gehabt, das wäre zwar auch schlimm gewesen, doch da kann man heute schon eine Menge therapieren. Alzheimer hingegen ist immer tödlich.« Sie seufzte schwer. »Dieses Wissen war unerträglich.«

»Das tut mir leid«, erwiderte Roxy und nahm ihr gegenüber Platz.

Melissa Altas fixierte mit dem ungenierten Interesse einer Medizinerin Roxys Narben. »Sie sind jung, aber das Leben scheint auch Ihnen bereits seine hässliche Seite gezeigt zu haben.«

Roxy lächelte. »Ich würde nicht sagen, dass das Leben unschön ist. Es sind die Menschen, die es mitunter so erscheinen lassen.«

»Da mögen Sie recht haben«, erwiderte Melissa Altas nachdenklich. Dann hob sie den Blick und straffte ihren Körper. »Aber Sie sind sicher nicht gekommen, um mit einer alten Frau über das Leben zu philosophieren. Wie kann ich Ihnen helfen? Sie erwähnten am Telefon eine Ultraschallaufnahme.«

»Es geht um ein Bild, das vor ziemlich genau zehn Jahren in Ihrer Praxis gemacht wurde«, sagte Roxy. »Der Name der Patientin ist darauf nicht vermerkt, aber ich muss wissen, wer die Person ist.« Sie reichte der Ärztin die Aufnahme.

»Was für ein Zufall«, sagte Melissa Altas, nachdem sie einen Blick darauf geworfen hatte. »Ein paar Wochen später bin ich in den Ruhestand gegangen, es muss eine der letzten Untersuchungen gewesen sein, die ich durchgeführt habe. Auf den Aufnahmen meiner Praxis war immer die Patientennummer vermerkt, darüber könnte man die Frau identifizieren.«

»Kommen Sie an die Akten noch ran?«

»Da muss ich Sie leider enttäuschen«, antwortete die Ärztin. »Meine Patienten mussten sich damals einen neuen Arzt suchen. Einigen habe ich ihre Unterlagen ausgehändigt, bei anderen hat sie die neue Praxis angefordert.«

»Können Sie sich an eine Patientin namens Victoria Strasser

erinnern?«, hakte Roxy nach. »Sie war zu der Zeit Anfang zwanzig.«

Melissa Altas dachte nach, während sie den Zucker in ihrem Tee umrührte. Dann schüttelte sie bedächtig den Kopf. »Leider nicht«, sagte sie. »Aber das muss nichts bedeuten, ich habe damals schon nicht die Namen aller meiner Patienten im Kopf gehabt. Durchaus möglich, dass die Frau bei mir in Behandlung war.«

Roxy seufzte. Das half ihr nicht weiter. Um an die Akte zu kommen, musste sie also Vickis aktuellen Gynäkologen ausfindig machen. Morgen war Montag, da würde sie die Sache angehen. Sie nahm sich noch ein paar Minuten Zeit, um mit Melissa Altas etwas Small Talk zu betreiben, dann machte sie sich auf den Weg zurück nach Reit im Winkl.

27

Jetzt hatte Toni keine Zweifel mehr: Er sollte sterben. Jemand war hinter ihm her, der offensichtlich über alle seine Pläne informiert war und ihn töten wollte. Damals wie heute. Das Schicksal hatte Roulette gespielt, Hans und Christoph hatten verloren. Dass er selbst noch lebte, war purer Zufall.

Scheißschicksal.

Vorsichtig stand Toni auf. Seine Knochen schienen heil geblieben zu sein, Büsche und Gras hatten den Sturz aufgefangen. Er nahm den Helm vom Kopf. Der Mülleimer hatte eine deutliche Delle hinterlassen, und er war sich bewusst, dass Fortuna einmal mehr an seiner Seite gewesen war.

Toni versuchte, sich an das Fahrzeug zu erinnern. Die Scheinwerfer hatten ihn geblendet, doch er war sicher, dass es ein mittelgroßer dunkler Pkw gewesen war, eventuell ein VW Golf. Trotz des Ernstes der Situation konnte er seinen Humor nicht gänzlich unterdrücken. Ich hätte mir das Kennzeichen notieren sollen, dachte er. Kurz überlegte er, Roxy zu verständigen, erinnerte sich jedoch daran, dass sie gerade bei dieser Ärztin in Ruhpolding war. Er wollte sie nicht stören.

Ein dunkler Pkw, grübelte Toni. Max besitzt einen schwarzen VW Golf. Doch in diesem Moment brachte er das Auto nicht mit dem alten Mann in Verbindung, denn auch Vicki hatte Zugang zu dem Fahrzeug. Verdammt, Roxys Zweifel an Vickis Loyalität hatten tatsächlich Spuren hinterlassen.

Toni stülpte den Helm wieder über den Kopf, ging zurück zur Enduro und machte sich auf den Weg zur Pension.

Max' Golf stand normalerweise in einer kleinen Garage hinter dem Schuppen. Toni stellte die Enduro davor ab und öffnete das Tor. Die Garage war leer.

»Suchst du etwas Besonderes?«, fragte plötzlich jemand hinter ihm.

Toni drehte sich um und blickte in Max' verwundertes Gesicht. »Wo ist der Golf?«, fragte er ohne Umschweife.

Max legte die Stirn in Falten. »Wieso willst du das wissen?«

»Sag es mir einfach«, rief Toni ungeduldig, zwang sich aber im nächsten Moment zur Ruhe. »Bitte, Max, es ist wichtig.«

»Vicki ist damit unterwegs. Das macht sie öfter, sie will nicht immer den Bulli nehmen. Der ist ihr zu groß.«

»Wo wollte sie hin?«

Max zuckte mit den Schultern und strich sich mit der Hand über den Kopf. »Sie ist mir keine Rechenschaft schuldig. Vielleicht macht sie irgendwelche Besorgungen.«

»Es ist Sonntag«, sagte Toni mit genervtem Unterton in der Stimme.

»Was fragst du mich?«, reagierte Max nun auch gereizt. »Rede doch selbst mit ihr, wenn sie wieder da ist.«

Toni atmete durch. »Entschuldige«, sagte er. »Ich wollte dir nicht zu nahe treten.«

Max winkte ab. »Wir haben alle mal einen schlechten Tag. Ich habe übrigens eine neue Flasche Obstbrand in der Werkstatt deponiert. Diesmal Marille.« Er leckte sich die Lippen.

Toni amüsierte der Gedanke, dass Max den Schnaps vor Vicki versteckte wie ein Teenager sein intimes Tagebuch vor den Eltern. »Ein andermal gern. Heb ihn auf.«

»Das kann ich nicht versprechen«, frotzelte Max und trottete zurück in seine Werkstatt.

Toni zückte sein Handy und wählte nun doch Roxys Nummer. »Kannst du reden?«, fragte er, nachdem sie das Gespräch entgegengenommen hatte.

»Ich bin auf dem Rückweg. Schieß los, was gibt's?«

Toni berichtete ihr von seinem Erlebnis auf dem Parkplatz. »Ich bin beim Panoramablick«, sagte er abschließend. »Vicki ist mit dem Golf ihres Großvaters unterwegs.«

Es folgte eine Pause, in der Roxy nachzudenken schien. »Hast du mit Max über das Ultraschallbild geredet?«, fragte sie schließlich.

Toni verneinte.

»Dann belasse es dabei«, legte sie ihm nahe. »Nach dem, was du mir gerade erzählt hast, deuten die Anzeichen immer mehr auf Victoria als Täterin. Wir dürfen nicht riskieren, dass sie von unseren Recherchen erfährt. Das wäre, als würden wir selbst einen Verdächtigen warnen. Halte dich von ihr fern. Du kannst auch bei mir und Friedrich wohnen.«

Toni dachte kurz über das Angebot nach. »Dann schöpft sie Verdacht«, sagte er. »Keine Sorge, ich passe auf mich auf.«

»Wie du meinst«, erwiderte Roxy, klang jedoch nicht sonderlich überzeugt. Bevor sie das Gespräch beendete, berichtete sie Toni noch kurz von ihrem Treffen mit Melissa Altas.

Toni hatte das Handy gerade wieder in seiner Jacke verstaut, als Max' Golf neben ihm hielt.

Vicki stieg aus. »Was machst du denn hier hinten?«, fragte sie.

Um eine Antwort verlegen, starrte Toni sie nur an.

Vicki runzelte die Stirn. »Ist irgendetwas?«

»Ich war auf der Suche nach deinem Großvater«, log Toni. »Ich wollte fragen, ob ich ihm in der Werkstatt helfen kann.«

Max lehnte ein paar Meter entfernt an der Schuppenwand und blickte verwundert. Augenblicke später versprühte sein faltiges Gesicht jedoch wieder die ihm eigene freundliche Harmlosigkeit.

Vicki warf beiden einen irritierten Blick zu. Dann öffnete sie wortlos den Kofferraum, holte einen Korb voller Steinpilze heraus und ließ die Männer einfach stehen.

Als sie nicht mehr zu sehen war, machte Toni ein paar Schritte zur Seite, sodass er die Front des Golfs betrachten konnte. Mit einem betretenen Gefühl in der Brust atmete er tief ein. Dieses Auto hatte bestimmt keinen Mülleimer gegen seinen Kopf geschleudert.

Als Toni am Abend zum Essen in die Küche kam, versuchte er, sich seinen Argwohn nicht anmerken zu lassen. Gut, der Golf hatte keine Delle, aber allein daraus zu schließen, dass er Vicki trauen konnte, schien ihm zu einfach.

»Heute gibt es gebratene Pilze«, sagte Vicki und schwang die gusseiserne Pfanne in einem Bogen vom Herd auf den Tisch.

Es duftete köstlich, und Räuber schnüffelte die ganze Zeit aufgeregt in der Gegend herum.

»Isst Max nicht mit?«, fragte Toni.

»Am Sonntag geht er um diese Zeit meist noch mal auf den Friedhof, deswegen isst er früher«, sagte Vicki. »Er hat sich angewöhnt, meiner Großmutter, also seiner verstorbenen Frau, von seiner Woche zu berichten. Das hilft ihm, über ihren Tod hinwegzukommen. Es ist zwar schon zwei Jahre her, aber er leidet noch immer unter dem Verlust.«

Toni nickte betreten. »Das wusste ich nicht.«

»Woher auch.«

Toni setzte sich, und als Vicki seinen Teller füllte, ihren jedoch nicht, war er irritiert. »Hast du keinen Hunger?«

Vicki winkte ab. »Mir ist schon seit dem Morgen ein bisschen flau im Magen. Aber lass es dir schmecken, die Steinpilze aus dieser Gegend sind todsicher die leckersten.«

Todsicher.

Toni schluckte. Er sollte essen, Vicki wollte nicht. Die Tollkirschen hätten beim Dorffest beinahe ihr Soll erfüllt, dort war der Täter unerkannt geblieben. Pilze als Alternative waren ideal, da könnte zufällig ein tödlicher dabei gewesen sein. Roxy würde Fragen stellen, den Fall aber wahrscheinlich irgendwann als bedauernswerten Vorfall zu den Akten legen müssen. Zudem erschien Max' Abwesenheit bei diesem Gedankenspiel auch in einem anderen Licht. Verzweifelt suchte Toni nach einer Ausrede.

»Möglicherweise habe ich mir ebenfalls den Magen etwas verdorben«, stammelte er. »Ein bisschen übel ist mir nämlich auch. Ich weiß nicht, ob Pilze da das Richtige sind.«

Enttäuscht sah Vicki ihn an. »Na super, da habe ich mir die ganze Arbeit umsonst gemacht.«

»Sei mir nicht böse«, erwiderte Toni. »Es ist besser, ich gehe ins Bett.«

»Gute Nacht«, sagte sie kurz angebunden und nahm die Pfanne wieder vom Tisch.

»Bis morgen.« Toni verließ den Raum. Räuber wollte ihm folgen, doch Vicki hielt den Hund zurück.

Toni hatte nicht vor, schlafen zu gehen. In seiner Junior Suite setzte er sich auf die Bettkante und grübelte. Einerseits konnte er seine Gefühle für Vicki nicht leugnen, auf der anderen Seite war sie womöglich die Person, die ihn töten wollte. Er war in einem Zwiespalt, der ihn deprimierte. Dann erinnerte er sich an Roxys Worte. *Du kannst auch bei mir und Friedrich wohnen.* Wahrscheinlich war es die beste Lösung, nur wie sollte er das Vicki gegenüber begründen? Wenn er nicht die Wahrheit sagen wollte, war das nicht möglich.

Die halbe Nacht zermarterte sich Toni das Hirn. Christophs Todessturz, Ron Weinbichls Vergiftung, der Autoanschlag auf ihn selbst – war Vicki wirklich so abgebrüht, das alles allein zu planen und durchzuziehen? Schon im nächsten Moment erkannte er, dass er sich die Antwort soeben selbst gegeben hatte. *Allein* war das Stichwort. Wer sagte denn, dass Vicki allein handelte? Womöglich gab es ja einen Komplizen, und je länger Toni darüber nachdachte, desto mehr steigerte er sich in diese Vorstellung hinein.

Wie ein Dieb schlich er sich in der morgendlichen Dämmerung aus der Pension. Das Motorrad schob er so weit, dass niemand im Haus von dem Geknatter wach wurde, als er es startete. Auf einem Blatt Papier hatte er Vicki noch eine Nachricht hinterlassen, in der er sich für sein plötzliches Verschwinden entschuldigte, und das Geld für die Miete dazugelegt. Das schlechte Gewissen nagte an Toni, immerhin handelte er lediglich auf Basis einer Vermutung. Doch das Gefühl, keine andere Wahl zu haben, war stärker.

28

Es war fünf Uhr am Montagmorgen, als Toni bei Roxy eintraf. Nur ein paar Fahrzeuge waren ihm bei seiner Fahrt hierher begegnet. Die Berge lagen noch verschlafen im Halbdunkel, alles um ihn herum wirkte friedlich. Anders als in seinem Innern. Im Haus ging das Licht an, als er auf die Veranda trat.

Mit Shirt und kurzen Nachtshorts bekleidet öffnete Roxy die Tür, noch bevor er läutete. »Was wird das jetzt?«, fragte sie verschlafen und fuhr sich durch die zerzausten Haare.

»Du hast gesagt, ich kann bei dir wohnen.«

Roxy gähnte. »Habe ich das?«

Toni hatte keine Lust, lange um den heißen Brei herumzureden. »Vicki hat mir gestern Abend Pilze aufgetischt«, sagte er.

»Die Steinpilze aus dieser Gegend sind todsicher die leckersten«, erwiderte Roxy, deren graue Zellen offensichtlich noch ein wenig Zeit zum Wachwerden brauchten.

»Todsicher«, sagte Toni gequält. »Das hat Vicki auch gemeint. Sie selbst wollte übrigens keine essen.«

Jetzt schien es klick zu machen, und Roxys Mundwinkel zogen sich in die Breite. »Ich gehe mal davon aus, dass du eine Magenverstimmung vorgetäuscht hast«, sagte sie grinsend.

»Volltreffer.«

Sie machte einen Schritt zur Seite. »Komm rein. Zumindest Edda wird begeistert sein, wenn sie aufwacht.«

Toni folgte der Aufforderung und legte Helm und Rucksack auf einer Bank im Flur ab. Seine Jacke hängte er an die Garderobe, die Schuhe stellte er darunter.

»Schlappen sind in dem kleinen Schrank«, sagte Roxy, die schon auf dem Weg in die Küche war. »Kaffee?«

»Gern«, antwortete Toni. Er fand die Latschen, streifte sie über und folgte Roxy.

»Wenn wir gefrühstückt haben, fahre ich ein paar Frauenarztpraxen in der näheren Umgebung ab«, sagte sie und schaufelte mehrere Löffel Kaffeepulver in den Filter der Maschine. »Dann wissen wir hoffentlich, ob die Ultraschallaufnahme zu Victoria gehört.« Sie drückte den Startknopf und machte sich daran, den Tisch zu decken.

»Kann ich was helfen?«, fragte Toni.

»Steh einfach nicht im Weg.«

Toni schob sich auf die Sitzbank unter dem Fenster. Genau wie am gestrigen Morgen. »Tut mir leid«, sagte er, als sie sich wenig später gegenübersaßen. »Ich weiß einfach nicht, wo ich sonst hinsoll.«

Roxy reichte ihm den Brotkorb. »Ich habe es dir angeboten und halte mein Wort. Hier bist du am sichersten, bis wir wissen, wie wir Vicki einzuordnen haben.«

Die Tür ging auf, und Friedrich stand in kurzem Pyjama im Rahmen. Seine noch müden Augen weiteten sich, als er Toni am Tisch sitzen sah.

Roxys Blick schweifte zur Uhr an der Wand. »Normalerweise stehst du erst um sechs auf.«

»Für gewöhnlich treiben sich auch keine fremden Männer in meinem Haus herum«, erwiderte Friedrich. Er schlurfte zum Küchenschrank, nahm eine Tasse heraus und ließ sich neben seiner Schwester nieder. Während er sich Kaffee eingoss, schielte er zu Toni hinüber. »Hatte ich nicht gesagt, dass das hier nicht zur Gewohnheit werden sollte?«

Toni zuckte mit den Schultern. »Ist zweimal schon Gewohnheit?«

»Jedenfalls nahe dran«, sagte Friedrich, trank einen Schluck, verbrühte sich die Zunge und verzog das Gesicht.

»Hat jetzt jeder sein Territorium abgesteckt?«, fuhr Roxy dazwischen und sagte dann an ihren Bruder gewandt: »Toni muss eine Weile hier wohnen. Was ist eigentlich mit dem Schuppen?«

»Was soll damit sein?«, stellte Friedrich sich dumm.

Roxy zog die Augenbrauen nach oben und schaute ihn wortlos von der Seite an.

Friedrich seufzte. »Du weißt genau, dass ich den für Feriengäste ausgebaut habe, damit noch ein bisschen Kohle in die Kasse kommt. Potenzielle Mordopfer fallen da eigentlich nicht drunter.«

»Ist doch egal, wer dort wohnt«, sagte Toni. »Hauptsache, der Mieter bezahlt.«

Friedrich sah ihn zweifelnd an. »Du bezahlst also.«

»Etwas anderes würde für mich nicht in Frage kommen.«

Roxy sendete ein verstohlenes Lächeln in Tonis Richtung.

Einen Moment überlegte Friedrich noch, und sein Blick wechselte zwischen den beiden hin und her. »Also gut«, gab er nach. »Ein paar Restarbeiten müssen zwar noch gemacht werden, aber bewohnbar ist der Schuppen.« Er hielt Toni die Hand entgegen.

Toni schlug ein.

»Eigentlich solltest du mir den Brotkorb reichen.«

Roxy schmunzelte. Toni ebenso. Zum Schluss auch Friedrich.

29

Bevor Roxy sich auf die Suche nach Vickis Gynäkologen machte, schaute sie kurz in der Polizeistation vorbei. Es war fast sieben, Josef war noch nicht da, aber Hubert saß schon eifrig an seinem Computer.

Sie spähte ihm über die Schulter. »Gibt's was Neues zu den Geländewagen?«

Hubert war gerade dabei, eine Excel-Datei anzulegen, in der er seine Ermittlungsergebnisse dokumentieren konnte. »Leider nicht«, antwortete er und lehnte sich zurück. »Ungefähr ein Drittel habe ich überprüft. Fünfzehn sind noch offen, die versuche ich bis übermorgen zu schaffen. Ich warte nur noch, bis der Josef da ist, dann mache ich mich auf den Weg.«

»Danke«, sagte Roxy, klopfte ihm auf die Schulter und ging die Treppe hinauf zu ihrem Büro. Sie setzte sich an den Schreibtisch und dachte nach. Im ersten Moment hatte sie diese Pilzgeschichte für abwegig gehalten, bei genauerem Hinsehen wäre es allerdings der perfekte Mord gewesen. Gut, den gab es nicht, aber wie hätte man Vicki Absicht unterstellen sollen? Wie viele Menschen erlitten jährlich unbeabsichtigt eine Pilzvergiftung? Roxy hatte keine Lust zu googeln, aber es waren sicher einige.

Sie schloss die Augen und atmete durch. Die Einschläge kamen in immer kürzeren Abständen. Erst Christoph letzten Mittwoch, dann Ron Weinbichl am Samstag und gestern die Geschichten mit dem Auto und den Pilzen. Wie lange würde Toni das Glück noch hold sein? Es wurde Zeit, endlich Ergebnisse einzufahren.

Manfred Dollinger kam ihr in den Sinn. *Verschwinde aus meinem Dienstzimmer, Roxana Mayrhofer! Und bring mir Ergebnisse!* Ihre Hand glitt zum Telefonhörer, blieb aber darauf liegen. Wenn sie die Informationen zu der Ultraschallaufnahme hatte, würde sie persönlich bei Manfred vorbeischauen. Vielleicht konnte sie dann ja wenigstens mit einem halbwegs handfesten Ergebnis aufwarten. Ansonsten hatte sie nicht viel. Der dunkle Geländewagen, den das Urlauberpärchen in der Nähe gesehen hatte. Der Stein, der womöglich damit ins Rollen gebracht worden war, um die Lawine auszulösen. Die Reifenspur. Alles Vermutungen und Indizien, nichts, was kurzfristig zu einem Täter führen könnte.

Roxy ärgerte sich noch immer, dass die Untersuchung von Leopold Bräunings Geländewagen nichts gebracht hatte. Den Herrn Bürgermeister brauchte sie nicht mehr zu verdächtigen, zumal auch die Überprüfung seines Alibis durch Hubert dessen Angaben bestätigt hatte. Er war zum Zeitpunkt von Christoph Steiners Tod tatsächlich in München gewesen.

Roxy erhob sich von ihrem Stuhl, hier rumzusitzen brachte sie auch nicht weiter. Auf dem Weg zum Auto kam ihr Josef Lackner entgegen, eine belegte Semmel in der einen Hand, mit der anderen das Handy am Ohr. »Sei ganz beruhigt, Leopold«, hörte Roxy ihn sagen. »Ich schaue ihr auf die Finger. Wir sehen uns heute Abend am Stammtisch.« Er verstaute das Handy umständlich in seiner Uniformjacke und schmierte sich dabei etwas Mayonnaise vom Belag der Semmel an den Stoff.

»Wem wollen Sie auf die Finger schauen?«, fragte Roxy.

Josef blickte auf und erschrak, als er sie erkannte. »Niemandem«, stammelte er, wohl wissend, ertappt worden zu sein. »Was machen Sie überhaupt so zeitig hier?«

Roxy sah auf ihre Uhr. »Ich würde eher sagen, Sie sind spät dran. Ihr junger Kollege ist schon fleißig.«

»Kümmern Sie sich lieber um Ihre Ermittlungen«, brummte Josef und rieb mit seinem Taschentuch an der beschmutzten Stelle der Uniform, sodass der Fleck noch größer wurde. »Mist«, schimpfte er und trottete zum Stationsgebäude.

Mit einem Grinsen im Gesicht stieg Roxy in ihren Astra. Sie und Josef Lackner würden wohl keine Freunde mehr werden. Es gab Schlimmeres.

Roxys Elan, was die Suche nach Vickis Frauenarzt betraf,

schlug schnell in Ernüchterung um. Sie hatte sämtliche in Frage kommenden Praxen in Reit im Winkl, Unterwössen, Marquartstein und Ruhpolding abgeklappert. Ohne Ergebnis. Gut, ein paar Möglichkeiten in anderen Orten gab es noch, trotzdem fuhr sie mit einem unguten Gefühl im Bauch am frühen Nachmittag zur Inspektion nach Traunstein, um ihrem Vorgesetzten Bericht zu erstatten.

»Mehr hast du wirklich nicht?«, fragte Hauptkommissar Manfred Dollinger und runzelte die Stirn.

»Zugegeben, zum jetzigen Zeitpunkt sind es lediglich Indizien«, antwortete Roxy. »Aber du weißt doch selbst, dass sich das schnell ändern kann.«

Dollinger schlug mit der flachen Hand auf den Tisch. »Vor mir kannst du dir diese Phrasen sparen. Ich bin zu lange im Geschäft, um darauf etwas zu geben.« Seine Stimme wurde wieder sanfter. »Roxy, ich vertraue dir, das weißt du. Aber ohne etwas Handfestes kann ich der Staatsanwaltschaft deinen Aufenthalt in Reit im Winkl nicht mehr lange als notwendig verkaufen. Heute ist Montag, bis spätestens Freitag brauche ich etwas.«

Roxy atmete durch, das waren immerhin vier Tage Aufschub. Ihr würde etwas einfallen.

Auf der Rückfahrt nach Reit im Winkl war Roxy in Gedanken versunken. Kurz vor dem Ziel tauchte hinter einer Kurve der Trecker von Milchbauer Sepp Kohlbacher unvermittelt vor ihr auf. Roxy trat auf die Bremse und vermied im allerletzten Moment eine Kollision. Sie atmete durch und krallte ärgerlich die Hände um das Lenkrad. Kurz entschlossen riss sie das Steuer herum und bog nach links in den Ortsteil Blindau ab. Wenig später hielt sie vor Vickis Pension. Der rote Bulli war nirgends zu sehen, aber der Werkstattschuppen stand offen. Womöglich war Max ja da und Vicki unterwegs. Das wäre der Idealfall.

Roxy hatte die Hand schon am Griff der Autotür, zögerte

jedoch. Anstatt auszusteigen, tippte sie Tonis Nummer in die Freisprechanlage.

»Na endlich«, meldete er sich schon nach dem ersten Läuten. »Was hast du erreicht?«

Roxy wich der Frage aus. »Bist du gerade beschäftigt?«

»Ich habe mein neues Domizil bezogen – ist übrigens sehr schön – und dann deinem Bruder ein bisschen in seiner Werkstatt geholfen. Im Moment spiele ich mit Edda Memory. Ich habe bisher nicht ein Mal gewonnen, kannst du dir das vorstellen? Wie alt ist das Kind noch mal?«

Ein Lächeln verlief sich in Roxys Gesicht. »Das hat etwas mit den Synapsen im Gehirn zu tun. Kinder haben mehr als Erwachsene, ich verliere auch ständig.«

Toni wirkte erleichtert. »Ich dachte schon, es liegt an mir. Rück endlich raus mit der Sprache, ist die Aufnahme von Vicki?«

Roxy gab ihm eine Zusammenfassung ihres bisherigen Tages. »Ich stehe gerade vorm Panoramablick«, fuhr sie fort. »Wie es ausschaut, ist Vicki mit dem Bulli unterwegs. Aber Max scheint da zu sein, der Schuppen ist offen. Ich weiß, wir wollten es vermeiden, aber mit ihm zu sprechen ist wohl doch unsere letzte Chance, wenn wir kurzfristig mehr über die Aufnahme erfahren wollen. Ich bin Polizistin, wenn ich mit ihm rede, wird er womöglich misstrauisch. Aber du könntest es versuchen, ganz unbefangen, ein belangloses Gespräch unter Männern.«

»Er wird wissen wollen, weshalb ich letzte Nacht so plötzlich verschwunden bin«, gab Toni zu bedenken.

»Mist«, zischte Roxy und massierte sich die Stirn. »Daran habe ich gar nicht mehr gedacht.«

»Ich finde, wir sollten ihm gegenüber mit offenen Karten spielen und gemeinsam mit ihm reden«, sagte Toni. »Ich bin in fünfzehn Minuten da.«

»Wahrscheinlich hast du recht. Ich warte.«

Nach dem Gespräch legte Roxy nachdenklich den Kopf in den Nacken. Die Gespräche mit Toni wurden immer vertrauter, fast schon freundschaftlich. War das richtig? Durfte sie überhaupt diese subtile Freude empfinden, die in ihr gekeimt war, als er heute Morgen vor ihrer Tür gestanden und um Einlass gebeten hatte?

Unwillkürlich glitten ihre Finger zu den Narben an ihrem Hals. Auch diese Erinnerungen waren mit Toni verknüpft. Er hatte es damals nicht getan, doch auch nicht verhindert. Aber wie hätte er das tun sollen? Die Flammen waren urplötzlich da gewesen. Nicht klein und züngelnd auf der geduldigen Suche nach Nahrung, um wachsen zu können – nein, es hatte sofort ein loderndes Inferno auf ihrem Kopf geherrscht. Ausgelöst von einem Feuerzeug, das einer von Tonis Freunden an ihre Haare gehalten hatte. Zum Glück war ihr Pferdeschwanz dick und lang gewesen, sodass die Flammen erst einmal Futter gehabt hatten, bevor sie doch noch ein paar Fetzen Haut von ihrem Körper reißen konnten.

Roxys Blick glitt zum Rückspiegel. Braune Augen starrten ihr entgegen, und sie erschrak. Wie transparente Bilder spiegelten sich all die Gefühle darin, die sie seit Jahren zu verbergen versuchte. Unsicherheit, Zweifel, Furcht. Gefühle, die in ihrer Kindheit und Jugend begonnen hatten, sich an sie zu klammern, und die sich auch im Erwachsenenalter nicht abschütteln ließen. Das Polizeistudium hatte ihr geholfen, einen Schleier der Verdrängung um diese vermeintlichen Schwächen zu hüllen. Doch es war so unsäglich anstrengend, Tag für Tag jene Selbstsicherheit an den Tag zu legen, die ihr Umfeld von ihr gewohnt war. Roxy stöhnte auf, wusste sie doch nicht, wie lange sie dazu noch stark genug sein würde.

Während Roxy auf Toni wartete und sich die mittägliche Augustsonne in das Dach des Astras brannte, beobachtete sie Max, der ab und zu aus dem Schuppen stapfte und wieder hineinging, Urlauber, die aus der Pension kamen, und andere, die sie betraten. Sie war kurz davor einzunicken, als der Bulli vor den Schuppen fuhr. Sofort war Roxy hellwach und spähte auf der Suche nach Toni in alle Richtungen. Zum Glück war er noch nicht da. Doch zu früh gefreut, am Beginn des Weges, der zur Pension hinaufführte, tauchte die orangefarbene Enduro plötzlich auf.

Sofort schweiften Roxys Augen wieder zu dem Bulli. Vicki war ausgestiegen, hatte die Hand zum Schutz gegen die Sonne an die Stirn gelegt und den Blick starr die Zufahrt hinunter gerichtet. Roxys Augen wanderten zurück zu Toni. Er war stehen geblieben, anscheinend hatte er Vicki und den Bulli auch gesehen. Durch die offene Seitenscheibe hörte sie die Maschine im Leerlauf knattern. Im nächsten Augenblick heulte der Motor auf, und Roxy zuckte zusammen. Das Heck der Enduro schleuderte herum, und Toni raste davon.

Da entdeckte Vicki den Astra.

Spontan war Roxy geneigt, sich zu ducken. Doch Vicki hatte sie bereits bemerkt, sich jetzt noch zu verstecken wäre einfach nur lächerlich gewesen. Die gesamte Situation war ihr peinlich, und Roxy biss sich verlegen auf die Unterlippe. Sollte sie aussteigen und versuchen, sich irgendwie aus dem Schlamassel zu reden?

Vicki nahm ihr die Entscheidung ab. Mit deutlich zu energischem Schwung schob sie die Seitentür des Bullis auf. Max, der vor dem Schuppen stand, schaute erschrocken. Vicki holte eine Stiege Obst aus dem Fahrzeug, und ohne Roxy eines weiteren Blickes zu würdigen, eilte sie ins Haus.

Betreten schürzte Roxy die Lippen. Ein Teenager, den man beim Klauen von Kondomen erwischt hatte, konnte sich nicht beschissener fühlen. Zum ersten Mal fragte sie sich, weshalb sie so sehr auf Vicki als Täterin fixiert war. Gut, es gab Verdachtsmomente, aber waren die wirklich so zwingend, wie sie sich das einredete? War es nicht vielmehr so, dass sie Vicki zum Sündenbock ihrer eigenen gekränkten Eitelkeit auserkoren hatte? Denn sie konnte den Stich in ihrem Herzen nicht leugnen, als sie Vicki mit Toni auf dem Blindauer Dorffest gesehen hatte. Roxy verfluchte diese Gefühle und schlug ärgerlich auf das Lenkrad. Wenig später startete sie den Motor.

30

Mit verbissener Miene sortierte Vicki das frische Obst aus der
Stiege in den Kühlschrank. Ihre Gäste freuten sich schließlich,
wenn neben Brot und Wurst auch Erdbeeren und Pfirsiche auf
dem Frühstückstisch zu finden waren. Räuber lag auf seiner
Decke, spürte die schlechte Laune seines Frauchens und zog es
vor, das Betteln nach einer Leckerei noch etwas zu verschieben.

Max kam herein. »Nimm es dir nicht so zu Herzen, Vicki«,
sagte er zaghaft und war offenbar bereit, sofort wieder zu verschwinden, sollte sich eine Explosion andeuten.

Doch seine Enkelin schaute nicht einmal auf. »Er wird
schon wissen, was er macht«, erwiderte sie mit zynischem
Unterton. »Wenigstens hat er die Miete dagelassen.«

»Ich will dir nicht zu nahe treten, Vicki, aber ich glaube
nicht, dass Toni …«

»Dann lass es«, fuhr sie ihren Großvater an.

Der alte Mann hob die Hände. »Entschuldige, Vicki. Wenn
du mich brauchst, ich bin in der Werkstatt.«

Nun drehte sich Vicki doch um, und ihr Gesicht war nass
vor Tränen.

Max suchte nach Worten. »Du warst die Freundin seines
besten Freundes«, sagte er. »Du kannst nicht in seine Seele
schauen, Vicki. Aber womöglich hat er mehr aufzuarbeiten,
als du denkst.«

Vicki wischte sich mit dem Handrücken über die Augen,
schloss den Kühlschrank und drückte Max die leere Stiege in
die Hand. »Kannst du die wieder mit in den Schuppen nehmen?«

An der Tür wandte sich Max noch einmal um. »Wie gesagt,
du weißt, wo du mich findest.«

Vicki lächelte ihm zu.

Als sie allein war, goss sie sich Orangensaft in ein Glas und
ließ sich kraftlos auf die Sitzbank am Tisch sinken. Traurig

starrte sie ins Leere. Räuber kam herbei, legte den Kopf in ihren Schoß und schaute zu ihr auf. Gedankenverloren strich Vicki dem Hund über das Fell.

Zehn Jahre war es inzwischen her, dass es ihr den Boden unter den Füßen weggerissen hatte. Sie hatte Hans, diesen ungestümen, leichtsinnigen Kerl, geliebt. Sie hatten Pläne geschmiedet, wollten irgendwann heiraten und zusammen alt werden. Das gemeinsame Kind sollte die Krönung ihrer Liebe sein und aus ihnen eine richtige Familie machen. Klar, Hans war viel mit Toni zusammen gewesen, aber es hatte sie nicht wirklich gestört. Schließlich waren die beiden beste Freunde, und das Unternehmen, das sie gründen wollten, bildete auch ein Stück weit das Fundament für ihre eigenen Vorstellungen vom Leben. Doch dann war Hans gestorben. Und mit ihm die Träume.

Vicki erhob sich, gab Räuber einen Knochen, mit dem er sich in eine Ecke zurückzog, und ging nach draußen. Neben der Pension stand eine ausladende Eiche, ein kleines Rosenbeet mit einem Kreuz befand sich unter der Krone, eine verwitterte Bank direkt daneben. Vicki setzte sich, und wieder füllten sich ihre Augen mit Tränen. Die Nachricht von dem Unglück damals hatte ihr das Herz zerrissen, hatte sie zerstört. Wie hätte da das ungeborene Kind überleben sollen? Vielleicht, wenn ihre Liebe zu Hans stärker gewesen wäre als die Trauer um ihn. Aber das sagte sich so leicht, und Vickis Empfinden, die Schuld am Tod ihres Kindes zu tragen, war irgendwann in Hass umgeschlagen. Anfangs war es nur Groll gewesen, der sich gegen sie selbst gerichtet hatte, doch es war der Tag gekommen, an dem Toni in dessen Visier geraten war. Vicki hatte Tonis besonnene Art immer gemocht, sie war der Gegenpol zu dem impulsiven Wesen von Hans gewesen. Doch Hans war tot, ebenso ihr Kind – und Toni lebte. Hatte er das Recht dazu? Immerhin war es ja sein Auto gewesen, mit dem Hans verunglückt war. Doch Toni war fortgegangen, womöglich vor den Tatsachen geflohen. Und später – irgendwann – hatte ihre Verbitterung gegen ihn wieder nachgelassen. Die Zeit heile alle

Wunden, sagte man. Da war etwas dran, zumindest machte sie Wunden zu Narben, und es wurde dadurch einfacher, mit ihnen umzugehen. Aber heilen? Vicki seufzte – nein, wirklich heilen konnte die Zeit nicht. Hans war tot, für immer.

Doch Toni war plötzlich wieder Realität.

Vicki hatte versucht, sich ihre Überraschung nicht anmerken zu lassen, als sie ihn und Max beim Saufen im Schuppen erwischt hatte. Womöglich war es ja ihr Glück gewesen, dass die beiden zu betrunken gewesen waren, um es mitzubekommen. Wie auch immer, Tonis Anblick hatte die Narben in ihrem Herzen wieder aufgerissen. Daher war sie anfangs froh gewesen, dass Toni nach der Beerdigung seines Vaters wieder verschwinden wollte. Doch er war geblieben, und ihre Gefühle begannen, Achterbahn zu fahren. Sie war gezwungen, sich mit seiner Anwesenheit auseinanderzusetzen.

31

Es war einundzwanzig Uhr, und die Landschaft ergraute im Dämmerlicht. Edda schlief bereits in ihrem Bettchen, und Toni ließ mit Roxy und Friedrich den Tag in der lauen Abendluft auf der Veranda ausklingen. Er lehnte an dem hölzernen Geländer, eine Flasche Auerbräu in der Hand. Friedrich lümmelte auf der Bank neben der Haustür, auf seinem Stammplatz, ebenfalls mit einem Bier. Roxy trank Rotwein auf einer Hollywood-schaukel, die unter leisem Quietschen bedächtig hin und her schwang.

»Hat Victoria Strasser eigentlich versucht, dich heute zu erreichen?«, fragte Friedrich und nahm einen Schluck aus der Flasche. »Ich meine, sie wird doch wissen wollen, weshalb du abgehauen bist.«

Toni schüttelte den Kopf. »Zum Glück nicht. Was hätte ich ihr auch sagen sollen?«

»Also weiß sie nicht, wo du bist?«

»Natürlich weiß sie es«, fuhr Roxy dazwischen und nippte an ihrem Wein. »Sie hat Toni und mich heute beim Panorama-blick gesehen. Eins und eins wird sie noch zusammenzählen können, und damit muss ihr auch klar sein, dass wir sie ver-dächtigen.«

Tonis Blick glitt zu Roxy hinüber. »Glaubst du wirklich, dass es Vicki ist, die wir suchen?«, fragte er. »Ich kann mir nicht vorstellen, dass sie so skrupellos und zu solch einer logistischen Meisterleistung in der Lage wäre. Sie muss sich um die Pension kümmern, um Max, seit ein paar Tagen auch irgendwie um mich. Und nebenbei soll sie die Anschläge ausgeführt haben? Sie hätte das alles spontan planen, sich einen Geländewagen besorgen und zum richtigen Zeitpunkt die Lawine auslösen müssen. Wo sollte sie den Wagen versteckt haben? Auf ihrem Grundstück ist er jedenfalls nicht. Der Giftanschlag auf dem Dorffest war auch kein Selbstläufer, und schlussendlich ist da ja noch die Attacke auf dem Parkplatz. Mit Max' Golf ist sie nicht gefahren, so viel steht fest. Wenn Vicki tatsächlich hinter alldem steckt, dann hatte sie Hilfe. Allerdings kann ich mir nicht vorstellen, wer dafür in Frage käme.«

»Irgendjemand hat die Anschläge aber geplant und ausgeführt«, entgegnete Roxy, und in ihrer Stimme schwang eine gehörige Portion Trotz mit. Sie setzte das Weinglas an die Lippen, leerte es mit einem Zug und bemühte sich nicht, einen Rülpser zu unterdrücken. Die angefangene Flasche stand neben der Hollywoodschaukel. Roxy beugte sich hinunter und schenkte sich nach. Reichlich.

Toni schaute irritiert.

»Wenn ich übersetzen darf«, sagte Friedrich. »Sie ist deiner Meinung.« Er hob seine Flasche. »Prost, Kumpel, ihr seid echt ein tolles Team. Wäre allerdings an der Zeit, zur Abwechslung mal mit einem richtigen Verdächtigen um die Ecke zu kommen.«

»Klugscheißer«, giftete Roxy ihren Bruder an. »Die Fahndung nach dem Geländewagen scheint auch ins Leere zu laufen«, sagte sie deprimiert. »Hubert ist zwar dran, aber bisher noch ohne Ergebnis. Durch das Alibi von Leopold Bräuning ist Victoria Strasser unsere einzige Spur.« Vorwurfsvoll starrte sie Toni an. »Und jetzt kommst du mit deinen Zweifeln. Vielen Dank.«

Toni hob den Kopf. Etwas an Roxys Worten hatte ihn hellhörig gemacht. Doch er kam nicht dazu, den Gedanken weiter zu verfolgen. Ein Fahrzeug rollte in der Dämmerung auf das Grundstück zu und hielt vor dem Zaun. Bei genauerem Hinsehen entpuppte es sich als Vickis Bulli.

»Wenn man vom Teufel spricht«, sagte Friedrich und nahm einen genüsslichen Schluck.

Roxy erhob sich langsam von der Schaukel. Argwohn lag in ihrem Gesicht.

Toni stellte seine Flasche auf dem breiten Handlauf des Geländers ab und beobachtete mit skeptischem Blick das Fahrzeug.

Die Tür des Bullis ging auf. Es dauerte ein paar Sekunden, dann stieg Vicki aus. Sie verharrte zunächst reglos und schaute zu den dreien herüber. Inzwischen war die Dämmerung so stark, dass ihre Gesichtszüge nur schemenhaft zu erkennen waren. Langsam setzte sie sich in Bewegung, und je näher sie der Veranda kam, desto zügiger wurde ihr Schritt. Schließlich wurde deutlich, auf wen sie fixiert war. Toni.

Roxys Hand fuhr zu der Dienstwaffe, die normalerweise in ihrem Gürtelholster steckte. Doch diesmal griff sie ins Leere.

Vicki hatte die Veranda fast erreicht, nur noch ein paar Meter, da zog sie die Hand aus der Seitentasche ihrer Jacke.

Toni erstarrte mit entsetztem Blick.

»Nein!«, schrie Roxy.

Friedrich ließ die Bierflasche fallen und sprang auf.

Victoria Strasser zielte mit der Pistole auf Tonis Kopf und drückte ab.

32

»Arschloch«, fauchte Vicki und schleuderte Toni die ungemein echt ausschauende Attrappe der Walther P99 vor die Füße.

»Hast du jetzt einen totalen Knall?«, kreischte Roxy hysterisch. »Hätte ich meine Dienstwaffe hier gehabt, wärst du jetzt tot!«

Friedrich atmete durch, ließ sich zurück auf die Bank sinken und griff nach einer Flasche Marillenbrand, die hinter ihm auf der Fensterbank stand.

Toni starrte Vicki fassungslos an.

Vicki sah ihm kalt in die Augen. »Würde ich dich töten wollen, hätte ich es längst getan«, sagte sie, drehte sich um und ging.

»Warte!«, rief Toni. »Lass es dir erklären.«

Vicki fuhr herum. »Was denn?«, schrie sie ihn an. »Dass ihr mich im Verdacht habt, hinter den Anschlägen auf dich zu stecken?«

»Genau das«, sagte Roxy, und ihre Stimme hatte wieder den ruhigen, professionellen Klang einer Polizistin. Sie bückte sich und hob die Pistolenattrappe auf. »Sieht täuschend echt aus. Wo hast du die her?«

»Sie gehört meinem Großvater«, antwortete Vicki unwirsch. »Er hat sie in seiner Werkstatt deponiert und ist so naiv zu glauben, damit Einbrecher verscheuchen zu können.«

»Komm auf die Veranda und setz dich«, sagte Roxy. »Ich muss noch etwas von drinnen holen, dann reden wir.«

Unsicher schweifte Vickis Blick von Roxy zu Toni und wieder zurück zu Roxy. Schließlich folgte sie der Aufforderung und stieg die Stufen der Veranda hinauf. Mit einem kurzen Nicken grüßte sie Friedrich, der daraufhin auf seiner Bank ein Stück zur Seite rutschte, sodass sie neben ihm Platz hatte.

»Möchtest du etwas trinken?«, fragte er.

Vicki schüttelte den Kopf. Ihre Augen suchten Toni, der mit verschränkten Armen wieder am Geländer lehnte und sie musterte.

Roxy kam zurück, die Ultraschallaufnahme in der Hand. Sie legte das Bild auf den Tisch.

Vicki runzelte die Stirn, dann beugte sie sich vor und nahm es vorsichtig in die Hand. Ungläubig schaute sie zu Roxy auf. »Wo hast du das her?«

»Es hat sich in Hans' Habseligkeiten befunden«, sagte Toni und erzählte ihr, wie er in den Besitz der Aufnahme gelangt war. »Es war Zufall, dass ich das Bild überhaupt entdeckt habe.«

»Wir wissen nicht, von wem es ist«, ergänzte Roxy.

Vicki nickte leicht. »Ihr denkt, es ist von mir?«

»Das Bild ist zehn Jahre alt. Es wäre zumindest eine naheliegende Annahme.«

Ein betrübtes Lächeln verlief sich in Vickis Gesicht. »Ihr fragt euch, wo das Kind ist. Ihr vermutet, dass ich es damals verloren habe und Toni dafür verantwortlich mache. Weil ich ihm die Schuld an Hans' Tod gebe. Er ist damals abgehauen, bevor wir uns aussprechen konnten, also seid ihr euch nicht sicher, wie ich zu dem Ganzen stehe.«

Friedrich klatschte in die Hände. »Sie kann tatsächlich eins und eins zusammenzählen.«

Verdutzt schaute ihn Vicki von der Seite an.

Mit einer Kopfbewegung deutete er zu Roxy und Toni hinüber. »Holmes und Watson haben schon vermutet, dass du dir das alles zusammenreimen kannst«, erklärte er.

»War nicht sonderlich schwer«, erwiderte Vicki.

»Und, ist die Aufnahme von dir?«, fragte Toni.

Vicki antwortete nicht sofort, und die Sekunden, die sie Toni in die Augen sah, glichen einer Ewigkeit. »Ja«, flüsterte sie schließlich, und ihre Hand, die das Bild hielt, begann zu zittern. Vorsichtig legte sie es ab und schloss ihre Finger zur Faust. »Ich habe damals Hans verloren«, flüsterte sie. »Und ja, wenig später auch unser gemeinsames Kind. Ich trauere auch heute noch um die beiden.« Ihre Stimme wurde fester. »Aber ich gebe niemandem die Schuld. Vielleicht habe ich das mal getan, aber die Zeit hilft, die Dinge mit den richtigen Augen zu sehen.«

Nach einer kurzen Pause fuhr sie fort. »Hans hat sich über das Kind gefreut, aber ich glaube, der Gedanke, Vater zu werden, hat ihn auch verunsichert. Immerhin hattet ihr beide Großes vor, wolltet euer eigenes Unternehmen gründen. Zu dem Zeitpunkt wollte er nicht, dass seine Eltern von der Schwangerschaft erfahren. Ich habe Hans an einem Abend in seinem Zimmer die Ultraschallaufnahme gegeben, und er hat sie daraufhin in ein Buch gelegt. Von dem Kind habe ich bis heute niemandem erzählt. Es war mein Geheimnis.«

Roxy nahm das Bild wieder an sich, und der Blick, mit dem sie Vicki bedachte, zeugte von ehrlichem Mitgefühl. »Du bekommst es zurück, wenn ich es nicht mehr benötige«, sagte sie. »Sobald der Täter gefasst ist.«

»Mit anderen Worten, wenn definitiv klar ist, dass ich es nicht bin.«

Roxy zögerte einen Moment mit der Antwort. »So könnte man es ausdrücken. Es sei denn, du kannst es beweisen.«

»Ich brauche ein Alibi?«

»Wenn möglich, drei«, sagte Toni.

Vicki wirkte irritiert und zog die Stirn in Falten. »Du irrst dich. Soweit ich weiß, geht es hier um Christoph Steiners Unfall und Ron Weinbichls Vergiftung. Für mich sind das zwei Fälle.«

Toni ahnte, dass Roxy das Gespräch nicht ohne Grund auf die Alibis gelenkt hatte. Er hatte Vicki nämlich noch nichts von dem Autoanschlag erzählt. Sofern sie nicht selbst dahintersteckte, konnte sie also nichts davon wissen. Mit forschendem Blick beobachtete er Vickis Reaktion. Ihre Überraschung wirkte echt, und es sprach immer mehr dafür, dass sie die Wahrheit sagte.

Toni wechselte einen verständigenden Blick mit Roxy, dann weihte er Vicki in sein Erlebnis auf dem Parkplatz ein.

»Vielleicht kannst du ja auch unseren Standpunkt ein bisschen verstehen«, schloss er.

»Ich habe keine Alibis«, sagte Vicki. »Bei Christophs Unfall war ich zu Hause, was niemand bezeugen kann, weil es so früh am Morgen war. Das Bier von Ron Weinbichl hätte jeder vergiften können, der auf dem Dorffest war, auch ich. Und bei dem Anschlag auf dem Parkplatz war ich im Wald und habe Pilze gesucht. Keine Ahnung, ob mich jemand dabei gesehen hat.«

»Also wenn ihr mich fragt«, meldete sich Friedrich zu Wort, »ich bin geneigt, ihr zu glauben. Alibi hin oder her, Motiv hin oder her. Hört doch mal auf euer Gefühl.«

Roxy holte tief Luft.

»Ja, ich weiß«, kam Friedrich einem Widerspruch zuvor. »Als Polizistin darf man sich nicht von Gefühlen leiten lassen.«

Roxy verzichtete auf eine Diskussion mit ihrem Bruder. »Hast du vielleicht eine Ahnung, wer Toni im Visier haben könnte?«, fragte sie in Vickis Richtung.

Vicki hob die Schultern. »Ich habe mehrfach darüber nachgedacht, ich weiß es nicht. Aber Toni hat mir nach dem Fest erzählt, dass er glaubt, Hans' Unfall und die aktuellen Geschehnisse hängen zusammen. Also muss es jemand sein, der ihn schon vor Hans' Tod gehasst hat.«

»Sofern sein Auto damals wirklich manipuliert worden ist«, erwiderte Roxy. »Wovon wir ausgehen«, fügte sie eilig hinzu, nachdem sie Tonis protestierenden Blick bemerkt hatte. »Womöglich engt das den Täterkreis ja ein.«

»Vielleicht ist es aber tatsächlich so, dass das alles überhaupt nichts mit Hans' Tod zu tun hat«, warf Friedrich in die Runde. »Ich meine, wo doch Leopold Bräuning und wahrscheinlich auch Vicki als Täter aus dem Spiel sind.«

Toni war nicht überrascht über den Einwand, hatten sie dieses Szenario bei ihrem letzten Gespräch ja schon, wenn auch nur vage, in Erwägung gezogen.

»Das wäre der Super-GAU«, seufzte Roxy. »In dem Fall hätten wir weniger als nichts.«

Eine Weile redeten sie noch, und gegen Mitternacht machte sich Vicki auf den Weg zum Panoramablick. »Das mit der Pistole vorhin tut mir leid«, sagte sie zum Abschied zu Toni, der sie zum Bulli begleitet hatte.

»Schon gut, immerhin war sie nicht geladen.«

»Ich gehe davon aus, dass du hierbleibst?«

Toni nickte. »Sei mir nicht böse.«

»Deine Suite ist jedenfalls noch frei«, sagte Vicki. Dann stieg sie in den Bulli und fuhr los.

Toni schaute dem Fahrzeug nach, bis dessen Rücklichter hinter einer Biegung verschwunden waren. Zurück auf der Veranda leerte er sein Bier, wünschte Roxy und Friedrich eine gute Nacht und ging hinüber zu dem Schuppen, den Friedrich zur Ferienwohnung ausgebaut hatte. Der war nicht sonderlich groß. Ein kleiner Flur, ein kombinierter Raum zum Wohnen, Schlafen und Kochen sowie ein mittelgroßes Bad – für Toni absolut ausreichend.

Toni war zu aufgedreht, um schlafen zu können. Er stieg wieder aus dem Bett, zog sich etwas über und ging noch einmal vor die Tür. Drüben im Haus waren die Lichter bereits gelöscht worden, aber die Nacht zeigte sich sternenklar. Tief atmete er die frische Luft ein und schlenderte über das Grundstück. Roxys Worte kamen ihm in den Sinn.

»Durch das Alibi von Leopold Bräuning ist Victoria Strasser unsere einzige Spur.«

Dieser Satz hatte ihn vorhin aufhorchen lassen. Aber weshalb?

… unsere einzige Spur.

Abrupt blieb Toni stehen, denn plötzlich konnte er den Gedanken greifen. Es war wahrscheinlich nicht Vicki, die sie suchten. Wenn sie jedoch die einzige Spur war, war dann der Täter womöglich in ihrem Umfeld zu finden? Eine Annahme, über die man zumindest nachdenken konnte.

Tonis Blick schweifte zum Haus. Er würde Roxy morgen beim Frühstück von seiner Vermutung erzählen. Gerade wollte er sich auf den Rückweg zur Ferienwohnung machen, als sein Handy läutete. Er runzelte die Stirn, wer sollte das um diese Zeit sein? Er zog das Gerät aus seiner Hosentasche und war überrascht, als er Vickis Namen auf dem Display leuchten sah. Ihre verzweifelten Worte kurz darauf ließen ihn erschaudern.

»Toni, ihr müsst herkommen! Max ist tot.«

33

Vicki saß lethargisch vor Max' Werkstattschuppen auf einem Stein, als Roxy und Toni eine Viertelstunde später eintrafen. Roxy hielt direkt vor ihr. Vicki stand auf und legte zum Schutz vor den grellen Scheinwerfern die Hand vor die Augen.

Toni eilte sofort zu ihr. »Bist du verletzt?«

Vicki schüttelte den Kopf.

»Wo ist Max?«, fragte Roxy.

Vicki deutete nach hinten zum Schuppen. »Er ist tot«, schluchzte sie. »Jemand hat ihn erschossen.«

Sofort zog Roxy ihre SFP9 aus dem Holster. »Ist noch jemand da drin?«, fragte sie und fixierte das offene Tor des Schuppens. Licht drang aus dessen Innern nach draußen, vermischte sich mit dem Standlicht des Astras und tauchte das nächtliche Gelände in diffusen Schein.

Wieder schüttelte Vicki den Kopf. »Nur Max.«

Doch Roxy musste sicher sein. »Geht in den Schutz des Fahrzeugs und wartet dort«, befahl sie, presste sich mit dem Rücken gegen die Schuppenwand und schob sich vorsichtig Richtung Tor. Sie spürte ihr Herz klopfen, fasste den Griff der Pistole noch fester und bemühte sich, der Angst keinen Raum in ihrem Kopf zu geben. Mit einer schnellen Bewegung drehte sie ihren Körper in die Öffnung, hielt die Pistole mit ausgestreckten Armen und nahm das Innere des Schuppens ins Visier. Im nächsten Moment ging sie wieder neben dem Tor in Deckung, die Pistole mit angewinkelten Armen vor der Brust. Außer Max, der reglos vor seiner Werkbank auf dem Boden lag, konnte sie nichts Ungewöhnliches erkennen. Sie wiederholte die Prozedur, verharrte diesmal jedoch etwas länger in der Öffnung. Das gleiche Ergebnis, alles war ruhig.

Konzentriert und wachsam betrat Roxy den Schuppen, die SFP9 nach wie vor im Anschlag. Sie kontrollierte den gesamten Raum, bevor sie die Pistole wieder in ihrem Holster verstaute.

»Die Luft ist rein!«, rief sie nach draußen und beugte sich zu Max hinunter. Mit aufgerissenen Augen lag der alte Mann in einer Blutlache auf dem Rücken, das Hemd blutdurchtränkt, eine Schusswunde in der linken Schulter, ein kleines rundes Loch mitten auf der Stirn. Dass jede Hilfe zu spät kam, war offensichtlich.

Toni und Vicki näherten sich, doch Roxy hielt sie zurück. »Ihr müsst leider wieder nach draußen«, sagte sie. »Das ist ein Tatort, hier muss erst einmal die Spurensicherung ihre Arbeit machen.« Sie wandte sich an Vicki. »Hast du die Polizei schon verständigt?«

»Ich habe nur euch angerufen«, schluchzte Vicki und wurde im nächsten Moment von einem Weinkrampf geschüttelt.

Während sich Toni um sie kümmerte, beorderte Roxy Josef und Hubert als Unterstützung zum Tatort. Dann benachrichtigte sie ihre Kollegen in Traunstein. »Wir haben einen mutmaßlichen Mord in Reit im Winkl, Pension Panoramablick, Blindauer Straße 10. Ein Opfer, männlich, Todesursache ist vermutlich ein Kopfschuss. Schickt bitte ein Team rüber.« Nachdem sie aufgelegt hatte, ging sie nach draußen.

Vicki saß wieder auf dem Stein und hielt den Kopf gesenkt. Toni stand neben ihr, seine Hand lag beruhigend auf ihrer Schulter.

Vicki schaute auf, als sie Roxy hörte. »Wer tut so etwas?«, fragte sie, ihr Gesicht war nass vor Tränen. »Er hat doch niemandem etwas getan.«

Roxy zuckte mit den Schultern. »Wir werden es herausfinden.« Mit ernster Miene sah sie zu Toni hinüber. »Können wir mal kurz reden?«

Toni zögerte, doch Vicki schob ihn von sich. »Geh ruhig, ich komme schon klar.«

Roxy begab sich zu ihrem Astra, und Toni folgte ihr. Sie verschränkte die Arme vor der Brust und lehnte sich gegen das Heck des Fahrzeugs. »Was denkst du?«, fragte sie.

Toni sah zur Pension hinüber, wo alles dunkel war. »Ich frage mich, weshalb niemand den Schuss gehört hat«, sagte er.

Roxy nickte. »So groß ist die Entfernung nicht. Es waren sogar mindestens zwei Schüsse. Einer in die Stirn und ein weiterer in die Schulter.«

»Schalldämpfer?«

»Möglich«, antwortete Roxy. »Zudem sieht es mir nach einem geplanten Mord aus.«

»Wie kommst du darauf?«

»Wegen der Wunden. Der Kopfschuss war mit Sicherheit der zweite. Ihm erst in den Kopf und dann in die Schulter zu schießen, macht keinen Sinn. Der Täter wollte Max töten, er hat beim ersten Mal nur nicht richtig gezielt. Deswegen der zweite Schuss. Der war aufgesetzt, um ganz sicherzugehen.«

»Woher weißt du das?«

Roxy blähte die Backen auf und ließ die Luft langsam entweichen. »Ich bin natürlich keine Forensikerin«, sagte sie. »Aber die Wunde auf der Stirn ist klein. Die Austrittsstelle des Projektils am Hinterkopf vermutlich ebenso, sonst wäre die Blutlache um seinen Kopf herum größer. Das ist charakteristisch für Schüsse aus absoluter Nahdistanz. Und soweit ich sehen konnte, hat sich die Mündung des Laufes in Max' Stirn gestempelt.«

Toni wirkte irritiert.

»Das passiert, wenn das Schmauchgas beim Schuss unter die Haut gedrückt wird«, erklärte Roxy. »Zudem befindet sich die Wunde präzise mittig auf der Stirn. Wenn der erste Schuss danebengegangen ist und Max nur an der Schulter verletzt hat, ist der zweite zu perfekt, als dass er ebenfalls aus größerer Entfernung abgegeben worden sein könnte.«

»Was denkst du, weshalb der erste Schuss so weit danebengegangen ist?«, fragte Toni.

Roxy wiegte den Kopf. »Vielleicht lag es an dem Schalldämpfer, sofern tatsächlich einer verwendet wurde. Der verändert das Frontgewicht der Waffe und beeinflusst die Treffpunktlage. Möglicherweise ist es der Täter nicht gewohnt, mit Dämpfer zu schießen.«

»Oder er ist einfach nur ein schlechter Schütze, weil er generell ungeübt im Umgang mit Waffen ist«, ergänzte Toni.

»Auch möglich. Wenn die Kriminaltechniker durch sind, werden wir wissen, um was für eine Waffe es sich handelt. Ich vermute, eine Pistole, Kaliber 9 Millimeter.«

»Könnte es sein, dass der Täter aus Vickis Umfeld stammt?«

»Wie kommst du darauf?«, fragte Roxy verblüfft.

»Es ist nur so ein Gefühl«, druckste Toni. »Es kam mir in den Sinn, nachdem du am Abend gesagt hast, dass Vicki aufgrund von Leopolds Alibi unsere einzige Spur wäre. Wenn der Weg zum Täter schon nicht zu Vicki führt, dann ja vielleicht über sie.«

Roxy dachte einen Moment über diese These nach. Dann glitt ihr Blick zum Schuppen. »Max«, sagte sie.

Toni nickte. »Die Spur zum Täter führt über Max und die Beantwortung der Frage, weshalb er sterben musste.«

»Weil er dahintergekommen ist, wer der Täter ist«, kombinierte Roxy. »Vermutlich hat er ihn sogar gut gekannt, es gibt keine Kampfspuren. Und falls doch, sind sie mir nicht aufgefallen.«

»Wenn Max mit dem Täter bekannt war, dann kennt Vicki ihn auch«, ergänzte Toni.

Roxy pfiff leise. »Nicht schlecht, Anton Hauser.«

Die Spurensicherung traf ein, und augenblicklich war Leben um sie herum. Autotüren klappten auf und zu, und wenig später leuchteten Scheinwerfer die Gegend aus. Lichter in der Pension gingen an, und Josef Lackner war eifrig damit beschäftigt, neugierige Pensionsgäste zu beruhigen. Hubert kämpfte umständlich mit dem Absperrband, sodass man befürchten musste, er würde sich selbst darin einwickeln.

Während Roxy ihre Kollegen einwies und ihnen die Situation erklärte, hielt Toni nach Vicki Ausschau. Sie war hinüber zur Pension gegangen, um dem Trubel etwas zu entfliehen, und Toni folgte ihr. »Wie fühlst du dich?«, fragte er.

Vickis Blick wanderte zum Schuppen, wo Roxy und das Spurensicherungsteam routiniert ihre Arbeit verrichteten. »Weshalb Max?«, fragte sie. »Wem hat er etwas getan?«

Stumm schaute Toni zu Boden, war ihm doch klar, dass Max seinetwegen hatte sterben müssen.

Vicki sah ihn an. »Ich weiß, was du denkst, Toni. Aber du bist nicht schuld daran. Glaubst du, er musste sterben, weil er wusste, wer dich umbringen will?«

Toni seufzte schwer. »Wir vermuten es.«

»Wir?«

»Roxy und ich.«

Es folgte eine Pause. »Du magst sie, habe ich recht?«

Toni zog es vor, einer Antwort auszuweichen. »Ich weiß nicht einmal, ob wir überhaupt Freunde sind.«

»Sie mag dich.«

»Wie kommst du darauf?«

Vicki verdrehte die Augen. »Glaub mir einfach.«

»Wie soll es jetzt mit der Pension weitergehen?«, wechselte Toni das Thema. »Hast du jemanden, der dir helfen kann?«

Vicki zuckte mit den Schultern. »Ich finde schon eine Lösung. Im Moment sind wenige Gäste hier, da schaffe ich das schon.«

Ein Leichenwagen rollte in angemessener Bedächtigkeit nahezu lautlos auf den Hof. Vicki schlug sich die Hand vor den Mund. »Er hat niemandem etwas getan«, schluchzte sie unter Tränen.

Toni nahm sie in die Arme und strich ihr behutsam mit der Hand über den Kopf.

34

Mit Kopfschmerzen saß Roxy ein paar Stunden später an ihrem Schreibtisch. Die Untersuchungen hatten fast die gesamte Nacht in Anspruch genommen, und auf die eine Stunde Schlaf, die ihr noch geblieben war, hätte sie besser verzichtet.

Hubert kam mit einem Pott Kaffee herein, dessen aromatischer Duft sich augenblicklich im ganzen Raum verbreitete. »Schwarz und extrastark, Frau Kommissarin«, sagte er und stellte das Gefäß auf Roxys Schreibtisch.

Roxy bedachte ihn mit einem dankbaren Blick, warf sich eine Aspirin ein und spülte sie mit dem Kaffee hinunter.

»Was machen Ihre Recherchen zu den Fahrzeughaltern?«, fragte sie ohne Hoffnung. Gäbe es etwas Neues, hätte ihr Hubert das schon gesagt.

Hubert seufzte. »Ich bin fast durch. Nichts, was uns weiterhilft.«

Auf einmal hörte Roxy schwerfällige Schritte auf der Treppe und unterbrach das Gespräch. Gab sich Josef etwa die Ehre?

Schnaufend wie ein Walross stand er tatsächlich wenig später im Türrahmen. »Bevor ich zum Dienst gekommen bin, war ich noch mal bei Victoria Strasser«, keuchte er und holte mehrmals Luft, bevor er weiterredete. »Ich habe sie gefragt, ob sie etwas vermisst. Ob der Täter womöglich an irgendetwas Interesse hatte, was uns in den Ermittlungen voranbringen könnte.«

Roxy nickte. »Gut gemacht, Herr Lackner. Das hatte ich sie zwar auch schon gefragt, aber doppelt hält ja bekanntlich besser.«

Josefs Brust schwoll an. »Manchmal fallen den Leuten mit etwas Abstand Dinge ein, die ihnen bei all den Emotionen kurz nach der Tat nicht in den Sinn kommen. Ich bin schließlich schon ein paar Jahre im Geschäft.«

Da hatte er in der Tat recht. Roxy wartete gespannt.

Josef zuckte mit den Schultern. »Es fehlt nichts«, sagte er und hob im nächsten Moment bedeutungsschwer den Finger. »Bis auf eines.«

Roxy verdrehte die Augen. »Raus mit der Sprache.«

»Das Handy des Opfers ist verschwunden.«

Roxy wurde hellhörig. »Es wurde also nicht gefunden? Als ich Vicki letzte Nacht danach gefragt habe, meinte sie, dass Max sein Telefon öfter verlegt hätte. Bisher ist es aber anscheinend immer wieder aufgetaucht, wenn auch mitunter an den unmöglichsten Stellen.«

»Diesmal wohl nicht«, sagte Josef mit wichtiger Miene.

»Und sonst ist ihr nichts weiter eingefallen, was fehlen könnte?«

Josef schüttelte den Kopf. »Ich habe die Frau Strasser aber gebeten, noch mal gründlich darüber nachzudenken und uns zu informieren, wenn ihr noch etwas …«

»Ja, ja«, unterbrach ihn Roxy. »Sie wird sich dann schon melden. Max Walsers Handy hat übrigens keine Ortungsfunktion«, fuhr sie fort. »Das hat Vicki letzte Nacht noch erwähnt. Wenn es also fehlt, sollten wir beim Mobilfunkanbieter einen Einzelverbindungsnachweis anfordern. Schließlich müssen wir wissen, mit wem er Kontakt hatte. Womöglich hatte er sich ja mit dem Täter verabredet.«

Hubert räusperte sich. »Ein kleines Problem gibt es da aber, Frau Kommissarin«, warf er zaghaft ein.

Roxy zog die Stirn in Falten.

»Soweit ich weiß, werden diese Nachweise beim Anbieter nur für ausgehende Gespräche geführt«, erklärte Hubert. »Wir können also feststellen, wen Max Walser kontaktiert hat, aber nicht, von wem er angerufen wurde.«

Josef konnte nicht ganz folgen. »Trotzdem wissen wir doch dann aber, mit wem das Opfer Kontakt hatte.«

Roxy verstand, was Hubert andeuten wollte. »Wir sollten es auf jeden Fall versuchen«, sagte sie. »Kümmern Sie sich darum?«

»Klar doch, Boss.«

»Wenn Sie beide schon um fünf Ecken denken, klären Sie mich dann bitte auch auf?«, sagte Josef gereizt, als Hubert aus dem Raum war.

Roxy versuchte es. »Angenommen, der Täter weiß das mit den Gesprächsnachweisen auch, dann ist der Umstand, dass er das Handy mitgenommen hat, ein Indiz dafür, dass er Max vielleicht hin und wieder angerufen hat, Max ihn jedoch nie.«

»Muss ich das jetzt verstehen, Frau Oberkommissarin?«

Roxy gelang ein dezentes Lächeln, vielleicht begünstigt durch die Tatsache, dass ihre Kopfschmerzen nachließen. »Wenn Max den Täter angerufen hat, finden wir es heraus«, erklärte sie. »Vollkommen egal, ob wir im Besitz des Handys sind oder nicht. Dann hätte er es nicht zu entwenden brauchen. Hat aber lediglich der Täter per Telefon den Kontakt gesucht, erfahren wir das in dem Fall nur, wenn wir das Handy haben. Dann wäre es für den Täter ratsam, dies zu verhindern. Und das scheint er getan zu haben. Die Chance, dass der Einzelverbindungsnachweis zum Erfolg führt, ist also nicht sonderlich groß.«

Josef tat, als würde er das alles verstehen. »Sie meinen, der Täter hat so weit gedacht?«

»Sie glauben gar nicht, was kriminellen Geschöpfen mitunter einfällt, wenn es um die Beseitigung von Beweisen geht.«

Von draußen drang das Knattern eines Motorrads ins Büro.

»Ich glaube, Sie bekommen Besuch«, sagte Josef. »Ich geh mal wieder nach unten.«

»Danke für Ihre Mühe!«, rief ihm Roxy hinterher und schloss nicht mehr kategorisch aus, mit Josef Lackner womöglich doch irgendwann noch auskommen zu können.

Dann bereitete sie sich hastig auf Tonis Erscheinen vor, strich sich durch die zerzausten Haare, hauchte in die hohle Hand. Deprimiert sackten ihre Schultern nach vorn, einen Modelwettbewerb würde sie heute ganz sicher nicht gewinnen. Aber wozu auch, schließlich hatte er letzte Nacht wieder einmal Victoria Strasser umarmt.

Als Toni in das Büro trat, den Helm unter den Arm geklemmt, saß Roxy konzentriert vor ihrem Computer und schlürfte nebenbei Kaffee. Sie sah kurz auf und tat überrascht. »Auch schon so früh auf den Beinen?«

»Du glaubst doch nicht ernsthaft, ich hätte heute Nacht schlafen können.«

Natürlich tat Roxy das nicht und tadelte sich für diese blöde Bemerkung. »Max' Handy ist verschwunden«, sagte sie. »Wir versuchen, über eine Anfrage beim Mobilfunkanbieter seine Kontakte zu rekonstruieren. Hast du schon nach Vicki geschaut?«

»Noch nicht, ich wollte erst hören, ob du neue Informationen hast. Fingerabdrücke vielleicht?«

»Nichts Verwertbares«, seufzte Roxy.

Das Telefon läutete. »Polizeistation Reit im Winkl, Roxana Mayrhofer.« Während Roxy dem Anrufer zuhörte, kritzelte sie ein paar Wörter auf einen Notizzettel. »Vielen Dank. Sollte Ihnen noch etwas einfallen, können Sie mich auch auf meinem Handy erreichen.« Roxy gab ihre Nummer durch, und als sie das Gespräch beendet hatte, reichte sie Toni den Zettel.

»Autohaus – Ruhpolding – Jeep«, las er laut.

»Am Telefon soeben, das war das Urlauberpärchen, das den Geländewagen an der Steinschlagstelle gesehen hat. Die Frau meint sich zu erinnern, auf dem Fahrzeugheck das Logo eines Jeep-Autohauses aus Ruhpolding bemerkt zu haben.«

Tonis Blick verriet Zweifel. »Erst erinnern sie sich nur daran, dass es ein dunkler Geländewagen war, und jetzt plötzlich an Fahrzeugtyp, Autohaus und Ortschaft?«

»Die beiden sind gerade in Ruhpolding unterwegs und stehen zufällig vor dem Autohaus«, erwiderte Roxy. »Das Logo über dem Eingang kam der Frau bekannt vor, und dann ist es ihr eben eingefallen. Ist auf jeden Fall eine weitere Spur.«

»Soll ich hinfahren?«

Roxy schüttelte den Kopf. »Das muss offiziell passieren, am besten von jemandem in Uniform.« Sie stand auf, ging zur Treppe und rief nach Hubert.

»Der Hubert soll gleich eine Runde Streife fahren«, rief Josef zurück.

»Übernehmen Sie das bitte, Herr Lackner«, antwortete Roxy. »Den Herrn Stoizl brauche ich jetzt. Ach ja, Sie müssten das ausnahmsweise mal zu Fuß erledigen, den Streifenwagen nimmt der Herr Stoizl.«

Josefs unterdrücktes Fluchen im Rücken, kam Hubert nach oben. Wenig später war er eingeweiht und machte sich auf den Weg nach Ruhpolding.

Als Roxy wieder allein mit Toni war, mahnte sie ihn eindringlich zur Vorsicht, solange der Täter nicht gefasst sei. Toni versprach, nur kurz bei Vicki vorbeizuschauen und danach zurück zu der Ferienwohnung auf Roxys Grundstück zu fahren. Vielleicht konnte er Friedrich ja in dessen Werkstatt helfen.

Das Knattern von Tonis Enduro war gerade verklungen, als Roxys Mailprogramm den Eingang einer Nachricht meldete. Die Rechtsmedizin hatte die Informationen zur Mordwaffe geschickt. Kaliber 9 Millimeter, wie Roxy vermutet hatte. Abgefeuert aus einer Handfeuerwaffe vom Typ Glock. Zusätzlich enthielt die Nachricht noch ein Dokument der Waffenbehörde in Traunstein, in dem die registrierten Waffenscheinbesitzer aufgelistet waren. Roxy ging die Namen von oben nach unten durch.

Ungefähr in der Mitte der Liste stockte sie. Franz Mooslechner. War das nicht Leopold Bräunings Schwager? Sie überflog die Liste noch bis zum Ende, ohne einen weiteren Namen zu entdecken, den sie zumindest ansatzweise mit ihren Ermittlungen in Verbindung bringen konnte. Dann griff sie ihre Jacke, die über der Stuhllehne hing, und machte sich auf den Weg zu dem Sägewerksbesitzer.

35

Es war nicht schwer für Hubert, das Jeep-Autohaus zu finden. Derzeit lebte er zwar in einer Singlewohnung in Reit im Winkl, doch er war in Ruhpolding aufgewachsen und kannte jede Nische des Ortes wie seine Westentasche. Und Jeep-Hofer 2010, so der Name des Autohauses, wäre ohnehin nicht zu übersehen gewesen, es befand sich direkt an der B 305, nur hundert Meter hinter dem Ortseingang.

Hubert lenkte den Streifenwagen, einen BMW X3, auf den Kundenparkplatz vor dem Hauptgebäude, hinter dessen groß-flächiger Glasfassade die neuesten Jeep-Modelle um die Wette posierten. Den Zettel mit der Reifenspuranalyse in der Hand, stieg er aus und schaute sich um. Links neben dem Hauptge-bäude wurden auf einer unbefestigten Fläche Gebrauchtwagen sämtlicher Fahrzeugtypen angeboten. Ein paar Interessenten schlenderten durch die Reihen. Auf der anderen Seite führte ein gepflasterter Weg zu den rückwärtigen Werkstatthallen. Hubert setzte seine Dienstmütze auf und steuerte auf das Hauptgebäude zu. Er hatte die Hand schon am Griff der Tür, als ihn jemand ansprach.

»Kann ich Ihnen helfen?«

Hubert drehte sich um und blickte in die blauen Augen einer jungen Frau.

Sie stutzte und wirkte überrascht. »Hubert Stoizl?«

»Kennen wir uns?«

»Wir waren zusammen in der Schule«, sagte sie und lächelte. »Ich war zwei Jahre unter dir.«

Hubert lächelte zurück. Die junge Frau war ungezwungen und hübsch, ohne auffallend schön zu sein. Beides gefiel ihm. Er kramte in seinem Gedächtnis, und ja, ein wenig bekannt kam sie ihm vor. »Wenn du es sagst. Erstaunlich, dass du mei-nen Namen noch weißt.«

Die Frau errötete und strich sich durch die blonden Haare.

»Gutes Gedächtnis eben.« Sie schaute auf seine Schulterklappen. »Also, Polizeimeister Stoizl, wie kann ich Ihnen helfen?«

»Anika Talheim – Auszubildende«, las Hubert auf dem Schild über ihrer linken Brust. Im Gegensatz zu seinen Eltern – und zu deren Leidwesen – war er nicht besonders gläubig, aber vielleicht hatte ihm der liebe Herrgott ja dieses Mädchen geschickt. Womöglich kam er mit Anika eher an sein Ziel, als wenn er sein Anliegen an der Rezeption vortrug und sich dann mit einem wichtigtuerischen Möchtegernmanager über Kompetenzen und Durchsuchungsbeschlüsse auseinandersetzen musste.

»Ich ermittle in einem Mordfall«, raunte er hinter vorgehaltener Hand.

Anikas Augen wurden groß. »Echt?«

Ein paar Kunden zwängten sich an ihnen vorbei, und Hubert zog Anika ein Stück zur Seite. »Vielleicht kannst du mir ja wirklich helfen.« Er zeigte ihr den Zettel mit der Reifenspuranalyse. »Ich suche einen dunklen Jeep mit diesen Reifen. Das Fahrzeug muss das Logo dieses Autohauses auf dem Heck haben.«

»Das kann dann nur einer unserer Mietwagen sein«, erwiderte Anika. »Die befinden sich in einer eigens dafür vorgesehenen Garage neben den Werkstätten. Ich kann dich hinführen, wenn du möchtest.« Gesagt, getan. Wenig später stand sie hinter Hubert und beobachtete mit verschränkten Armen, wie der die Fahrzeuge untersuchte.

»Bekommst du keinen Ärger, wenn du mich hier rumschnüffeln lässt?«, fragte Hubert mit flüchtigem Blick, während er von einem Fahrzeug zum nächsten ging.

Anika schniefte abfällig und zündete sich eine Zigarette an, obwohl Hubert meinte, am Eingang der Garage ein entsprechendes Verbotsschild gesehen zu haben. »Ist mir egal«, antwortete sie spitz und blies geräuschvoll eine Wolke in die Luft. »Die haben mir hier gestern gesagt, dass sie mich nach der Ausbildung nicht übernehmen wollen. Die ziehen tatsächlich so einen Loser vor, der zwei Noten schlechter abschließen wird als ich. Willkommen im Land der Gleichberechtigung.«

Hubert schaute auf. »Geh doch zur Polizei, die suchen Nachwuchs. Egal welches Geschlecht.«

Anika lächelte milde. »Zur Not gehe ich kellnern, bis ich was gefunden habe. Ich jobbe seit letztem Jahr auf der Winklmoosalm. Die bezahlen ganz gut, ich komme schon klar.«

Das Mädchen gefiel Hubert immer besser, doch er war ja nicht ihretwegen hier. Er wollte die Kommissarin auf keinen Fall enttäuschen, schließlich erwartete sie Ergebnisse von ihm.

Das nächste Fahrzeug war ein schwarzer Jeep Wrangler. Hubert bückte sich, begutachtete die Räder, und sein Herz schlug plötzlich schneller. Der Reifentyp passte, die Farbe des Autos auch.

»Hast du was gefunden?«, fragte Anika, die Huberts Erregung spürte.

»Vielleicht«, sagte er und begab sich zur Vorderseite des Fahrzeugs. Intensiv untersuchte er den Frontbügel des Jeeps, strich mit den Fingern über den schwarzen Lack, ging mit den Augen ganz dicht heran. »Scheiße«, fluchte Hubert schließlich. »Das Ding sieht aus wie neu.«

»Ist es auch«, sagte Anika.

Hubert wurde hellhörig und spähte durch die Seitenscheibe auf den Tacho. »Der Kilometerstand zeigt knapp fünfzigtausend an.«

»Der Bügel wurde vor ein paar Tagen ausgetauscht«, sagte Anika.

»Weshalb?«

»Das Fahrzeug kam beschädigt zurück. Ich habe es entgegengenommen, deswegen weiß ich das.«

»Wer hatte den Jeep gemietet?«

»Der Bürgermeister von Reit im Winkl. Leopold Bräuning.«

»Bingo«, frohlockte Hubert. »Der Bräuning hat also das Auto mit dem kaputten Frontbügel zurückgebracht?«

Anika hob die Schultern und ließ sie wieder sinken. »Das weiß ich nicht.«

Hubert runzelte fragend die Stirn.

»Der Mieter hat das Fahrzeug am späten Abend auf dem Gelände abgestellt und den Schlüssel in eine Rückgabebox geworfen«, erklärte Anika. »Wer das Auto zurückgebracht hat, kann ich also nicht sagen. Aber als ich das Schadensprotokoll zu meinem Chef getragen habe, hat der gerade mit dem Mieter telefoniert.«

»Und?«

»Das Gespräch war kurz darauf zu Ende. Ich habe nur noch mitbekommen, wie mein Chef zugesagt hat, den Bügel schnell und ohne Schadensersatzforderungen auszutauschen.«

Hubert nickte gedankenverloren. Er war sicher, das Fahrzeug gefunden zu haben, mit dem die Steinlawine ausgelöst worden war, die Christoph Steiner getötet hatte. Leopold Bräuning hatte es gemietet. Hatte er es an besagtem Tag auch gefahren? Glaubte man seinem Alibi, dann nicht. Aber auch Alibis konnte man manipulieren. »Der kaputte Bügel treibt sich nicht noch zufällig irgendwo hier rum?«

»Einmal in der Woche wird der Schrottcontainer abgeholt«, sagte Anika. »Der nächste Termin ist morgen früh.«

Hubert konnte sein Glück kaum fassen. »Wo ist der Container?«, fragte er, bemüht, seine Aufregung nicht zu zeigen. Anikas amüsierter Gesichtsausdruck veranlasste ihn jedoch, sich wieder zu entspannen. Sie durchschaute ihn.

Die junge Frau nahm noch einen letzten Zug, warf den Rest der Zigarette auf den Boden und trat sie aus. »Komm mit«, sagte sie und führte Hubert zur Rückseite der Garage und von dort nach rechts, bis sie sich hinter den Werkstatthallen befanden. Dort stand der Container.

Hubert schaute sich um, niemand war zu sehen. Er spähte in den Container und stellte fest, dass er zum Glück nicht besonders voll war. Tatsächlich musste er nicht lange suchen, bis er den Bügel in der Hand hielt. Das gute Stück war verbeult und der Lack zum Teil deutlich beschädigt. Hubert war sich sicher, ein Beweisstück vor sich zu haben.

Trotzdem gab es ein Problem. Er musste irgendwie in den Besitz des Bügels gelangen, und zwar offiziell. Nähme er ihn einfach mit, wäre das genau genommen Diebstahl und man liefe womöglich Gefahr, dass der Bügel bei einem eventuellen Gerichtsverfahren nicht als Beweisstück zugelassen werden würde. Er brauchte einen richterlichen Durchsuchungsbeschluss, und zwar noch heute. Doch dass die Amtsmühlen so schnell mahlten, bezweifelte Hubert.

Fieberhaft grub er in seinem Gedächtnis nach einer Lösung. Die Stelle in Reit im Winkl war seine erste nach dem Abschluss der Ausbildung, und er konnte sich noch gut an das Thema Durchsuchungsbeschluss erinnern. Wollte man in den Räumlichkeiten eines Verdächtigen schnüffeln, war der erforderlich. Doch es gab eine Ausnahme, und die hieß Gefahr im Verzug. Wie hatte sein Ausbilder gesagt? »Ihr dürft ohne richterlichen Beschluss beschlagnahmen, wenn die Gefahr besteht, dass das Beweismittel sonst nicht mehr auffindbar ist.« Das war doch hier der Fall, oder? Jedenfalls konnte man es so auslegen, beschloss Hubert. Gut, anstatt des Richters müsste die Staatsanwaltschaft das dann genehmigen, aber da vertraute er einfach der Kommissarin. Sie oder ihr Vorgesetzter würden das im Zweifel schon regeln.

Der Bügel lag sicher verstaut im Kofferraum des Streifenwagens, als er wenig später nach Reit im Winkl zurückfuhr. Ein zufriedenes Lächeln breitete sich auf Huberts Gesicht aus. Die Frau Kommissarin würde ihn loben, und er freute sich auf die Kino-Verabredung mit Anika am kommenden Freitag.

36

Auf seiner Streifentour schlenderte Josef Lackner durch den Ort. Mürrisch hatte er diese begonnen, doch inzwischen gefiel ihm der Spaziergang. Er ärgerte sich lediglich darüber, dass er von dieser oberschlauen Kommissarin dazu verdonnert worden war. Er, der quasi zum Inventar der Polizeistation von Reit im Winkl gehörte. Eigentlich sollte er die Anweisungen geben, doch er musste sich nun einmal damit abfinden, dass Roxana Mayrhofer im Dienstrang über ihm stand. Er tröstete sich mit dem Gedanken, dass ihre Anwesenheit nur vorübergehender Natur war und bald wieder die von ihm geliebte Ruhe in die Polizeistation einkehren würde. Daher hatte er auch nicht protestiert, als sie Hubert für ihre Dienste in Anspruch genommen hatte. Sollte sie den Grünschnabel ruhig für ihre Ermittlungen einspannen, je früher sie den Täter fasste, desto eher würde sie wieder verschwinden.

Ende August stand die Sonne nicht mehr ganz so hoch am Himmel, und die Temperaturen waren angenehm. Trotzdem schwitzte Josef, wie er es meistens tat. Hundert Kilo mit Mitte fünfzig bei einer Körpergröße von einem Meter siebenundsiebzig – natürlich wusste er, dass das zu viel war. Aber Sport war noch nie sein Ding gewesen. Hin und wieder mal eine kleine Diät, verordnet von seiner besseren Hälfte, aber auch da hatte er nie bis zum Ende durchgehalten. Sein innerer Schweinehund war einfach zu stark.

Es war zwölf Uhr, als er am Schwarzen Adler vorbeikam. Auf dem Parkplatz entdeckte er den Jeep Gladiator von Leopold Bräuning. Josef überlegte nur kurz, ein bisschen arschkriecherischer Small Talk mit dem Ortsoberhaupt konnte schließlich nicht schaden. Außerdem knurrte sein Magen. Er nahm die Dienstmütze vom Kopf, wischte sich mit einem Taschentuch den Schweiß von der Stirn und betrat das spärlich besuchte Wirtshaus.

»Grüß Gott, Alfons«, rief er dem Wirt, einem untersetzten Mann in seinem Alter, zu. »Ich habe Leopolds Auto draußen gesehen.«

Alfons putzte gerade die Zapfanlage, schaute nur kurz auf und deutete mit dem Daumen über seine Schulter. »Am Stammtisch«, brummte er.

Josef schob sich am Tresen vorbei, riskierte einen lüsternen Blick auf das Dekolleté der drallen Bedienung, die seinen Weg querte, und fand Leopold Bräuning schließlich an dessen traditionellem Platz an der Stirnseite des Stammtisches. Der Bürgermeister war eifrig am Essen, Hirschbraten mit Blaukraut und Knödeln, dazu ein Weißbier. Josef lief das Wasser im Mund zusammen.

»Setz dich«, knurrte Leopold, ohne aufzusehen.

Josef folgte der Aufforderung. Wie die meisten Leute gehorchte auch er, wenn Leopold Bräuning etwas forderte. Respektvoll ließ er einen Platz zwischen sich und dem Bürgermeister frei. Die Kellnerin kam, und Josef bestellte ein halbes Brathendl und ein Weißbier.

»Bist du nicht im Dienst?«, fragte Leopold mit vollem Mund.

»Alkoholfrei natürlich!«, rief Josef der Bedienung hinterher.

Leopold legte das Besteck beiseite, lehnte sich zurück und tupfte sich mit der Serviette den Mund ab. »Bist du zufällig hier, oder hast du mir etwas mitzuteilen?«

Josef räusperte sich. »Ich bin gerade auf meiner Streifenrunde und habe deinen Gladiator draußen stehen sehen. Schickes Auto übrigens. Da dachte ich, ich könnte dich gleich mal persönlich auf den neuesten Stand bringen.«

Leopold widmete sich wieder seinem Hirschbraten. »Glaubt die kleine Kommissarin immer noch, dass das Auto von dem Hauser damals manipuliert worden ist und der Steiner ermordet wurde?«

Josef nickte. »Allerdings.«

Leopold Bräuning schniefte abfällig. »Die steigert sich in etwas rein, was sie nie wird beweisen können. Weil die Karre vom Hauser damals nicht sabotiert worden ist und der Tod von dem Steiner vor ein paar Tagen ein bedauernswerter Unfall war. Basta. Alles andere wäre nicht gut für das Image unseres Ortes. Oder siehst du das anders?«

Josef presste die Lippen aufeinander und schwieg.

Leopold sah auf. »Du hast doch was«, sagte er mit argwöhnischem Unterton. »Raus mit der Sprache.«

»Max Walser ist tot«, erwiderte Josef. »Erschossen. Letzte Nacht. In dem Fall gibt es keinen Zweifel. Das war eindeutig Mord.«

Leopolds Gabel verharrte auf halbem Weg zum Mund. Ungläubig sah er Josef an. »Sagtest du Max Walser?«

Josef nickte. »Außerdem wurde auf Anton Hauser ein Anschlag verübt. Jemand hat versucht, ihn auf dem Blindauer Wanderparkplatz zu überfahren.«

Bedächtig legte Leopold Bräuning das Besteck wieder weg und nahm mit nachdenklichem Ausdruck einen kräftigen Schluck von seinem Weißbier. »Der Max war ein feiner Kerl, um den tut's mir leid«, sagte er, und es klang sogar ehrlich. »Dem Hauser ist nichts passiert?«

»Er hatte Glück, konnte sich rechtzeitig in Sicherheit bringen.«

»Wie ist der Ermittlungsstand?«

»Leopold, du weißt, dass ich dich grob auf dem Laufenden halten kann, aber solche Details eigentlich …«

Leopold Bräuning schlug mit der flachen Hand auf die Tischplatte, dass es schepperte. »Komm mir jetzt nicht damit, Lackner!«, brauste er auf, um im nächsten Moment mit ruhiger Stimme fortzufahren: »Ich bin nun einmal der Bürgermeister und will informiert sein, das verstehst du doch. Außerdem bin ich mir sicher, dass du deinen beschaulichen Posten in unserer kleinen Gemeinde bis zur Pensionierung behalten willst. Oder irre ich mich da?« Er dämpfte die Stimme noch etwas mehr und beugte sich zu Josef hinüber. »Ganz abgesehen von den gelegentlichen kleinen – ich will es mal so formulieren – Unterstützungen. Oder hast du den überdachten

Pool, in dem dein Frauchen täglich schwimmt, von deinem Gehalt finanziert?«

Die Kellnerin brachte das Brathendl und das alkoholfreie Weißbier. Josef nahm einen Schluck, dann berichtete er Leopold gehorsam, was er wusste.

Der nickte nachdenklich, und sein Blick ging eine Zeit lang ins Leere. Unverhofft wechselte er das Thema. »Wenn der Stoizl in Ruhpolding recherchiert, wie bist du dann eigentlich hier?«

»Ich mache meine Runde heute zu Fuß«, antwortete Josef beiläufig und widmete sich dem Hendl.

Leopold setzte ein amüsiertes Grinsen auf. »Die Mayrhofer scheint euren Laden von rechts nach links zu drehen. Aber abgesehen davon kann dir ein bisschen Bewegung nicht schaden.« Er stand auf, und seine Miene wurde wieder ernst. Mit dem Zeigefinger deutete er in Josefs Richtung. »Sieh zu, dass die Sache nicht zu hohe Wellen im Ort schlägt, und halt mich weiterhin auf dem Laufenden. Ich muss jetzt ins Rathaus, die Investoren für das neue Hotel am Golfplatz haben sich angekündigt.«

»Natürlich«, nuschelte Josef unterwürfig, während er einen Knochen abnagte. Als Leopold Bräuning weg war, winkte er die Kellnerin heran und bestellte noch ein Bier. Diesmal mit Alkohol. Und dazu einen Kurzen. Den brauchte er jetzt, um den Ekel vor sich selbst wegzuspülen.

37

Roxy steuerte ihren Astra über die Tiroler Straße. Kurz vor der Grenze zu Österreich bog sie auf das Betriebsgelände von Sägewerksunternehmer Franz Mooslechner ein. Das barackenähnliche Verwaltungsgebäude befand sich direkt vor ihr, zwei hölzerne Produktionshallen mit Wellblechdächern und die weitläufigen Lagerflächen rechter Hand.

Roxy parkte neben einem schwarzen Jaguar XE, von dem sie wusste, dass er Franz Mooslechner gehörte. Sie stieg aus und ließ den Blick über das mit Maschendraht eingezäunte Gelände schweifen. Ein beladener Holztransporter fuhr ihr fast die Zehen ab und sättigte die Luft mit Staub. Roxy kniff die Augen zusammen, hielt sich die Hand vor den Mund und hustete. Die Staubschwaden verzogen sich, und sie entdeckte vor den Produktionshallen zwei Männer, die miteinander diskutierten. In einem der beiden erkannte sie Franz Mooslechner und machte sich auf den Weg hinüber.

Die Männer bemerkten Roxy erst, als sie vor ihnen stand. Franz wirkte überrascht. »Frau Mayrhofer, was führt Sie hierher? Ich hoffe, es ist nichts Dienstliches.«

Roxy zog die Brauen nach oben. »Leider doch«, erwiderte sie. »Ich muss Sie unter vier Augen sprechen, Herr Mooslechner.«

»Einen Moment«, bat dieser und wandte sich wieder an den anderen Mann, offensichtlich eine Art Vorarbeiter. »Wie ich schon sagte, Kurt, für diesen Kunden nehmt ihr nur die hochwertigsten Hölzer. Da können wir uns keinen Pfusch leisten.«

Kurt nickte und machte sich wieder an die Arbeit.

»Pfusch?«, fragte Roxy süffisant. »Ich dachte immer, bei der Mooslechner GmbH ist das ein Fremdwort.«

Franz Mooslechner, leger mit schlichtem blauem Shirt und Jeans bekleidet, lächelte sie freundlich an. »Das war auch nur im übertragenen Sinn gemeint«, sagte er. »Ohne ins Detail zu gehen, aber es gibt hochwertige Hölzer und weniger erlesene. Beide entsprechen jedoch, je nach geplantem Einsatzgebiet, dem genormten Standard. Sie können also verarbeitet werden. Echten Pfusch gibt es hier tatsächlich nicht, dafür bürge ich. Ansonsten könnte ich bei der riesigen Konkurrenz dichtmachen.«

»Etwas anderes hätte mich auch gewundert«, erwiderte Roxy. In der Tat nahm sie Franz Mooslechner jedes Wort ab, kannte sie den Bruder von Maria Bräuning doch als loyalen und umgänglichen Menschen. Der Mann war, ebenso wie seine Schwester, das komplette Gegenteil von Leopold Bräuning, und sie konnte kaum glauben, dass er Max Walser kaltblütig erschossen haben sollte. Aber sie musste der Spur, auch wenn sie vage war, natürlich nachgehen. Der Wolf im Schafspelz, in der Kriminalgeschichte hatte es dieses Phänomen schon öfter gegeben.

»Also, Frau Mayrhofer, wie kann ich der Polizei helfen?«

»Besitzen Sie eine Waffe?«, fragte Roxy direkt heraus.

Franz Mooslechner schien kurz überrascht. »Ja, ich habe eine Pistole. Einen Waffenschein natürlich auch.«

»Eine Glock?«

Er nickte irritiert. »Das ist korrekt. Sagen Sie mir jetzt, worum es hier eigentlich geht? Ich bekomme das Gefühl, dass ich meinen Anwalt anrufen sollte.«

Roxy hob beschwichtigend die Hand. »So weit würde ich nicht gehen«, sagte sie. »Im Moment verfolge ich lediglich eine Spur, und der Waffentyp hat mich erst einmal zu Ihnen geführt.«

»Wer wurde erschossen?«

»Ich habe nicht gesagt, dass jemand erschossen wurde.«

Franz Mooslechner seufzte und bedachte Roxy mit einem vorwurfsvollen Blick. »Frau Mayrhofer, Sie müssen mit mir nicht reden wie mit einem Kind.«

»Max Walser«, sagte Roxy.

Es folgte ein Moment der Stille. »Der Max?«, raunte der

Sägewerksbesitzer schließlich und sah Roxy mit entsetzten Augen an. »Der kann doch keiner Fliege etwas zuleide tun.«

»Irgendwen hat das aber nicht davon abgehalten, ihm ein Loch mitten in die Stirn zu schießen. Mit einer Glock. Können Sie mir Ihre Waffe zeigen, Herr Mooslechner? Unsere Kriminaltechniker werden sie untersuchen, und Sie sind ganz schnell als potenzieller Verdächtiger aus dem Spiel.«

»Es gibt noch mehr Leute, die so eine Pistole besitzen.«

»Die überprüfen wir ebenfalls.«

Franz Mooslechner nickte. »Ich habe zu Hause einen kleinen Waffenschrank, extra für die Pistole. Wie es die Vorschrift verlangt. Kommen Sie, wir fahren hin.«

Roxy war nicht sicher, ob sie über Franz Mooslechners bereitwillige Kooperation erfreut sein sollte. Ein bisschen hatte sie schon gehofft, auf der richtigen Spur zu sein. Andererseits mochte sie den freundlichen Endfünfziger, der noch immer unter dem plötzlichen Krebstod seiner Frau vor ein paar Jahren litt. Dass er es geschafft hatte, trotz des Schicksalsschlages das Sägewerk zu halten, bewunderte sie. Er hatte sich nicht der Trauer unterworfen und sich zu jeder Zeit bemüht, der Verantwortung seinen Angestellten gegenüber gerecht zu werden.

In ihrem Astra folgte Roxy dem Jaguar, und wenig später passierten sie das breite Tor einer Grundstückszufahrt. Franz Mooslechners Haus hatte toskanischen Charakter, ein steinerner Springbrunnen befand sich davor, um den der gepflasterte Weg herumführte. Sie hielten vor dem Eingang des Gebäudes, dessen Vordach von zwei runden Säulen gestützt wurde.

Roxy stieg aus und drehte sich um ihre eigene Achse. Bewundernd schürzte sie die Lippen. »Hier lässt es sich leben.«

Franz winkte ab. »Luxus wird erstens überschätzt und zweitens schnell zur Gewohnheit, wenn man ihn hat. Aber natürlich haben Sie recht, es wohnt sich angenehmer als in einer Zwei-Zimmer-Wohnung.« Er deaktivierte die Alarmanlage, schloss die Tür auf, und sie betraten das behaglich klimatisierte Foyer des Hauses. Augenblicklich kam eine schwarze Labradorhündin auf sie zugelaufen, schnüffelte kurz an Roxys Hose, um sich dann ausgiebig der Begrüßung ihres Herrchens zu widmen.

»Das ist Bonnie«, sagte Franz, als die schlabbernde Zunge der Hündin ihm für einen Moment die Gelegenheit dazu gab. »Ich habe sie mir als Welpe zugelegt, nachdem meine Frau verstorben war. So fühlt sich das Leben im Haus nicht ganz so einsam an.«

Roxy nickte, während sie den Blick durch das Foyer schweifen ließ. »Der beste Freund des Menschen.«

»Sie sagen es. Kann ich Ihnen etwas anbieten, Frau Mayrhofer?«

»Ein kühles Wasser wäre nicht schlecht.«

Franz Mooslechner ging in die Küche. Bonnie folgte ihm.

Die Gemälde an den Wänden, die hochwertige Einrichtung, das alles registrierte Roxy nur am Rande, zu sehr war sie bemüht, ihre Gedanken zu ordnen. Glock hin oder her – es gab zwei Möglichkeiten. Entweder war Franz Mooslechner schuldig, aber ein hervorragender Schauspieler, oder er war unschuldig. Als er ihr wenig später mit freundlichem Blick das Wasser reichte, neigte Roxy immer mehr zu der Annahme, dass Letzteres zutraf. Bis zu dem Moment, als er sie in sein Arbeitszimmer führte und den Waffenschrank öffnete.

Der Schrank war leer.

Roxy war verblüfft, fing sich aber schnell. »Herr Mooslechner, wo ist die Waffe?«, fragte sie in hartem Ton.

»Sie muss hier drin sein«, stammelte er und starrte ungläubig in den Schrank. »Ich kann mir das nicht erklären.«

»Haben Sie die Pistole vielleicht woanders abgelegt?«

Franz schüttelte den Kopf. »Ich benutze die Waffe nicht, habe sie nur für den Notfall im Haus. Sie muss hier drin sein.«

»Kennt außer Ihnen noch jemand den Code?«

Wieder verneinte Franz.

»Dann hat sich die Glock offensichtlich in Luft aufgelöst«, spottete Roxy. »Denken Sie nach, Herr Mooslechner.«

Der Mann ließ sich auf dem Drehstuhl vor seinem Schreibtisch nieder und massierte mit den Fingern seine Schläfen. Roxy nutzte den Augenblick, um ihr weiteres Handeln abzuwägen. Fakt eins: Max Walser wurde mit einer Handfeuerwaffe vom Typ Glock erschossen, und Franz Mooslechner besitzt eine solche. Doch er ist nicht der Einzige, und da ein erkennbares Tötungsmotiv fehlt, gibt es keinen Grund, ihn über Gebühr zu verdächtigen. Fakt zwei: Die Pistole von Franz Mooslechner ist verschwunden, und er hat keine Ahnung, wo sie sich befindet. Lügt er? Nicht ausgeschlossen, aber womöglich sagt er ja auch die Wahrheit. Letztlich ist das Fehlen der Waffe ebenso wenig ein Indiz dafür, dass Franz Mooslechner ein Mörder ist, wie die Tatsache, dass er eine Glock sein Eigen nennt. Für eine Verhaftung reicht das vorn und hinten nicht.

»Es tut mir leid, Frau Mayrhofer, aber ich bin wirklich der Einzige, der den Code kennt.«

»Falls Sie die Kombination irgendwo aufgeschrieben haben, könnte doch jemand die Notiz entdeckt haben«, gab Roxy noch nicht auf.

»Der Code ist nur in meinem Kopf.«

Roxy seufzte. »Offensichtlich nicht. Es sei denn, Sie lügen und wissen, wo sich die Waffe befindet.«

Franz kraulte den Kopf der Hündin, die gehorsam neben ihm saß. »Ich habe Max Walser nicht erschossen«, sagte er eindringlich. »Was für einen Grund sollte ich dazu haben? Wollen Sie mich jetzt verhaften?«

Roxy schaltete einen Gang zurück. »Sie festnehmen, weil Ihre Waffe verschwunden ist? Das reicht nicht. Aber jetzt, wo Sie wissen, dass sie weg ist, sollten Sie deren Verschwinden anzeigen.«

»Natürlich«, erwiderte Franz und schaute auf die Uhr. »Ich will nicht drängeln, Frau Mayrhofer, aber ich habe in einer halben Stunde einen Termin mit einem Kunden im Sägewerk.«

»Kein Problem«, sagte Roxy. »Ich denke, wir sind fürs Erste fertig. Vielen Dank für Ihre Kooperation, Herr Mooslechner.

Es kann aber gut sein, dass wir noch einmal miteinander reden müssen.«

Franz nickte und begleitete Roxy zur Tür.

Auf der Fahrt zur Polizeistation läutete Roxys Handy.

»Hubert Stoizl hier.«

»Herr Stoizl, was gibt's?«

Hubert, der ebenfalls gerade auf dem Rückweg war, berichtete Roxy von seinen Ermittlungsergebnissen. »Ich dachte, ich informiere Sie schnellstmöglich«, fügte er an. »Womöglich brauchen wir einen Durchsuchungsbeschluss, um das ganze Fahrzeug sicherzustellen und nicht nur den Frontbügel. Kann doch sein, dass im Innenraum noch Spuren vom Täter zu finden sind.«

Da hatte der Jungspund allerdings recht. »Ich kümmere mich darum«, erwiderte Roxy. »Wir sehen uns gleich auf der Station.« Nachdem das Gespräch beendet war, rief sie Kriminalhauptkommissar Manfred Dollinger an und brachte ihn auf den neuesten Stand der Ermittlungen.

»Ich schaue, was ich machen kann«, sagte Dollinger. »Ich rede gleich mit der Staatsanwaltschaft.«

Ein paar Minuten später stellte Roxy ihren Astra vor der Polizeistation ab.

38

Toni hielt sich doch länger im Panoramablick auf, als er mit
Roxy abgemacht hatte. Schließlich brauchte Vicki jemanden,
der ihr so kurz nach Max' Ermordung zur Seite stand. Roxy
ermittelte wegen der Glock bei Franz Mooslechner, Hubert
wegen des Geländewagens in Ruhpolding – nur er sollte un-
tätig rumsitzen und sich auf Roxys Grundstück verstecken?
Vicki war als Verdächtige aus dem Spiel, was also sollte ihm
hier passieren? Natürlich ließ Toni ein bisschen den Galgen-
humor raushängen, er wusste schon, dass diese Sicht der Dinge
auch ihren Haken hatte. Immerhin zeigte der kaltblütige Mord
an Max, dass der Täter seine Aktionen nicht mehr als Unfall
tarnte. Wollte er Tonis Tod jetzt mit aller Macht? In dem Fall
wäre er in der Obhut von Roxy und Friedrich wahrscheinlich
doch am sichersten. In Vickis Pension könnte schließlich jeder
reinspazieren und ihm nach einem freundlichen Schulterklop-
fen unverhofft den Kopf wegschießen.

Sie saßen in der Küche, tranken Kaffee und knabberten
appetitlos ein paar Kekse. »Willst du vielleicht doch wieder
hier einziehen?«, fragte Vicki, und in ihrer Stimme schwang
ein wenig Hoffnung mit.

Toni kraulte Räuber am Kopf. »Wollen schon«, erwiderte
er, erläuterte ihr dann aber seine Zweifel.

»Du hast recht«, sagte Vicki und seufzte. »Der Täter hat
Max ermordet, glaubst du, ich bin auch in Gefahr?«

Toni runzelte die Stirn, das hatte er noch gar nicht in Erwägung gezogen. »Weshalb solltest du?«

Vicki zuckte mit den Schultern. »Wer immer es ist, bisher
konnte er dich nicht erwischen. Womöglich rächt er sich jetzt
aus Frust darüber an denen, die dir nahestehen.«

Toni dachte einen Moment über ihre Worte nach. »Das
glaube ich nicht«, entgegnete er. »In dem Fall hätte er nicht
Max getötet, sondern gleich dich oder meine Mutter oder Flo.

Wenn du recht hättest, wäre im Grunde jeder in Gefahr, den ich kenne. Nein, ich denke wirklich, Max hat erkannt, wer der Täter ist. Deshalb musste er sterben.«

Vicki wischte sich eine Träne von der Wange.

»Mit wem hatte Max in der letzten Zeit eigentlich so Kontakt?«, fragte Toni.

Vicki schenkte ihnen beiden Kaffee nach und überlegte. »Mein Großvater war siebenundsiebzig Jahre alt«, sagte sie traurig. »Er ist in Reit im Winkl aufgewachsen, hat nie woanders gelebt. Er kannte hier jeden, und alle kannten ihn. Er hatte viele Verbindungen, jeder hat ihn gemocht. Sein Tod ist so sinnlos.«

Sie ging ans Fenster und schaute hinüber zum Schuppen, vor dem sich gestreifte Absperrbänder leicht in der lauen Sommerluft bewegten. Dann drehte sie sich um und lehnte sich gegen die Fensterbank. »Toni?«

»Ja?«

»Kannst du mich mal in den Arm nehmen?«

Toni schluckte und starrte Vicki einen Moment unschlüssig an. Dann nahm er die Hand von Räubers Kopf, stand auf und ging zu ihr hinüber. Das Gesicht nur Zentimeter von ihrem entfernt, zögerte er jedoch, sie zu berühren. Er roch Vickis Haar, ihr süßes Parfüm, spürte ihren warmen Atem. Zaghaft schloss er seine Hände um ihre Taille. Augenblicklich schlang Vicki die Arme um ihn und schmiegte ihren Kopf an seine Schulter. Kitzelnd nahm Toni das Zwinkern ihrer Augen an seinem Hals wahr, aber auch die Tränen, die auf seine Haut rannen. Mit pochendem Herzen umfasste er Vicki fester, fühlte ihre Brüste, die ihr Atem rhythmisch und sachte gegen seinen Körper presste. Er schloss die Augen. Die Zeit war stehen geblieben, hatte sich reduziert auf diesen einen Augenblick.

Irgendwann, in stillem Einvernehmen, lösten sie sich voneinander.

»Danke«, flüsterte Vicki.

Es war bereits Mittag, als Toni sich auf den Weg zurück zu Roxys Grundstück machte. Durch den Rückspiegel der Enduro sah er, wie Vicki ihm nachblickte. Mit einem Gefühl der Zerrissenheit in der Brust schaltete er hoch, gab Gas, bremste scharf an der nächsten Kurve. Seine Gefühle für Vicki, war das tatsächlich Liebe? Oder doch nur oberflächliches Begehren? Hans war seit zehn Jahren tot, er konnte Vicki nicht verübeln, dass sie sich nach einem Mann in ihrem Leben sehnte. Aber sollte das wirklich er sein? Würde Hans nicht immer zwischen ihnen stehen? Vielleicht nicht sofort, aber später, wenn der Alltag eingekehrt wäre und sie nicht mehr durch die rosarote Brille schauten? Vicki schien das nicht so zu sehen.

Kurz vor der Einmündung auf die B 305 kam Toni der gelbe Ford Ranger von Edelweiß entgegen. Wahrscheinlich war Flo auf dem Weg zum Blindauer Wanderparkplatz. Toni bremste, überlegte einen Moment unschlüssig, wendete dann aber. Die Fahrertür des Rangers stand offen, als er auf dem Parkplatz ankam. Hinter dem Fahrzeug entdeckte er Flo, der sich gerade einen Wanderrucksack überwarf.

Flo war erfreut, seinen großen Bruder zu sehen. »Wow, noch immer im Lande?«, begrüßte er Toni, nachdem der die Enduro geparkt und den Helm abgenommen hatte.

Toni umarmte Flo flüchtig. »Wahrscheinlich noch ein paar Tage«, sagte er. »Machst du dich für eine Tour fertig?«

Flo schaute auf die Uhr an seinem Handgelenk. »In zehn Minuten müssten ein paar Kunden auftauchen. Ich führe sie durch die Klausenbachklamm und dann zur Winklmoosalm. Jause, Infos zu Flora und Fauna – das ganze Programm. Aber wem erzähle ich das.«

»Wie geht es Mama?«

Flo pustete Luft aus den aufgeblähten Wangen. »Wie soll's ihr schon gehen?«, sagte er und klickte die Gurtverschlüsse des Rucksacks ineinander. »Während ich versuche, ein paar Euro für Edelweiß zu verdienen, hat sie einen Termin beim Anwalt. Schließlich müssen wir uns über das Insolvenzverfahren informieren, das uns demnächst bevorsteht.«

»Ihr wollt die Firma nicht halten?«

»Machst du Witze?«, fragte Flo, und sein Tonfall wurde erstmals scharf. Ernst sah er seinem Bruder ins Gesicht. »Mit Wollen hat das nichts zu tun, Toni. Mama hat doch erwähnt, dass wir noch mindestens einen Mitarbeiter, egal ob Mann oder Frau, brauchen, um die Firma am Laufen zu halten. Aber die Personalkosten, die damit einhergehen, können wir momentan nicht stemmen. Soll Edelweiß weiterbestehen, gibt es nur eine Möglichkeit. Welche das ist, weißt du. Du kennst Mamas Stolz, sie wird sich da nicht wiederholen. Es war schon schwer genug für sie, dich vor ein paar Tagen zu bitten, wieder bei uns einzusteigen. Im Ernst, Toni, denk noch mal darüber nach. Ohne dich ist Edelweiß am Ende.«

Toni nickte stumm.

»Der Weinbichl hat übrigens überlebt«, sagte Flo. »Keine Ahnung, ob das schon zu dir durchgedrungen ist.«

»Du weißt von der Sache?«

Flo verdrehte die Augen. »Reit im Winkl ist keine Großstadt, und bei so etwas brodelt die Gerüchteküche. Außerdem war ich mit ein paar Kumpels auch auf dem Fest und habe mitbekommen, wie sich der Bräuning und der Weinbichl auf dich und die Vicki Strasser eingeschossen haben. Man munkelt, dass letzte Nacht ihrem Großvater etwas passiert ist. Polizei und Rettungsfahrzeuge sollen bei der Pension gewesen sein.«

Da erst kam Toni in den Sinn, dass Flo und seine Mutter wahrscheinlich noch nichts von seinen eigentlichen Problemen wussten. In den folgenden Minuten klärte er seinen Bruder auf.

Je mehr Toni erzählte, desto mehr entglitten Flo die Gesichtszüge. »Ist das dein Ernst? Jemand will dich umbringen?«

»Sieht ganz so aus. Aber ich habe keine Ahnung, wer das sein könnte, bisher sind alle Spuren im Sand verlaufen. Hast du vielleicht eine Idee?«

Flo hob die Schultern und ließ sie wieder sacken. »Du bist dir wirklich sicher?«

»Ich habe auch eine Weile gezweifelt, doch seit der Attacke

auf diesem Parkplatz nicht mehr«, antwortete Toni und deutete zu der umgeknickten Mülleimerhalterung. »Dort drüben war es.«

Sie unterbrachen ihr Gespräch, als zwei Pkw in freie Lücken in ihrer Nähe rangiert wurden. »Ich glaube, meine Kundschaft ist da«, sagte Flo und schlug die Tür des Rangers zu. »Wenn du Hilfe brauchst, gib Bescheid. War schön, dich zu sehen, Toni. Pass bloß auf dich auf.«

»Mach ich, du kennst mich doch«, erwiderte Toni und stülpte sich den Helm über. »Und grüß Mama von mir.«

Aus den Augenwinkeln sah er noch, wie Flo seine Kunden in Empfang nahm, dann schob er das Visier nach unten und trat den Kickstarter der Enduro durch. Während pausenlos das Wort Insolvenz durch seinen Kopf geisterte, düste er zu Roxys Grundstück.

39

»Gut gemacht, Herr Stoizl«, sagte Roxy, als Hubert den Kofferraum des Streifenwagens geöffnet hatte und sie den zerbeulten Frontbügel des Jeep Wranglers begutachtete.

Hubert schien sich über das Lob zu freuen und grinste breit. »Ich dachte, wegen der geplanten Schrottabholung war es notwendig, das Stück ohne richterlichen Beschluss zu sichern.«

»Absolut«, erwiderte Roxy und klopfte Hubert auf die Schulter. »Die Bürger von Reit im Winkl können sich glücklich schätzen, dass jemand wie Sie für ihre Sicherheit da ist.«

»Das sind natürlich Basics, die er draufhaben muss und die man erwarten kann«, warf Josef, der von seiner Streifentour zurück war, geringschätzig ein. Väterlich tätschelte er Hubert den Rücken. »Aber wie die Frau Kommissarin schon sagte, gut gemacht, Junge.«

Hubert und Roxy warfen sich amüsierte Blicke zu, und Roxy hatte tatsächlich Mühe, ein albernes Kichern zu unterdrücken. Als sie sich wieder unter Kontrolle hatte, wies sie den jungen Polizisten an, den Bügel gar nicht erst auszuladen, sondern ihn gleich nach Traunstein zu den Kollegen ins Kriminaltechnische Labor zu bringen.

Als Roxy mit Josef allein vor der Polizeistation stand, herrschte kurze Zeit verlegene Stille. Josef trat unschlüssig von einem Bein auf das andere, und Roxy ließ ihren Blick durch die Gegend schweifen, als hielte sie nach etwas Wichtigem Ausschau. »Wie wäre es, wenn ich Sie bei einer Tasse Kaffee auf den neuesten Stand der Ermittlungen bringe?«, brach sie schließlich das Schweigen.

Josef atmete hörbar auf. »Super Idee, Frau Kommissarin«, sagte er geschäftig. »Ich hole noch schnell ein paar Stück Kuchen vom Bäcker dort drüben. Was möchten Sie?«

Typisch Josef Lackner, nur das Essen im Sinn. Roxy schaute

auf die Uhr. Mittag war vorbei, für die Nachmittagsjause war es eigentlich noch zu früh. Doch die Natur ließ sich nicht austricksen, und ihr Magen verlangte hörbar nach Nahrung. »Ein Krapfen wär schön«, erwiderte sie. »Ich koche derweil Kaffee.«

Eine Viertelstunde später saßen sie sich an Josefs Schreibtisch gegenüber. »Der Krapfen ist gut«, sagte Roxy.

»Die besten in der Gegend«, erwiderte Josef. »Der Kaffee übrigens auch.«

Roxy lächelte. »Bevor wir weiterreden, würde ich gern ein paar Missverständnisse aus der Welt schaffen«, sagte sie.

Josef räusperte sich und schlürfte seinen Kaffee.

»Keine Bange, Herr Lackner, es ist nichts Dramatisches«, beschwichtigte Roxy. »Sie sollen nur wissen, dass ich nicht hier bin, um in Ihren Dienstalltag hineinzupfuschen. Wenn ich Hubert eine Anweisung gebe, dann nur, weil ich hin und wieder Unterstützung für meine Ermittlungen brauche. Wir müssen an einem Strang ziehen, und dass Sie dafür heute Vormittag die Streifenrunde zu Fuß drehen mussten, war nur eine logische Konsequenz unter Kollegen, die sich auf Augenhöhe begegnen. Absolut nicht böse gemeint. Wenn Sie nach Ruhpolding gefahren wären, hätte Hubert Stoizl die Streife absolviert. Wir agieren miteinander, nicht gegeneinander. Keine Ahnung, wie Sie das sehen, aber das ist mein Verständnis von polizeilicher Zusammenarbeit.«

Josef nickte mit zusammengepressten Lippen. Er schien mit sich zu kämpfen, und Roxy hatte das Gefühl, dass er ihr etwas sagen wollte. Sie wartete geduldig.

»In Ordnung, Frau Kommissarin, ich sehe das ebenso«, erwiderte er endlich und räusperte sich abermals. »Dann hätten wir das ja geklärt.«

Roxy war ein wenig enttäuscht, sie hatte gehofft, Josef mit ihrer Offenheit für sich einnehmen zu können. »Ich weiß, dass Sie sich mit unserem Bürgermeister gut verstehen«, gab sie noch nicht auf. »Das ist nichts Schlechtes, im Gegenteil, genauso sollte es sein. Aber Ihnen ist sicher auch bekannt, dass mein Verhältnis zu Leopold Bräuning nicht das beste ist. Ich möchte nicht, dass das irgendeinen Einfluss auf die dienstliche Beziehung zwischen uns beiden hat.«

Josef nickte. »Sehe ich genauso, Frau Kommissarin.«

»Lassen Sie doch endlich mal dieses bescheuerte ›Frau Kommissarin‹, Herr Lackner«, blaffte Roxy ohne Vorwarnung, sodass Josef zusammenzuckte und Kaffee auf sein Diensthemd schwappte.

»Scheiße«, fluchte er.

»Tut mir leid«, entschuldigte sich Roxy, eilte auf die Toilette und rubbelte wenig später mit einem feuchten Lappen an Josefs Uniform herum.

Josef fuchtelte mit den Händen und schob Roxy von sich. »Ist ja schon gut, Frau Kom…« Er zögerte einen Moment. »Wie soll ich Sie denn sonst anreden?«

»Roxy«, sagte Roxy und hielt ihm die Hand entgegen. Entweder das Eis schmolz jetzt oder wahrscheinlich nie.

Ungläubig starrte Josef darauf. Die Sekunden verstrichen, endlich griff er zu. »Josef«, brummte er grantig, doch das versteckte Zucken um seine Mundwinkel ließ erahnen, dass dieser Handschlag eine Erleichterung für ihn war. »Sie wollten mich auf den neuesten Stand bringen, Frau – ähm – Roxy.«

»Eigentlich gibt es nichts, was Sie … was du nicht weißt«, sagte Roxy, fasste den bisherigen Ermittlungsstand jedoch noch einmal detailliert zusammen. »Aber ich denke, wir sollten uns in Zukunft nicht scheuen, gegenseitigen Rat einzuholen. Womit wir bei Franz Mooslechner wären.«

»Weil dessen Glock verschwunden ist?«

Roxy nickte. »Kennst du Franz Mooslechner eigentlich näher? Wenn ja, würdest du ihm einen Mord zutrauen?«

Josef biss ein weiteres Stück von seinem Krapfen ab. »Der Franz und ich waren früher Nachbarn«, nuschelte er mit vollem Mund und klopfte sich ein paar Krümel von der Hose. »Als Kinder, meine ich. Er ist zwei Jahre älter als ich, aber wir waren trotzdem viel zusammen. Heute treffen wir uns hin und wieder im Schwarzen Adler. So gesehen kenne ich ihn mein gesamtes Leben. Ganz ehrlich, Frau Kom…«, er schlug sich gegen die Stirn, »Roxy. Ich kann es mir nicht vorstellen. Für den Franz würde ich meine Hand ins Feuer legen, aber andererseits, wer kann schon in einen Menschen hineinsehen?«

»Ich muss auch zugeben, dass er ziemlich überzeugend klang«, erwiderte Roxy. »Aber die Glock ist nun einmal aus seinem Waffenschrank verschwunden, und angeblich kennt nur er den Code.«

Josef dachte nach. »Es gibt zwei Dinge, die dem Franz sehr wichtig sind«, sagte er. »Seine verstorbene Frau und sein Hund. Würde mich nicht wundern, wenn der Code ein Datum wäre.« Josef kratzte sich am Kinn. »Zudem sollte man davon ausgehen, dass unsere gesuchte Person gewusst hat, dass der Franz eine Waffe besitzt.«

»Er machte auf mich nicht den Eindruck, dass er mit dieser Tatsache hausieren gegangen ist«, entgegnete Roxy.

»Ist er auch nicht«, bestätigte Josef. »Ich wusste es auch nicht, und das bedeutet, wir sind auf der Suche nach jemandem, der ihm nahesteht. Eine Person, die sich womöglich gut in seinem Haus auskennt.«

Roxy schürzte anerkennend die Lippen. »Alle Achtung, Polizeihauptmeister Lackner, du hättest auch Karriere bei der Kripo machen können.«

Josefs erhabener Blick und seine anschwellende Brust zeugten davon, dass er das ebenso sah.

Doch diesmal belächelte Roxy ihn nicht.

40

Friedrich war gerade dabei, ein paar beschädigte Latten des Grundstückszaunes auszutauschen, als Toni eintraf. Er stellte die Enduro vor dem Haus ab, hängte den Helm an den Lenker und ging zu ihm hinüber. »Kann ich helfen?«, fragte er.

Friedrich, bekleidet mit knielanger Jeans, Trägershirt und Stirnband, das seine schulterlangen lockigen Haare zusammenhielt, schaute auf. Er legte den Akkuschrauber beiseite und wischte sich mit dem Handrücken den Schweiß von der Stirn. »Das könntest du tatsächlich«, antwortete er. »Mit dem Zaun beschäftige ich mich nur, weil Roxy mir damit schon ewig in den Ohren liegt. Eigentlich müsste ich in die Werkstatt, um nicht in Terminschwierigkeiten zu kommen.«

Toni zuckte mit den Schultern. »Ich habe nichts weiter vor. Ein paar Bretter anschrauben, das sollte ich hinbekommen.«

»Danke, Kumpel«, sagte Friedrich und klopfte Toni auf den Rücken. »Die Latten, die auszutauschen sind, habe ich mit einem Kreuz markiert.«

»Alles klar. Vielleicht kann Edda mir ja helfen.«

»Sie ist bei der Geburtstagsfeier einer Freundin«, erwiderte Friedrich. »Sie übernachtet auch dort.«

Toni war ein wenig enttäuscht, denn es machte ihm Freude, mit der Kleinen Zeit zu verbringen. Zudem lenkte es ihn von seinen Problemen ab.

Friedrich war bereits in Richtung Scheune unterwegs, die seine Restaurationswerkstatt beherbergte. »Wäre schön, wenn du fertig wärst, bevor Roxy nach Hause kommt«, rief er Toni über die Schulter zu und grinste. »Sonst gibt es bloß wieder unnötige Diskussionen.«

Toni hatte schon eine passende Antwort auf der Zunge, doch ein schwarzer VW Passat, der sich auf dem schmalen Zufahrtsweg dem Grundstück näherte, zog seine Aufmerksamkeit auf sich.

Auch Friedrich bemerkte das Fahrzeug und blieb stehen. Der Passat hielt direkt vor der Scheune. Es dauerte ein paar Sekunden, dann öffnete sich die Fahrertür, und Maria Bräuning stieg aus.

»Frau Bräuning, was verschafft mir die Ehre?«, rief Friedrich und ging auf die Frau zu. »Ich hoffe, es ist nicht wegen des kleinen Disputes mit Ihrem Mann auf dem Dorffest.«

Maria Bräuning winkte ab. »Sie kennen doch Leopold«, erwiderte sie, gab Friedrich die Hand und grüßte auch Toni mit einem freundlichen Nicken. »Leopold polarisiert eben, und ja, er ist manchmal etwas direkt in seinen Äußerungen. Das muss man hinnehmen und abhaken. Keine Sorge, Herr Mayrhofer, ich bin nicht deswegen hier. Ich möchte Sie um etwas bitten.«

»Gern. Schießen Sie los.«

»Ich habe noch ein altes Beistelltischchen im Auto«, sagte Maria. »Vor ein paar Jahren habe ich es von meiner Mutter geerbt, und die hatte es von ihrer Mutter. Ich bin daheim ein bisschen am Umdekorieren und hätte Verwendung für das gute Stück. Nur momentan schaut es etwas ramponiert aus, und ich hatte gehofft, Sie könnten mir da helfen.«

»Kein Problem, Frau Bräuning«, sagte Friedrich. »Wenn es nur ein paar Tage Zeit hätte, ich muss vorher noch einige überfällige Aufträge abarbeiten. Aber ich schaue mir das Teil gern an und mache Ihnen ein Angebot.«

»Das freut mich«, erwiderte Maria erleichtert. »Ich hatte schon befürchtet, Sie würden mich nach der Sache auf dem Fest abweisen.«

Friedrich winkte ab. »Wie sagten Sie? Ihr Gatte polarisiert eben.«

»Ich sehe, wir verstehen uns, Herr Mayrhofer. Die Mühe mit dem Angebot brauchen Sie sich übrigens nicht zu machen. Es kostet, was es kostet. Aber könnten Sie mir helfen, das Tischchen aus dem Auto zu heben?«

»Selbstverständlich«, erwiderte Friedrich. »So etwas erledigt mein Vorarbeiter, der dort drüben gerade den Zaun repariert. Toni, könntest du mal kurz?«

»Klar doch, Chef«, spielte Toni mit und ging zu den beiden hinüber.

Maria gab ihm mit einem freundlichen Blick die Hand. »Ich bin überrascht, dich noch immer hier zu sehen, Toni. Ich dachte, dass du mittlerweile weitergezogen bist.«

Toni lachte auf. »Das hört sich so an, als wäre ich ein Nomade. Aber Sie haben recht, ich hatte es vor, habe mich aber entschlossen, noch ein bisschen die alte Heimat zu genießen.«

Maria nickte bedächtig. »Das ist gut, Toni. Es sind die Erinnerungen, die die Heimat so unvergleichlich machen. Vielleicht bleibst du ja doch noch für immer hier.«

Toni war ein wenig irritiert. »Mal sehen«, erwiderte er ausweichend.

Maria lachte. »Entschuldige, Toni, ich rede schon wieder zu viel. Aber sieh es mir nach, je älter man wird, desto mehr scheint man dazu zu neigen.« Ihr Lachen wurde zu einem traurigen Lächeln. »Außerdem sehe ich noch immer Hans, wenn ich dich anschaue«, flüsterte sie, und ein paar Sekunden betretenes Schweigen folgten. Dann öffnete sie mit der Fernbedienung des Autos dessen Heckklappe.

Das Tischchen lag umgedreht auf einer Decke, die Maria im Laderaum ausgebreitet hatte. »Sei vorsichtig beim Rausnehmen«, sagte sie. »Die Füße sind nicht mehr ganz fest.«

Toni hob den Tisch heraus und brachte ihn in die Werkstatt.

Dort war Friedrich inzwischen damit beschäftigt, einen hölzernen Blumenhocker zu lackieren. »Stell ihn dort drüben in die Ecke«, wies er Toni an.

»Wenn wir schon einmal dabei sind, Herr Mayrhofer«, sagte Maria an Friedrich gewandt. »Ich hätte noch eine alte Kommode zum Ausbessern. Das hat zwar auch Zeit, aber wenn ich sie Ihnen schon bringen dürfte? Dann steht sie mir zu Hause nicht im Weg rum.«

»Natürlich, Sie sehen ja, in der Scheune ist eine Menge Platz, hier stört das gute Stück nicht.«

»Vielen Dank. Aber sie ist so schwer, wenn der Toni vielleicht ein paar Minuten Zeit hätte, sie mit mir zu holen?«

Friedrich sah zu Toni hinüber.

Der nickte bestätigend. »Klar, kein Problem«, sagte er und wandte sich an Maria Bräuning. »Aber Sie wissen schon, dass Ihr Mann mich nicht gern auf seinem Grund und Boden sieht?«

Maria winkte ab. »Der ist den ganzen Nachmittag mit den Investoren für das geplante Hotel am Golfplatz beschäftigt.«

Toni lagen ein paar Fragen auf der Zunge. Etwa, weshalb die Kommode auf dem großzügigen Anwesen der Bräunings im Weg stehen sollte. Oder ob nicht einer der Angestellten von Alpentouristik helfen könnte, sie zu verladen. Doch er wollte nicht unhöflich sein und verkniff sich die Äußerungen. Wenig später saß er in dem Passat und war mit Maria Bräuning auf dem Weg zu deren Anwesen.

41

Roxy stutzte. »Was hast du gerade gesagt?«, fragte sie aufgeregt in Josefs Richtung.

Der schaute verblüfft. »Meinst du, dass wir jemanden suchen, der sich in Franz Mooslechners Haus auskennt?«

»Genau. Und dass es jemand sein könnte, der ihm nahesteht.«

Josef aß wieder ein Stück Krapfen. »Denkst du da an jemand Bestimmten?«, fragte er mit vollem Mund.

»Es war immer Leopold Bräuning, den wir im Visier hatten«, sagte Roxy nachdenklich und starrte ins Leere. »Der Vater von Hans, der über dessen Tod nicht hinweggekommen ist und sich an Toni rächen will.« Ihr Blick schweifte zu ihrem Kollegen. »Hans hatte aber auch eine Mutter.«

»Maria?«, entfuhr es Josef voller Entrüstung, und Krümel sprühten aus seinem Mund. Peinlich berührt wischte er sich über die Lippen. »Du glaubst doch nicht ernsthaft, diese zierliche und nette Person wäre zu alldem in der Lage gewesen? Zu jedem ist sie freundlich, alle mögen sie. Die kannst du mit Max Walser auf eine Stufe stellen.«

Bei dem Namen Max Walser schlug Roxys Herz noch schneller. Irgendwie hatte sie das Gefühl, dass gerade ein paar Puzzleteile im Begriff waren, sich zusammenzufügen.

»Ist etwas, Frau Kom…?«

Roxy hob ruckartig die Hand, und Josef verstummte. Sie schloss die Augen, die Teile rotierten, verharrten und schoben sich langsam ineinander. Max Walser. Im Ort beliebt. Ebenso wie Maria Bräuning. Beide trauernd. Er um seine Frau, sie noch immer um ihren Sohn. Sie treffen sich regelmäßig auf dem Friedhof. Roxy war selbst öfter dort, ihre Eltern lagen dort begraben. Sie hatte Max und Maria dort gemeinsam gesehen. Irgendwann durchschaute Max Maria. Deswegen tötete sie ihn. Aber Toni lebte. Sie hatte ihr Werk noch nicht beendet.

Roxy atmete tief durch, bevor sie weiterdachte. Weshalb kam ihr Maria Bräuning erst jetzt in den Sinn? Die Antwort hatte sie schnell gefunden. Es war die Art und Weise, wie die Taten begangen worden waren. Traute man einer netten älteren Frau zu, einfach so eine Steinlawine auszulösen? Eher nicht. Hielt man solch eine Frau für fähig, jemanden brutal mit einem Auto zu überfahren? Wohl kaum. Konnte man glauben, dass so eine Frau einen Giftanschlag verüben würde? Gut, das wäre möglich. Aber es war Maria Bräuning, die immer allen half. Doch zum Schluss die wichtigste Frage: Hatte Maria Bräuning ein Motiv gehabt, Tonis Auto vor zehn Jahren, vor Hans' Tod, zu manipulieren? Roxy öffnete die Augen und stöhnte. Sie war sich nicht sicher.

Plötzlich überkamen Roxy Zweifel. Was, wenn sie die Frau des narzisstischen Bürgermeisters und Unternehmers Leopold Bräuning des mehrfachen Mordes beschuldigte und nicht recht hatte? Ihre Karriere bei der Kripo wäre beendet, bevor sie richtig in die Gänge gekommen war. Da würde ihr auch ihr Mentor Manfred Dollinger nicht mehr helfen können. Roxy seufzte. Bevor sie sich an Maria Bräuning heranwagte, musste sie sich sicher sein. Sie kam nicht umhin, noch einmal mit Franz Mooslechner zu reden.

42

Maria Bräuning lenkte den Passat auf das Plateau, von dem aus das Anwesen der Bräunings zu sehen war. Am Horizont brachen sich die Sonnenstrahlen an den Gipfeln der Felsen, dass es blendete. Maria bremste. »Sieh nur, Toni. Ein schönes Bild, findest du nicht auch? Hans hat die Berge so sehr geliebt, er hat es nicht verdient, so früh gehen zu müssen.« Sie seufzte und schaute Toni von der Seite an. »Das Schicksal ist doch mitunter ungerecht.«

Toni lächelte gequält. Das Gespräch war ihm unangenehm.

»Du bist so still, Toni. Bedrückt dich etwas?«

Toni schüttelte den Kopf und räusperte sich verlegen. »Alles in Ordnung, Frau Bräuning. Es ist nur der Tod meines Vaters, der mich im Moment vielleicht nicht zum besten Gesprächspartner macht.«

Maria schlug sich mit der Hand an die Stirn und bedachte Toni mit einem eigenartigen Blick, einer Mischung aus Melancholie, Wehmut und einem Hauch von – Wahn? »Natürlich, du trauerst ja. Glaub mir, ich kenne dieses Gefühl, Toni.« Ihre Stimme klang sanft und verständnisvoll.

Für Tonis Gefühl fast schon zu gütig.

»Wegen der Beisetzung deines Vaters hast du sicher vergessen, was für ein Tag heute ist«, fuhr Maria fort. »Aber keine Sorge, Toni, ich bin dir deswegen nicht böse. Es liegt nun einmal in der Natur des Menschen, dass Erinnerungen mit der Zeit verblassen. Gute wie schlechte. Irgendwann ist es, als wären die Dinge nie wirklich wahr gewesen.«

»Ich weiß nicht, was Sie meinen«, erwiderte Toni stirnrunzelnd.

»Ach, Toni«, sagte Maria in mütterlichem Tonfall. »Es fällt dir schon wieder ein.« Sie fuhr weiter und parkte das Auto vor dem Haus. »Ich muss noch einmal hinein, ein wichtiges Telefonat erledigen. Es dauert nicht lange, dann holen wir die Kommode. Leopold hat sie im Firmengebäude untergestellt.«

Toni atmete durch, als er allein war. Welcher besondere Tag sollte heute sein? Doch plötzlich war es, als knipste jemand unverhofft das Licht in seinem Kopf an. Toni kniff die Augen zusammen, so grell und schmerzhaft kam die Erinnerung, und im Zeitraffer raste er durch sein Gehirn. Der Tag, an dem Hans starb. Heute war der Jahrestag, er hatte ihn tatsächlich vergessen.

Toni beruhigte sich und spähte durch die Scheiben des Fahrzeugs nach draußen. Maria Bräuning und er schienen im Moment tatsächlich die Einzigen hier zu sein. Er löste den Gurt, stieg aus und streckte seine Glieder. Maria hatte recht, das Bergpanorama, das Reit im Winkl in ehrfürchtigem Abstand säumte, wurde von der nachmittäglichen Sonne perfekt in Szene gesetzt. Gemächlich schlenderte er schon mal zum Alpentouristik-Gebäude hinüber. Bewundernd, vielleicht auch ein bisschen neidisch betrachtete er den prachtvollen Bau. Der Firmensitz von Edelweiß kam im Vergleich dazu zwar nicht wie eine Kaschemme, aber doch bescheiden daher.

Toni ging um das Gebäude herum, und auch hier begegnete ihm niemand. An der Rückseite entdeckte er ein Garagentor, eine Tür befand sich daneben. Sie schien nur angelehnt. Vielleicht war es nur Neugier, womöglich aber auch eine Art Intuition, jedenfalls drückte er die Tür ein Stück auf. Das Tageslicht zwängte sich in den Raum und erhellte ihn fahl. Toni trat ein, und ein dezenter Geruch von Öl und Benzin drang in seine Nase. Ein Fahrzeug stand vor ihm, rückwärts eingeparkt, und Toni erstarrte. Trotz des diffusen Lichts sah er die Delle im Kotflügel sofort. »Ein schwarzer VW Golf«, flüsterte er entsetzt.

Er näherte sich dem Wagen, bückte sich und betastete vorsichtig die Delle in dessen Kotflügel. Unverhofft verspürte er einen Stich am Hals. Verdammt, eine Wespe, durchfuhr es ihn, doch schon im nächsten Moment wurde ihm schwindlig. Die

Konturen des Raumes verschwammen in Sekundenbruchteilen, und Tonis Beine gaben nach. Verwirrt kniff er die Augen zusammen.

Sie noch einmal zu öffnen, das schaffte er nicht mehr.

43

»Sie haben Glück, dass Sie mich noch antreffen, Frau Mayrhofer«, sagte Franz Mooslechner, als Roxy von dessen Sekretärin in sein Büro geleitet wurde. Er saß an seinem Schreibtisch und tippte eine E-Mail in den Computer. »Ich versende gerade noch ein Angebot an einen Kunden und wollte dann etwas eher Feierabend machen als üblich. Ich habe einen Massagetermin.« Er lächelte. »Privileg eines Chefs. Aber glauben Sie mir, meine Überstunden und die Verantwortung wiegen das nicht ansatzweise auf.«

Roxy lächelte zurück. »Das glaub ich Ihnen, Herr Mooslechner. Massagen sind wichtig für das körperliche Wohlbefinden. Zudem geht es mich nichts an, wann und aus welchen Gründen Sie in den Feierabend gehen. Aber vorher muss ich noch mal mit Ihnen über die verschwundene Waffe reden.«

Mit einem abschließenden Tastendruck verschickte Franz Mooslechner die E-Mail, lehnte sich zurück und verschränkte die Hände vor dem Bauch. »Was wollen Sie wissen?«

»Haben Sie eine Haushälterin?«

»Seit meine Frau verstorben ist, kommt zweimal in der Woche jemand zum Putzen«, antwortete Franz.

»Können Sie mir die Adresse der Putzfirma geben?«

»Es ist keine Firma im herkömmlichen Sinn. Natascha, so heißt die junge Frau, macht das in Eigenregie. Aber sie hat eine offizielle Gewerbeerlaubnis.« Er zog den Schub seines Schreibtisches auf und reichte Roxy eine Visitenkarte. »Das ist ihre Adresse in Ruhpolding. Da sollten Sie sie antreffen.«

Roxy steckte die Karte ein. »Nur um ganz sicherzugehen, Herr Mooslechner. Diese Natascha könnte nicht den Waffenschrank geöffnet haben?«

Franz seufzte. »Glauben Sie mir, nachdem Sie am Vormittag gegangen sind, habe ich noch eine Weile über unser Gespräch nachgedacht. Nein, die Zahlenkombination kenne nur ich.«

»Ist Natascha das Geburtsdatum Ihrer verstorbenen Frau oder das Ihres Hundes bekannt? Oder womöglich das Datum, an dem Sie geheiratet haben? Oder an dem Sie sich den Hund zugelegt haben?«

Franz runzelte die Stirn. »Ich verstehe, worauf Sie hinauswollen, Frau Mayrhofer«, sagte er nach einer Weile. »Aber nein, die Daten kennt sie nicht. Und falls doch, hat sie diese nicht von mir.«

»Wäre es denn von Vorteil gewesen, eines dieser Daten zu kennen, wenn man an Ihre Glock gelangen wollte?«

Franz Mooslechner schürzte die Lippen und zögerte mit einer Antwort.

Roxy genügte das. »Wer außer Ihnen kennt diese Daten?«, fragte sie weiter.

»Meinen Hochzeitstermin und den Geburtstag meiner Frau kennen natürlich einige Leute«, antwortete Franz. »Aber was Bonnie anbelangt?« Er schüttelte den Kopf. »Da fällt mir nur meine Schwester ein.«

In Roxys Bauch waren plötzlich Hunderte von Ameisen unterwegs. »Herr Mooslechner«, sagte sie und versuchte verzweifelt, ihre Aufregung zu verbergen. »Das ist jetzt wirklich wichtig, und ich bitte Sie, ehrlich zu antworten. Ist der Code Ihres Waffenschranks identisch mit dem Geburtsdatum Ihres Hundes?«

Franz Mooslechner hob mit resignierender Geste die Hände. »Wozu soll ich es abstreiten? Die Pistole ist weg, und ich werde den Code sowieso ändern müssen. Ja, es handelt sich um Bonnies Geburtsdatum.«

Es folgten ein paar Sekunden Stille, in denen Roxy abwog, ob sie sich mit dieser Information an Maria Bräuning heranwagen konnte. Schon im nächsten Moment verfluchte sie sich für ihr Zögern. Verdammt, sie war schließlich Polizistin und versuchte gerade, mehrere Verbrechen aufzuklären und ein weiteres zu verhindern. Einen triftigeren Grund, eine Spur zu verfolgen, gab es nicht. Da war es vollkommen egal, dass es sich bei der Verdächtigen um die Frau des Bürgermeisters handelte. »Ihre Schwester besucht Sie gelegentlich?«, wandte sie sich wieder Franz Mooslechner zu.

Jetzt erst schien der zu verstehen und erhob sich. Ungläubig sah er Roxy an. »Sie glauben doch nicht etwa ...?«

»Es tut mir leid, Herr Mooslechner, aber ich muss dieser Spur nachgehen. Sie wissen nicht zufällig, wo sich Ihre Schwester im Augenblick aufhält?«

Franz Mooslechner dachte nach. »Das weiß ich beim besten Willen nicht. Vielleicht ist sie ja daheim.«

»Danke«, sagte Roxy und reichte ihm eilig die Hand. »Ich muss los.«

Roxys Handy läutete, als sie vor dem Verwaltungsgebäude des Sägewerkes in ihren Astra steigen wollte. Es war Friedrich, und was er ihr zu sagen hatte, ließ ihr das Blut in den Adern gefrieren. Sofort rief sie Hubert Stoizl an.

»Stoizl hier. Zu Ihren Diensten, Frau ...«

»Für Flachsereien haben wir gerade keine Zeit«, unterbrach ihn Roxy. »Haben Sie den Bügel in Traunstein abgeliefert?«

»Wie befohlen. Bin bereits auf dem Rückweg. Sie klingen ziemlich angespannt, wenn ich das mal so sagen darf.«

»Kommen Sie auf direktem Weg zum Anwesen der Bräunings«, rief Roxy in das Telefon. »Anton Hauser ist seit ungefähr anderthalb Stunden mit Maria Bräuning unterwegs. Seitdem ist er verschollen und auch per Handy nicht mehr erreichbar.«

Es folgte eine kurze Pause. »Mist. Ich beeile mich, Frau Kommissarin.«

Roxy rief Josef Lackner an und brachte auch ihn mit kurzen Sätzen auf den aktuellen Stand. »Nimm dein Privatauto und mach dich auf die Suche nach Anton Hauser und Maria Bräuning«, wies sie ihn an. »Ob sich die beiden bei Alpentouristik aufhalten, checke ich in den nächsten Minuten mit Hubert. Sollte ich sie dort antreffen, informiere ich dich, falls nicht, müssen wir sie unbedingt finden. Sieh bei Victoria Strasser im Panoramablick nach und im Schwarzen Adler oder was dir sonst noch so einfällt. Solltest du sie zusammen oder einen von ihnen aufspüren, gib mir umgehend Bescheid.«

Als das Gespräch beendet war, tastete Roxy unwillkürlich nach ihrem Gürtelholster. Die Dienstwaffe war an ihrem Platz, aber was sie in dieser Sekunde mehr als alles andere beschäftigte, war eine Frage: Lebte Toni noch? Für einen Moment schloss sie die Augen, ertappte sich sogar beim Beten. Verbissen zwang sie die Sorge um diesen Kerl in den Hintergrund ihres Bewusstseins, schwang sich in den Astra und raste zum Anwesen von Leopold und Maria Bräuning.

44

Roxy und Hubert trafen zeitgleich bei Alpentouristik ein. Das Gelände war mit Leben erfüllt. Ein VW Amarok Pick-up und ein VW-Kleinbus, beide königsblau und mit dem Firmenlogo von Alpentouristik, einem schneebedeckten Bergmassiv, an den Seiten, standen vor dem Haupteingang des Firmengebäudes. Menschen in Wanderausrüstung, offensichtlich soeben von einer Bergtour zurückgekehrt, hielten sich neben den Fahrzeugen auf. Sie redeten und lachten, einige rauchten. Ein paar Mitarbeiter von Alpentouristik waren damit beschäftigt, den Pick-up zu entladen.

Leopold Bräuning befand sich etwas abseits und sprach mit einem seiner Bergführer. Seine Augen verengten sich argwöhnisch, als er sah, wie sich der weiße Astra und der Streifenwagen näherten. Der Bergführer entfernte sich, und Leopold begab sich hinüber zu den Parkflächen, um die Ankömmlinge in Empfang zu nehmen.

»Ah, die Frau Kommissarin schon wieder«, begrüßte er Roxy in gewohnt arroganter Manier. »Diesmal in offizieller Begleitung, wie ich sehe. Wenigstens haben Sie Ihre Lektion gelernt.«

Hubert wirkte verunsichert, als fragte er sich, ob man so mit einer Kommissarin reden durfte.

Roxy erkannte den Zwiespalt ihres jungen Kollegen und warf ihm einen beschwichtigenden Blick zu. Ihr gefiel Leopolds Ton zwar auch nicht, aber sie hatte sich mittlerweile daran gewöhnt. »Sie meinten, ich kann auf Ihre Hilfe bauen, sofern ich diese benötige«, erwiderte sie mit ruhiger Stimme.

Leopold zog die Augenbrauen in die Höhe. »Das sind ja ganz neue Töne«, sagte er. »Ich dachte schon, Sie hätten wieder ein paar fadenscheinige Anschuldigungen im Gepäck.«

»Wir sind nicht wegen Ihnen hier, Herr Bürgermeister. Wissen Sie, wo sich Ihre Frau momentan aufhält?«

Leopold runzelte misstrauisch die Stirn. »Sie wollen zu Maria?«

»Können Sie mir sagen, wo sie ist?«

»Wieso wollen Sie das wissen, Frau Mayrhofer?«

»Reine Routine«, antwortete Roxy und bemühte sich um Gelassenheit. »Ich bin eigentlich auf der Suche nach Anton Hauser, der seit ein paar Stunden nicht mehr zu erreichen ist. Er wurde zuletzt in Begleitung Ihrer Frau gesehen.«

»Was soll Maria mit dem Hauser zu schaffen haben?«, fragte Leopold, und der verwunderte Ausdruck in seinem Gesicht zeugte davon, dass ihn diese Information durchaus überraschte.

»Das würden wir gern herausfinden, Herr Bräuning.«

Leopold senkte den Kopf und massierte sich mit den Fingern die Schläfen. »Verdächtigen Sie Maria etwa, mit den Vorkommnissen der letzten Tage in Verbindung zu stehen? Ich meine die Anschläge auf Christoph Steiner, Ron Weinbichl, den Hauser und Max Walser.«

Roxy tat überrascht. »Das hört sich an, als hätten Sie Kenntnis über mehr Einzelheiten, als Sie sollten.«

Leopold räusperte sich. »Ich bin der Bürgermeister, Frau Mayrhofer«, brummte er. »Informationen über Vorfälle in der Gemeinde sind wichtig für mich. Ich habe nun einmal meine Quellen.«

Roxy hakte nicht weiter nach, wusste sie doch, dass diese Quelle in erster Instanz den Namen Josef Lackner trug. Aber es war auch nicht von Bedeutung. Toni zu finden, das hatte im Moment oberste Priorität. Sie benötigte Leopold Bräunings Hilfe und überlegte fieberhaft, inwieweit sie ihn an ihren Überlegungen teilhaben lassen sollte. Unvermittelt spürte sie eine Berührung an ihrem Arm und wandte den Blick von Leopold ab.

Es war Hubert, der sie ein Stück zur Seite zog und ihr eindringlich in die Augen sah. »Weihen Sie ihn ein, Frau Kommissarin«, raunte er. »Sonst hilft er uns nicht.«

Roxy nickte, ihr Unterbewusstsein hatte das schon längst

gewusst, lediglich um ihren Stolz zu überzeugen, bedurfte es noch eines winzigen Impulses. Hubert hatte das offensichtlich erkannt.

»In Ordnung«, sagte Roxy und atmete durch. Leopold Bräunings Misstrauen konnte sie, wenn überhaupt, nur mit Offenheit knacken. Sie musste ihm das Gefühl geben, dass es gut war, mit ihr und Hubert an einem Strang zu ziehen. Ein nahezu unmögliches Unterfangen, befürchtete sie allerdings.

Roxy wandte sich wieder Leopold Bräuning zu. »Herr Bürgermeister, wir brauchen wirklich Ihre Hilfe«, sagte sie mit fast schon flehender Stimme, womit sie tatsächlich über ihren Schatten gesprungen war. »Ich will Ihnen nichts vormachen, und es tut mir leid, aber wir können zum jetzigen Zeitpunkt nicht ausschließen, dass Ihre Gattin mit den Ereignissen der letzten Tage in Verbindung steht. Zudem besteht der Verdacht, dass sie die Pistole, mit der Max Walser getötet wurde, aus dem Haus ihres Bruders entwendet hat. Die Waffe könnte sich noch immer in ihrem Besitz befinden. Und jetzt ist Anton Hauser verschwunden, der zuletzt in Begleitung Ihrer Frau gesehen wurde.« Roxy wartete einen Moment, um die Worte bei Leopold ankommen zu lassen. »Das ist der Stand unserer Ermittlungen, Herr Bürgermeister.«

»Sie ist eine gute Frau«, sagte Leopold, und sein Körper schien plötzlich an Spannung zu verlieren. Er machte auf einmal einen sehr nachdenklichen Eindruck. »Wir führen zwar keine Vorzeigeehe, sind zu verschieden, aber eine bessere Frau kann man sich in meiner Position nicht an seiner Seite wünschen.«

Roxy schniefte verächtlich und konnte sich eine abfällige Bemerkung nicht verkneifen. »Sie haben sie ausgenutzt, Herr Bürgermeister. Für Ihre Interessen.«

Einen Moment funkelten Leopolds Augen böse, dann wurde sein Blick schwermütig. »Im Grunde haben Sie recht«, sagte er. »So bin ich nun mal. Aber früher war unsere Ehe besser. Schlimm wurde es erst, als Hans angefangen hat, sich mit dem Hauser abzugeben, und irgendwann gänzlich fort war.«

»Entschuldigen Sie«, lenkte auch Roxy ein. »Ich wollte nicht pietätlos sein. Ich weiß, dass dieser Verlust Sie beide sehr mitgenommen hat.«

Leopold schüttelte den Kopf. »Sie können das nicht nachvollziehen, Frau Mayrhofer. Sie sind keine Mutter, daher können Sie bestenfalls erahnen, was es bedeutet, sein Kind zu verlieren.«

Roxy nickte betreten.

»Ich habe ein starkes Naturell«, fuhr Leopold fort und seufzte. »Ich habe Hans' Tod zwar nie verwunden, ihn aber irgendwann als Tatsache akzeptiert. Unabhängig davon, dass ich dem Hauser die Pest an den Hals wünsche. Durch die Freundschaft der beiden ist es doch erst so weit gekommen.« Er machte eine kurze Pause und schien nachzudenken. »Ich weiß nicht, wo Maria ist. Bevor Sie beide gekommen sind, war ich kurz im Haus, um nach ihr zu sehen. Heute ist doch dieses besondere Datum, da hält sie sich immer drinnen auf. Aber seltsamerweise ist sie nicht da.«

Roxy spitzte die Ohren. »Von welchem Datum reden Sie?«

»Hans' Todestag«, antwortete Leopold leidvoll. »An diesem Tag sitzt sie stundenlang vor Hans' Zimmer auf einem Stuhl und ist vollkommen abwesend. Ich habe mich daran gewöhnt und lasse sie in Ruhe. Sie braucht dieses Ritual, um mit dem Verlust klarzukommen.«

Roxy legte die Stirn in Falten. »Auch jetzt noch, nach zehn Jahren?«

Leopold seufzte. »Das ist immerhin besser, als wenn sie sich umbringen würde.«

»Umbringen?«

»Sie hat es mehrmals versucht, immer an diesem Tag. Maria geht regelmäßig zur Psychotherapie ins Klinikum nach Traunstein, nimmt Medikamente und hat ihre Depressionen mittlerweile halbwegs im Griff. Aber dieser Tag ist nun einmal etwas Besonderes, da stoßen bei ihr auch die Medikamente an ihre

Grenzen. Seit ein paar Jahren nimmt sie an den Tagen vor besagtem Datum jeden Abend eine spezielle Beruhigungstablette, seitdem hat sie zumindest nicht mehr versucht, sich das Leben zu nehmen.«

»Sind Sie sicher, dass Ihre Frau diese Pillen auch in diesem Jahr geschluckt hat, Herr Bräuning?«

Leopold schien irritiert. »Wie meinen Sie das?«

»Wie ich es sage. Hat Ihre Frau die Tabletten in den letzten Tagen genommen?«

Er massierte mit den Fingern seine Stirn. »Ich gehe davon aus. Aber ich kann nachsehen, sie bewahrt sie in ihrem Nachttisch auf.«

»Tun Sie das bitte.«

Leopold eilte ins Haus. Nach wenigen Minuten war er wieder da, bleich und fassungslos. »Die Tabletten sind noch da. Alle.«

»Verdammt«, fluchte Roxy. »Denken Sie nach, Herr Bräuning. Wo könnte Ihre Gattin sein?«

Er hob die Schultern. »Suchen würde ich sie entweder auf dem Friedhof oder an dem Ort, an dem Hans gestorben ist. Sie hat an dem Abhang ein Kreuz aufgestellt und legt dort einmal in der Woche Blumen ab.« Er schluckte. »Manchmal begleite ich sie dorthin«, flüsterte er schließlich, und eine Träne glitt über seine Wange.

»Könnten Sie versuchen, Ihre Frau anzurufen?«, fragte Roxy vorsichtig. Sie hatte die Hoffnung noch nicht gänzlich aufgegeben, dass sich alles als harmlos erweisen würde. Zwar hätte sie in dem Fall weiterhin keinen Täter, doch in der jetzigen Konstellation war das nicht von Bedeutung. Toni würde leben, nur das zählte. Sie wandte sich ab und fuhr sich mit der Hand unwirsch durch die Haare. Einmal mehr tadelte sie sich für ihre Gefühle.

Leopold zog sein Handy aus der Hosentasche und wählte die Nummer seiner Frau. Resigniert schüttelte er wenig später den Kopf. »Sie geht nicht ran«, sagte er und schaute noch einmal auf das Handy. »Auf WhatsApp war sie vor zweieinhalb Stunden das letzte Mal. Das ist alles nicht typisch für Maria.«

Roxy war sich immer sicherer, endlich die richtige Spur zu verfolgen. Hoffentlich war es nicht schon zu spät. »Herr Bräuning, würden Sie mich zu dem Ort begleiten, an dem Ihr Sohn gestorben ist?«, fragte sie.

Leopold atmete tief durch. »Natürlich«, sagte er. »Aber was Sie da behaupten, kann ich einfach nicht glauben.«

Kurz darauf saß er mit verbissenem Gesicht neben Roxy in ihrem Astra. Hubert folgte ihnen mit dem Streifenwagen.

45

Tonis Sinne kehrten mit Verzögerung zurück, doch die Gefahr spürte sein Unterbewusstsein sofort. Instinktiv hielt er die Augen geschlossen und wartete, dass sich der Nebel in seinem Kopf weiter lichten würde. Das tat er, und Toni stellte fest, dass er saß. Aber irgendwas bewegte sich um ihn herum. Offensichtlich befand er sich in einem Auto. Dann bemerkte er, dass er die Arme nicht rühren konnte, und im nächsten Moment spürte er diesen ungewöhnlichen Druck auf seinem Brustkorb. Er blinzelte und erkannte einen Strick, der sich mehrmals um seinen Oberkörper wand und ihn an die Lehne des Sitzes fesselte. Langsam hob er den Kopf.

»Da bist du ja wieder, Toni«, sagte Maria mit einem flüchtigen Seitenblick. »Wie geht es dir? Ich habe schon befürchtet, dass das Narkotikum zu stark war, schließlich ist es wichtig, dass du bei Bewusstsein bist.«

»Wichtig wofür?«, fragte Toni.

»Das wird eine Überraschung«, antwortete Maria mit einem hintergründigen Lächeln.

»Wo fahren wir hin?«

Maria kicherte. »Wir machen eine kleine Reise in die Vergangenheit. Nur du und ich. Deine Lage ist etwas unangenehm, ich weiß. Aber ich muss sichergehen, dass du mir nicht wegläufst.«

Toni schluckte. Seine Situation war beängstigend, und Maria Bräunings säuselnde Stimme verlieh dieser zierlichen Frau mit den grauen Haaren eine Aura, die der einer Wahnsinnigen glich. Er rief sich den letzten Moment ins Gedächtnis, an den er sich erinnern konnte.

Ein schwarzer VW Golf. In einer Garage bei Alpentouristik.

Mit solch einem Auto hatte ihn vorgestern jemand töten wollen, wobei der Golf einen Mülleimer gerammt hatte. Das Fahrzeug bei Alpentouristik war beschädigt, exakt an der betreffenden Stelle. Und jetzt saß er wehrlos in einem Auto, womöglich war es sogar dieser Golf.

»Weshalb tun Sie das?«, fragte Toni.

Wieder bedachte Maria ihn mit einem kurzen Blick. »Liegt das nicht auf der Hand, mein Junge?«

»Es geht noch immer um Hans, nicht wahr?«, presste Toni hervor.

Maria antwortete nicht, auch ihr Lächeln war verschwunden. Die Lippen schmal, starrte sie durch die Frontscheibe des Autos.

Toni kämpfte gegen die Panik an, die begann, sich in ihm auszubreiten. Wenn Maria Bräuning die Person war, die er und Roxy suchten, dann war diese Frau verantwortlich für Christophs Tod, für Max' Ermordung, für die Anschläge auf dem Dorffest und dem Parkplatz und womöglich auch für die Manipulation seines Autos damals. Diese Frau war unberechenbar und gefährlich, sie war geisteskrank. Würde er sich nicht von den Fesseln befreien können, wäre sein Leben vorbei.

»Wir sind gleich da«, sagte Maria. »Erkennst du es?«

Jetzt erst konzentrierte sich Toni auf die Landschaft um ihn herum. Sie befanden sich außerhalb des Ortes, fuhren auf einer unbefestigten Straße in gemächlichem Tempo bergauf. Neben ihm säumten Fichten und Sträucher in unregelmäßigen Abständen den Abgrund. Toni atmete hörbar ein, er glaubte zu wissen, was das Ziel von Maria Bräuning war.

Wenig später fiel die Forststraße auf einer kurzen Strecke ziemlich steil ab, bevor das Gelände wieder ebener wurde. Maria drosselte die Geschwindigkeit auf Schritttempo und lenkte das Fahrzeug Richtung Abhang. Sie stoppte kurz davor und stellte den Motor ab.

Durch die Autoscheibe konnte Toni rechter Hand ein hölzernes Kreuz sehen, das ein paar Meter entfernt stand. Auf der anderen Seite war das Plateau zu erkennen, wo er vor zehn Jahren auf Hans gewartet hatte. »Hier ist Hans gestorben«, flüsterte er.

Maria klatschte in die Hände. »Du erinnerst dich also. Sehr gut. Einen Moment, Toni, ich bin gleich zurück. Die Blumen an dem Kreuz sind ganz welk, ich will sie nur schnell austauschen.« Sie drehte sich nach hinten und hangelte einen frischen Strauß Nelken von der Rückbank durch die Sitze nach vorne.

Maria Bräunings Haare streiften Tonis Wange, und er roch das Parfüm der Frau, die ihn in den nächsten Minuten töten würde. Es war ein unaufdringlicher, geradezu jungfräulicher Duft, unschuldig und rein, so wie Maria Bräuning immer auf ihn gewirkt hatte. Weder Roxy noch er hatten sie als Täterin auch nur im Ansatz auf dem Schirm gehabt. Das bedeutete, was auch immer Maria vorhatte, auf Rettung brauchte er nicht zu hoffen.

Nachdem Hans' Mutter das Fahrzeug verlassen hatte, spähte Toni auf der Suche nach Hilfe durch die Scheiben. Womöglich waren ja Wanderer in der Nähe, die ihn hören würden, wenn er rief. Doch die Gegend schien wie ausgestorben, lediglich ein futtersuchender Greifvogel und ein paar Alpendohlen waren zu sehen.

Toni spannte seine Muskeln an und versuchte, die Fesseln irgendwie zu lockern. Vergeblich, er hatte das Gefühl, die Stricke nur noch fester zu ziehen. Durch die Seitenscheibe beobachtete er, wie Maria sich an dem Kreuz niederhockte, mit der Hand darüberfuhr und die welken Blumen den Abhang hinunterwarf. Wenn sie das jede Woche tat, seit zehn Jahren, dann musste sich dort unten inzwischen ein ganzer Berg Sträuße auftürmen. Verrottet und verwest, so wie Hans in seinem Grab. Ein schauriger Gedanke. Die frischen Blumen platzierte Maria liebevoll neben dem Kreuz, strich noch eine Schleife glatt, die um die Stiele gebunden war, und richtete sich wieder auf. Sie hatte Toni den Rücken zugewandt, doch er ahnte, dass sie betete. Wahrscheinlich hatte sie schon unendlich viele Gebete gesprochen an diesem Ort.

Tonis Blick glitt zu dem Zündschloss des Autos. Der Schlüssel steckte, offensichtlich hatte Maria Bräuning es nicht für nötig befunden, ihn abzuziehen. Weshalb auch, er war ja gefesselt. Fieberhaft dachte er nach und seufzte schließlich resigniert. Wie er es auch drehte, seine Situation erlaubte ihm lediglich zu reden. Doch konnte man jemanden mit Worten bekehren, der davon besessen war, einen zu töten? Der binnen weniger Tage mehrere unschuldige Menschen ermordet hatte? Wohl kaum.

Die Katastrophe rückte näher.

Aus Mangel an Alternativen versuchte Toni erneut, die Stricke zu lockern, indem er sich bewegte. Obwohl er wenig Hoffnung auf Erfolg hatte, wandte er diesmal eine andere Methode an. Anstatt den Brustkorb zu spannen, ließ er die Luft aus der Lunge heraus und presste gleichzeitig Arme und Schultern dicht an seinen Leib. Tatsächlich verschaffte er sich damit so viel Bewegungsspielraum, dass er die rechte Hand aus einer der Umschlingungen hervorziehen konnte.

Sein Herz machte einen freudigen Sprung. Zwar fixierte der Strick Tonis Arme noch immer an seinem Körper, aber ein Handgelenk war immerhin frei. Mit ein paar kreisenden Bewegungen gelang es ihm, die Fesseln an dieser Stelle weiter zu lösen, und er ertastete mit den Fingern eine Beintasche seiner Hose. Noch eine winzige Bewegung des Oberkörpers nach links, wodurch seine Hüfte ein paar Zentimeter nach rechts rutschte, und seine Fingerspitzen glitten in die Öffnung der Tasche. Wollte er leben, schien das Taschenmesser, das sich darin befand, seine einzige Chance zu sein. Noch konnte er es nicht fühlen.

Maria kam zurück, und Toni verharrte abrupt. »Ich weiß, was du vorhast«, sagte sie kichernd, als sie wieder neben ihm saß.

Resigniert schloss Toni die Augen, Maria Bräuning hatte ihn durchschaut. Aber vielleicht hatte er es ja verdient zu sterben. Hier, an dem Ort, an dem sein bester Freund in den Abgrund gestürzt war. An seiner Stelle. Der Tod ließ sich eben nicht austricksen, er wählte seine Opfer und gab nicht Ruhe, bis es erledigt war.

»Du willst nach Hilfe rufen, stimmt's? Du fragst dich, weshalb ich dir nicht den Mund überklebt habe?«

Das hatte Toni sich zwar noch nicht gefragt, aber ja, weshalb hatte sie es nicht getan? »Sie werden Ihre Gründe haben«, erwiderte er.

»Weil ich mit dir reden möchte, Toni«, sagte Maria. »Wir sind allein hier oben, und glaube mir, wir werden es auch bleiben. Ich komme seit zehn Jahren regelmäßig an diesen Ort, immer zwischen siebzehn und achtzehn Uhr. Niemand macht sich zu dieser Zeit von hier aus noch zu einer Tour in die Berge auf. Zugegeben, hin und wieder kommen zurückkehrende Wanderer vorbei, aber heute ist unser großer Tag, Toni. Ich habe dafür gesorgt, dass wir ungestört bleiben.«

»Darf ich fragen, wie Sie das gemacht haben?«

Maria Bräuning lachte. »Natürlich, mein Junge. Es war ganz einfach: ein Schild mit der Aufschrift ›Weg gesperrt‹ und ein Pfeil, der zu einer Alternativstrecke weist. Fertig. Leopold hat solche Schilder im Lagerschuppen von Alpentouristik. Niemand wird uns also bei unserer kleinen Unterredung in die Quere kommen. Ist das nicht schön?«

Toni seufzte. Einerseits aus Erleichterung darüber, dass Hans' Mutter das Messer nicht entdeckt hatte, andererseits aus Enttäuschung, weil dieses Messer, das er noch nicht einmal fühlen konnte, tatsächlich seine einzige Überlebensmöglichkeit bleiben sollte. Immerhin waren seine Chancen damit nicht null – doch verdammt nah dran. Sein Blick wanderte hinüber zu dem Plateau. Kein Fahrzeug stand dort, also brauchte er nicht auf einen Wanderer zu hoffen, der das falsche Warnschild womöglich ignorierte, um zu seinem Auto zu gelangen.

Maria beugte sich wieder zwischen den Sitzen hindurch nach hinten und hielt kurz darauf ein Buch in den Händen. Sie legte es auf ihren Schoß und strich zärtlich mit den Fingern darüber.

Toni runzelte die Stirn und schaute genauer hin. Es sah aus wie ein Fotoalbum, und als Maria den Einband aufschlug, wusste er, dass er sich nicht geirrt hatte.

Marias Blick war verträumt auf das Album gerichtet. »Ich möchte mich erinnern«, sagte sie. »Wir sollten das gemeinsam tun, Toni. Schau mal, hier war Hans gerade ein paar Wochen alt. War er nicht ein süßes Baby?« Sie hielt ihm das Album vor das Gesicht.

Toni spürte einen Kloß im Hals und schluckte.

»Ich habe dich etwas gefragt!«, kreischte Maria unvermittelt und schlug ihm das Album gegen die Stirn. Ihr Gesicht war hässlich verzerrt, und aus den aufgerissenen Augen blitzte der blanke Hass.

»Ein niedliches Kind, ja«, antwortete Toni in dem Bemühen, seine Angst nicht zu zeigen und einen ruhigen Ton zu wahren.

»Na, siehst du, es geht doch«, erwiderte Maria jetzt wieder sanft, und ihre Augen hatten die gewohnt trübe Melancholie zurückgewonnen. »Ist dir warm, Toni? Dir steht ja ein ganzes Heer von Schweißperlen auf der Stirn. Warte, ich lasse etwas frische Luft herein.«

Sie drückte einen Knopf, und die Scheibe der Fahrertür surrte ein Stück herunter. Dann konzentrierte sie sich wieder auf das Album, blätterte ein paar Seiten weiter, und mit einem amüsierten Glucksen schlug sie sich die Hand vor den Mund. »Oh mein Gott, schau nur, Toni, das war seine Einschulung. Sieh dir nur die dreckige Hose an. Die hatte ich Hans extra zu dem Anlass gekauft, aber der Bengel hatte vor dem Fototermin nichts Besseres zu tun, als sich zu prügeln und auf dem Boden zu wälzen. Er war schon immer ein aufgewecktes Kind«, seufzte sie und bedachte Toni erneut mit einem Blick, der eindeutig Bestätigung einforderte.

»Ja, das war er«, sagte Toni, während sich seine rechte Hand Millimeter um Millimeter Richtung Taschenmesser arbeitete. Noch immer konnte er es nicht fühlen.

Maria blätterte weiter, lachte, kicherte, seufzte, wälzte sich in den Erinnerungen und schien regelrecht verloren darin. Doch plötzlich stutzte sie, atmete hörbar ein, stöhnte gequält. Sie hatte die letzte Seite erreicht und starrte apathisch auf das Foto. Da war es, das Blumenmeer – und mittendrin der Sarg.

Maria begann zu schluchzen, und ihre zitternden Finger nahmen das Bild aus dem Album. Sie küsste es und hielt es Toni vor die Augen. »Das ist deine Schuld«, flüsterte sie. »Dafür wirst du büßen.«

Tonis Verzweiflung steigerte sich ins Unerträgliche. Bisher hatte er geglaubt, dass das Sterben ihm nicht viel ausmachen würde, aber nun spürte er, dass er mehr an diesem Leben hing, als er gedacht hatte. Er hatte Angst, ein Gefühl, das ihm in den Jahren der Abwesenheit fremd geworden war. Umso stärker erinnerte es ihn nun daran, dass auch er verletzbar war. Bis hin zum Tod. Ihm lief die Zeit davon, aber vielleicht konnte er seine Frist noch etwas verlängern, wenn er mit der Wahnsinnigen redete. Über irgendetwas, Hauptsache, er lenkte sie ab. Das verfluchte Messer, er bekam es einfach nicht zu fassen.

»Frau Bräuning …«

Weiter kam er nicht. Ein Klopfen neben ihm ließ seinen Kopf herumfahren, und er erkannte durch die Seitenscheibe ein Gesicht. Die Person hatte die Hände als Blendschutz neben die Augen gelegt und versuchte, in das Fahrzeuginnere zu spähen.

»Helfen Sie mir!«, schrie Toni sofort und ruckte wild an seinen Fesseln. »Öffnen Sie die Tür!« Doch es ertönte ein klickendes Geräusch, und er begriff, dass Maria die automatische Türverriegelung betätigt hatte.

»Verdammt, der Pfarrer«, zischte sie. »Kann der keine Schilder lesen? Was hat der heute überhaupt hier zu suchen? Normalerweise macht er am Dienstag doch seinen Kontrollgang zur Anna-Kapelle.« Ärgerlich beugte sie sich über Tonis Schoß und riss das Handschuhfach auf.

Toni stockte der Atem, als er hineinschaute.

Maria widmete ihm einen hasserfüllten Blick. »Überrascht?«, fragte sie mit zynischem Unterton und nahm die Glock heraus.

46

Roxy sah in den Rückspiegel. Hubert war mit dem Streifenwagen dicht hinter ihr. Sie drückte das Gaspedal durch, dass
Leopold die Luft anhielt und sich an den Griff der Beifahrertür
krallte. Über die Freisprechanlage rief sie Josef Lackner an.
»Hast du etwas erreicht?«
»Leider nicht«, tönte Josefs Bass in den Astra. »Ich war
gerade bei Greta und Florian Hauser, aber die wissen auch
nicht, wo der Anton sein könnte. Jetzt bin ich unterwegs zum
Heimatverein, wo die Maria häufig anzutreffen ist.«
»In Ordnung, such weiter«, erwiderte Roxy und beendete
das Gespräch.
Sie hatten die letzten Häuser des Ortes hinter sich gelassen,
passierten noch einen gepflegten Urlaubsbauernhof, auf dem
gerade Kinder auf Ponys im Kreis ritten, dann wurde die asphaltierte Straße zu einem kurvenreichen, unbefestigten Weg,
der steil anstieg. Roxy musste in den zweiten Gang schalten,
doch nach ungefähr anderthalb Kilometern wurde das Gelände wieder ebener. Sie näherten sich dem Plateau, wo Toni
damals auf Hans gewartet hatte. Für Augenblicke konnte man
die Stelle aus der Ferne schon erkennen, Kurven und Bäume
versperrten aber immer wieder die Sicht.
»Noch zwei Biegungen, dann sind wir da«, sagte Leopold
Bräuning, der gedankenverloren neben Roxy saß und auf der
gesamten Fahrt noch kein Wort gesprochen hatte. Von seiner
sonst so arroganten Souveränität war nichts mehr zu spüren.
Roxys Nerven waren zum Zerreißen gespannt, und sie hatte
Mühe, ihre Aufregung im Zaum zu halten. War sie auf der
richtigen Spur? Würde sie Toni hinter der übernächsten Kurve
finden? Lebend?
Da zerriss ein Knall die vorabendliche Stille.
Reflexartig trat Roxy heftig auf das Bremspedal, sodass der
Astra auf dem losen Untergrund ins Rutschen kam. Hubert

konnte mit dem Streifenwagen gerade noch ausweichen und stoppte neben ihr. Gleichzeitig sprangen sie aus den Fahrzeugen.

»Das war ein Schuss, ganz in der Nähe!«, rief Hubert bestürzt.

Roxys Atem ging hastig, und sie drehte sich auf der Suche nach dem Ursprung des Knalls um ihre eigene Achse. Die Biegungen der Bergstraße verhinderten Blicke auf die Stelle, an der sie Toni und Maria vermutete. War der Schuss von dort gekommen? Sie könnte zurück ins Auto steigen und sich binnen weniger Sekunden vergewissern, doch etwas hinderte sie daran. Womöglich eine Eingebung, wahrscheinlich aber kriminalistischer Instinkt – jedenfalls begann sie, die felsige Anhöhe zu ihrer Linken zu erklimmen. In etwa zwanzig Metern Entfernung war eine schmale Ebene zu sehen, und Roxy hatte die Hoffnung, von dort die Gegend überblicken zu können.

In ihrer Hektik rutschte sie ein paarmal aus und riss sich die Hose auf. Teilweise kletterte sie auf allen vieren, kratzte sich die Hände an scharfen Steinkanten blutig, hatte wenig später aber die Stelle erreicht. Sie hatte sich nicht getäuscht, ihr Zielort war knapp hundert Meter entfernt. Roxy sah einen Mann in Wanderkluft neben dem Golf, und trotz der Distanz war sie sicher, dass es nicht Toni war. Anfangs war sie unschlüssig, ob sie erleichtert oder enttäuscht sein sollte, als sie jedoch erkannte, dass der Mann verletzt war, tendierte sie zu Ersterem.

Der Mann kniete auf dem Boden, ein Arm hing schlaff herab, und die Hand des anderen presste er gegen seine Schulter. Der Rucksack war ihm vom Rücken gerutscht. Dann sah sie Maria Bräuning, die langsam um das Fahrzeug ging und sich dem Mann näherte. Was hatte sie da in der Hand? Verdammt, eine Pistole! Maria richtete die Waffe auf den Mann. Er quälte sich auf die Beine und wich zurück.

»Nein!«, schrie Roxy, und der Hall ihrer Stimme wurde von den Bergen zurückgeworfen.

Maria wirbelte herum, und ihre Blicke irrten durch die Gegend. Schließlich hatte sie Roxy entdeckt.

»Tun Sie das nicht, Frau Bräuning!«

Marias Blick wechselte hektisch zwischen Roxy und dem Mann. Abrupt drehte sie sich um, fixierte mit den Augen unschlüssig den Golf, um im nächsten Moment mit der Waffe wieder den Mann in Schach zu halten.

Offensichtlich war Maria Bräuning mit der neuen Situation überfordert. Was würde sie mit dem Mann machen? Wie würde sie auf Roxys Anwesenheit reagieren? War noch jemand in der Nähe, der ihr gefährlich werden könnte? Roxy runzelte die Stirn. Und weshalb behielt sie das Fahrzeug im Auge? Doch schon im nächsten Moment kroch ihr die Gewissheit wie eine giftige Schlange durch den Kopf.

Toni – er musste sich in dem Auto befinden.

Roxys Gedanken glichen einem Schwarm aufgescheuchter Schmetterlinge, verharrten jedoch nicht lange genug, als dass sie für eine rationale Entscheidung greifbar gewesen wären. Auf direktem Weg konnte sie Maria Bräuning nicht erreichen, zu steil fielen die Felsen in dieser Richtung ab. Wollte sie dorthin, müsste sie wohl oder übel zurück zu ihrem Auto und die Bergstraße nehmen. Sie würde Zeit verlieren, womöglich zu viel Zeit, um Maria Bräuning an einem weiteren Mord zu hindern. Verzweifelt raufte sie sich die Haare, doch plötzlich nahm sie eine Bewegung wahr, ein Stück rechts vom Standort des Golfs, wo die Straße ihre letzte Biegung machte. Eine Person kam in ihr Blickfeld und rannte direkt auf Maria Bräuning zu. Roxy traute ihren Augen nicht – es war Leopold.

»Bleib weg!«, kreischte Maria und fuchtelte mit der Pistole in Richtung des verletzten Mannes. »Ich bringe ihn um!«

Leopold blieb stehen, er war nur noch zwanzig Meter von seiner Frau entfernt. »Maria, leg die Waffe weg. Mach dich nicht unglücklich.«

»Was weißt du denn schon?«, kreischte Maria voller Hohn. Schrill lachte sie auf und schüttelte dabei so heftig den Kopf, dass ihr die grauen Haare wild ins Gesicht fielen.

Es war ein irres Lachen, das hinauf zu Roxy hallte und sie schaudern ließ. In dem Moment wurde ihr bewusst, dass im Gefühlsleben dieser Frau Trauer und Wahnsinn zu einer

Einheit verschmolzen waren. Sie würde sich nicht aufhalten lassen. Maria Bräuning war zerstört von Gram und blind vor Hass, diese Frau hatte mit ihrem Leben abgeschlossen. Am Todestag ihres Sohnes – wie schon so oft. Nur diesmal hatte sie nicht vor, allein zu gehen.

Maria senkte den Arm mit der Waffe, und ein winziger Hoffnungsschimmer glomm in Roxy auf. Doch kaum länger als die Information benötigte, um von ihrem Auge zum Gehirn zu gelangen. Denn ruckartig drehte sich Maria um, eilte zurück zum Golf und schwang sich auf den Fahrersitz. Augenblicke später heulte der Motor mehrmals auf. Wie ein Rennwagen kurz vor dem Start.

Ein Adrenalinschub erfasste Roxy, und ihr wurde übel vor Entsetzen. Zeit zum Nachdenken war jetzt keine mehr, sie wirbelte herum und stürzte mehr den Berg hinab, als dass ihre Beine sie trugen. Unten stolperte sie Hubert in die Arme und riss ihn beinahe zu Boden.

»Alles in Ordnung, Frau Kommissarin?«

Roxys Jeans war zerrissen, ihre Lederjacke ebenso, eine breite rote Schramme lief ihr quer über die Wange. Es war ihr egal. »In den Streifenwagen«, keuchte sie. »Maria Bräuning hat jemanden angeschossen und ist drauf und dran, sich mit dem Fahrzeug in die Schlucht zu stürzen.«

»Wenn sie das tut, kann sie niemand anderem mehr schaden«, erwiderte Hubert.

Roxy sah ihn entgeistert an. »Anton Hauser sitzt wahrscheinlich mit in dem Auto.« Sie schlug die Hände vor das Gesicht und schluchzte. »Oh Gott, wir kommen zu spät.«

Sekunden später startete Hubert den Motor und gab Gas, dass das Heck des BMW X3 auf dem losen Untergrund ausbrach. Sie hatten die letzte Biegung erreicht, als plötzlich der verletzte Mann vor dem Fahrzeug auftauchte. Hubert riss das Lenkrad herum und trat mit voller Wucht auf die Bremse. Der BMW schleuderte um die eigene Achse und kam inmitten einer Staubwolke zum Stehen.

Jetzt erkannte Roxy in dem Mann den Gemeindepfarrer

Paul Schmelzer. Er blutete aus der Schulter, das sah sie sofort, schien aber ansonsten in Ordnung zu sein. »Kümmere dich um ihn«, sagte sie hastig zu Hubert, stieß die Beifahrertür auf und sprang aus dem Fahrzeug. Mit pochendem Herzen eilte sie zur Biegung, darauf gefasst, dass der Golf dahinter verschwunden sein würde. Er war es nicht, und Roxy stieß vor Erleichterung einen unterdrückten Schrei aus. Sie lief zurück zum Fahrzeug, wo Hubert dem Pfarrer gerade half, sich auf einen Stein am Straßenrand zu setzen.

»Der Golf ist noch da«, sagte sie. »Beobachten Sie ihn, aber lassen Sie sich nicht sehen. Ich kümmere mich um den Mann.« Voller Ungeduld schob sie Hubert in die Richtung, in der der Wagen stand.

»Sie hat mich an der Schulter getroffen«, stöhnte der Pfarrer, als Roxy sich zu ihm hinunterbeugte. »Aber es blutet nicht stark.«

Roxy sah sich die Wunde an. »Sie hatten Glück, Herr Pfarrer. Die Einschussstelle ist weit oben, es sind keine lebenswichtigen Organe betroffen. Aber wir sollten die Blutung trotzdem stoppen.«

Hastig holte sie den Erste-Hilfe-Kasten aus dem Auto, wählte die Nummer der Leitstelle und gab die Anweisung, unauffällig einen Krankenwagen zu schicken. Ohne Martinshorn. Eilig versorgte sie den Pfarrer und eilte dann zu Hubert hinüber. Der Golf war noch immer an Ort und Stelle. Jetzt konnte sie auch erkennen, dass sich eine Person auf dem Beifahrersitz befand. Toni, er musste es sein.

Leopold stand etwas abseits und schien durch die geöffnete Seitenscheibe mit Maria zu sprechen. Neue Hoffnung keimte in Roxy auf. Solange die beiden redeten, brachte Maria niemanden um. »Wir müssen dafür sorgen, dass sie das Auto nicht in den Abhang steuern kann«, sagte sie.

Entgeistert sah Hubert sie von der Seite an. »Wie wollen Sie das tun? Die Frau sitzt hinter dem Steuer, sie braucht nur auf das Gaspedal zu treten, dann sind es noch zwei Meter, bis die Karre und ihr Inhalt Schrott sind.«

Roxy schluckte bei dem Gedanken. »Dann müssen wir eben verhindern, dass sie diese zwei Meter zurücklegen kann«, sagte sie. »Fahrt ihr Schutzpolizisten nicht ständig ein Kletterseil in eurem Streifenwagen spazieren?«

Hubert nickte. »Klar, für Notfälle. Man kann nie wissen, ob man so ein Ding nicht mal braucht.«

»Heute ist so ein Tag«, erwiderte Roxy.

47

Toni bekam von den Dingen, die um ihn herum geschahen, nur so viel mit, wie es seine eingeschränkte Sicht zuließ.

Kurz nachdem der Pfarrer bei dem Golf aufgetaucht war und Maria Bräuning die Glock aus dem Handschuhfach genommen hatte, hatte sie Toni den Lauf der Pistole an die Schläfe gedrückt. »Noch ein Mucks und du stirbst vor ihm«, hatte sie in sein Ohr geflüstert. Dann war sie aus dem Fahrzeug gestiegen. Toni hörte Maria mit dem Mann reden, und leise Hoffnung keimte in ihm auf. Vielleicht brachte sie ihn ja doch nicht um. Doch plötzlich ertönte ein Schuss, und Tonis Kopf schnellte nach links. Von dort war der Knall gekommen, und er sah Marias Körper dicht neben dem Fahrzeug. Sie musste über das Auto hinweggeschossen haben. Tonis Kopf wirbelte in die andere Richtung. Der Pfarrer griff sich an die Schulter, taumelte und sackte auf die Knie.

In der Aufregung waren Tonis Finger aus der Hosentasche gerutscht und fühlten eine Erhebung an der Seite des Sitzes. Er stutzte, das musste der Hebel der automatischen Sitzregulierung sein. Er spielte ein bisschen damit herum, und tatsächlich gelang es ihm, seinen Bewegungsfreiraum unter den Fesseln weiter zu vergrößern. Er schob seine Finger wieder in die Beintasche der Hose.

Maria war jetzt auf seiner Seite des Autos und richtete die Pistole wieder auf den Pfarrer.

»Nein! Tun Sie das nicht, Frau Bräuning!«

Toni stockte der Atem, das war Roxys Stimme. Sie war in der Nähe. Und mit ihr wahrscheinlich Josef Lackner und Hubert Stoizl. War das seine Rettung? Wieder schoben sich seine Finger eine Nuance tiefer in die Hosentasche. Er kam seinem Ziel näher, hoffentlich reichte die Zeit.

»Bleib weg! Ich bringe ihn um!«

Diesmal war es Maria Bräuning, die geschrien hatte, und

Toni spähte durch die Seitenscheibe. Sie war nicht mehr auf den fremden Mann fixiert, stattdessen schien sie sich auf die Straße zu konzentrieren. Toni folgte ihrem Blick, und was er sah, überraschte ihn. Das war Leopold, der da mitten auf der Bergstraße stand und nach Atem rang.

Ein kurzer Wortwechsel zwischen Maria und Leopold folgte, Toni verstand nicht genau, was sie sagten, dann ging unvermittelt die Fahrertür des Golfs auf, und Maria saß wieder neben ihm. Wütend warf sie die Glock auf das Armaturenbrett. Die Miene verzerrt und die Haare wirr im Gesicht hängend, drehte sie den Zündschlüssel. Der Motor sprang an und heulte im Leerlauf mehrmals hintereinander auf.

»Bitte, tun Sie das nicht, Frau Bräuning«, flehte Toni. Noch immer konnte er das Messer nicht greifen.

Marias Kopf zuckte in seine Richtung. Abscheu sprühte aus ihren Augen. Könnten Blicke töten, wäre es schon in diesem Moment um Toni geschehen gewesen. Sie drückte den Schalthebel des Automatikgetriebes auf »D«.

»Ich habe Informationen über Hans!«, schrie Toni in letzter Verzweiflung.

Maria verharrte. Es war, als hätte sich ein Orkan binnen Sekundenbruchteilen in ein laues Lüftchen verwandelt. Die Feindseligkeit war aus ihren Augen verschwunden. »Hans?«, sagte sie leise. »Du hast Informationen über Hans?«

Toni räusperte sich, er war in der Zwickmühle. Instinktiv hatte er gehofft, wenn er Hans erwähnte, würde das Maria Bräuning zurückhalten. Es hatte funktioniert, aber was sollte er ihr jetzt erzählen? Konnte er dieser Frau sagen, dass ihr Sohn kurz davor gewesen war, Vater zu werden? Dass sie selbst Großmutter geworden wäre, hätten er und Hans damals nicht die Fahrzeuge getauscht? Sollte er ihr sagen, dass Vicki das Baby verloren hatte? Maria Bräuning würde ihn lynchen, hier und jetzt.

Ironischerweise war es Leopold Bräuning, der ihm aus der Patsche half. »Was machst du denn da, Maria?«, rief er durch die noch immer halb geöffnete Seitenscheibe der Fahrertür.

Marias Kopf fuhr herum. Sie griff nach der Glock und richtete die Waffe auf ihren Mann. »Bleib weg!«, fauchte sie.

Leopold brachte ein paar Schritte Abstand zwischen sich und den Golf. »Lass uns doch in Ruhe reden.«

Maria lachte höhnisch auf. »Worüber willst du dich denn mit mir unterhalten? Deine Firma? Dein Bürgermeisteramt? Deine korrupten Geschäfte? Deine Stammtischabende?«

Leopold senkte den Blick. »Ich will über uns reden, Maria.«

Eine Zeit lang sagte keiner der beiden ein Wort. Dann ließ Maria Bräuning die Hand mit der Waffe in ihren Schoß sinken.

48

»Leopold lenkt seine Frau ab«, sagte Roxy zu Hubert. Sie standen noch immer hinter der Biegung und beobachteten das Geschehen. »Keine Ahnung, wie viel Zeit uns bleibt, aber Sie sollten sich beeilen.«

Hubert schien verwirrt. »Ich?«

Roxy rollte mit den Augen. »Ich dachte, es ist klar, was zu tun ist. Sie sichern den Golf mit dem Kletterseil an dem Baum dort vorne.«

Hubert folgte ihrem Blick, und tatsächlich befand sich hinter dem Golf, auf der anderen Seite der Bergstraße, eine einsame Kiefer. Sie war morsch und krumm, und Stürme hatten ihr in der Vergangenheit so stark zugesetzt, dass die meisten ihrer Wurzeln aus der Erde gerissen waren und wie Fangarme wirr in der Luft hingen. Aber sie hielt die Stellung, seit Jahrzehnten genährt durch das schmale Gebirgsbächlein, das sich dicht daneben die Felswände hinabschlängelte, durch ein eingegrabenes Rohr die Straße querte und dahinter seinen Weg weiter in die Tiefe nahm. Die Kiefer wirkte wie ein Relikt, zur rechten Zeit am richtigen Ort. »Und wenn sie mich bemerkt?«, warf Hubert ein. »Außerdem schaut der Baum nicht sehr vertrauenerweckend aus.«

»Haben Sie eine bessere Idee?«

Hubert schüttelte den Kopf. »Und was machen Sie?«

»Ich werde zu Leopold Bräuning gehen. Vielleicht können wir seine Frau gemeinsam überzeugen, aufzugeben.«

»Sie könnten sich auch einfach anschleichen, die Beifahrertür aufreißen und einen finalen Schuss setzen.«

»Wir sind hier nicht bei ›Stirb langsam‹, Herr Stoizl«, sagte Roxy barsch. »Die Tür könnte verriegelt sein, und selbst wenn nicht, könnte Maria Bräuning trotzdem noch auf das Gaspedal treten. Es ist lediglich eine kleine Fußbewegung nötig, da können wir John McClane spielen, bis wir schwarz werden.

Außerdem hat sie mich bereits gesehen und wird mit meinem Erscheinen rechnen. Allerdings weiß sie nicht, dass Sie hier sind.«

»Ich bin also Ihr Trumpf«, sagte Hubert stolz, ging zum Heck des Streifenwagens und holte das Seil aus dem Kofferraum.

»Fixieren Sie es zuerst an dem Baum«, erklärte Roxy. »Im Schutz des Strauchwerks am Straßenrand sollten Sie den unbemerkt erreichen können. Zum Golf hinüber kriechen Sie aber erst, wenn ich Ihnen ein Zeichen gegeben habe. Ich streiche mir mit der rechten Hand durch die Haare, das ist das Signal für Sie.«

»Habe ich verstanden. Sagten Sie übrigens kriechen?«

»Je näher Sie dem Boden sind, desto weniger Aufmerksamkeit erregen Sie in den Rückspiegeln des Golfs«, erklärte Roxy. »Das Fahrzeug besitzt eine Anhängerkupplung, da wickeln Sie das Seil drum. Achten Sie darauf, dass es straff ist.«

»Sie sind der Boss«, erwiderte Hubert und machte sich auf den Weg.

Roxy atmete durch. Wie würde Maria Bräuning reagieren, wenn sie gleich neben ihrem Mann auftauchte? Hoffentlich nicht mit einer unbedachten Fußbewegung. Aber ihr blieb keine andere Wahl, sie war nun einmal die leitende Ermittlerin in dieser Angelegenheit und musste die Fäden in den Händen behalten. Mit einem Seufzen verdrehte sie die Augen. Hatte sie bei dem Fall jemals etwas unter Kontrolle gehabt? Mit Christoph Steiner und Max Walser waren bisher zwei Leichen das Ergebnis, mit Ron Weinbichl kam ein fast getöteter Bergführer hinzu, und die Wahrscheinlichkeit, dass mit Maria Bräuning und Toni in ein paar Minuten weitere Leichen die traurige Bilanz aufstocken würden, war relativ hoch. Nicht zu vergessen natürlich der angeschossene Pfarrer. Roxys Blick wanderte zu Paul Schmelzer hinüber. Er saß noch immer auf dem Stein, und es schien wenigstens ihm den Umständen entsprechend gut zu gehen. »Der Notarzt muss gleich hier sein«, rief sie ihm zu.

Der Priester winkte ab. »Es ist auszuhalten, ich sitze hier ganz bequem.« Er machte eine knappe Kopfbewegung in die Richtung, wo sich der Golf mit Maria und Toni befand. »Aber sehen Sie jetzt besser zu, dass Sie die Katastrophe verhindern. Beerdigungen gehören zwar zu meinem Aufgabenbereich, sind aber bei Gott nicht meine Leidenschaft.«

Betreten presste Roxy die Lippen aufeinander und spähte um die Ecke. Leopold redete noch immer mit Maria. Hubert hatte die krumme Kiefer erreicht und machte sich daran, das Seil um den Stamm zu wickeln. Ihr Blick wanderte wieder zum Golf, in dessen Scheiben sich inzwischen die tief stehende Abendsonne spiegelte. Ungefähr fünfzig Meter waren es bis dorthin. Roxy vergewisserte sich, dass ihre Dienstwaffe am rechten Fleck saß, und lief los.

»… all die Jahre nur an dich und deine Karriere gedacht«, hörte Roxy es aus dem Auto schallen, als sie nah genug war. Sie befand sich schräg hinter dem Golf und konnte die Person auf dem Beifahrersitz nun ziemlich deutlich sehen. Zwar nur deren Hinterkopf, aber Roxy war sich sicher, dass es Toni war. Er schien sich nicht bewegen zu können. Um auf Maria Bräuning möglichst harmlos zu wirken, ging sie vorsichtig und mit Abstand um das Fahrzeug herum, bis sie schließlich in ihr Blickfeld kam.

Maria schien wenig überrascht. »Da sind Sie ja, Frau Mayrhofer.«

Roxy atmete auf, zum Glück hatte die Frau nicht panisch reagiert. »Guten Abend, Frau Bräuning«, erwiderte sie, und es gelang ihr, einen Blick auf Toni zu erhaschen. Er schien einigermaßen in Ordnung zu sein.

»Sind Sie und Leopold allein gekommen, oder haben Sie noch jemanden mitgebracht?«, fragte Maria. Mit einer drohenden Geste hob sie die Hand mit der Glock und sah argwöhnisch in den Rückspiegel des Golfs.

Roxys Blick huschte flüchtig zu der krummen Kiefer, aber Hubert nutzte einen in unmittelbarer Nähe stehenden Strauch als Tarnung, hinter dem er auf Roxys Zeichen wartete. »Frau Bräuning«, sagte sie mit sanfter Stimme. »Niemand will Ihnen schaden. Bitte steigen Sie aus dem Auto, dann reden wir in Ruhe miteinander. Gern auch bei Ihnen zu Hause, wenn Ihnen das lieber ist.« Der letzte Satz war zwar gelogen, aber vielleicht hatte sie damit ja Erfolg.

Maria schniefte verächtlich. »Natürlich will mir niemand schaden, trotzdem werden Sie es tun. Schließlich sind Sie Polizistin, und ich habe mehrere Menschen auf dem Gewissen.«

»Es stimmt also wirklich«, entfuhr es Leopold.

Maria schaute ihrem Mann intensiv in die Augen. »Natürlich ist es so«, fuhr sie ihn gereizt an. »Aber was weißt du schon von mir? Oder von Hans? Du hast unseren Sohn zwar gezeugt, aber großgezogen habe ich ihn. Ich habe seine Windeln gewechselt, ihn in den Kindergarten gebracht, durch die Schulzeit begleitet. Ich war es, die seine Wünsche erfüllt hat und für ihn da war, wenn er krank war. Dein Beitrag zu alldem beschränkte sich darauf, Forderungen zu stellen.« Sie holte tief Luft, bevor sie fortfuhr. »Dein Narzissmus kotzt mich schon so lange an, Leopold. In deinen Augen war Hans nicht Sohn, sondern lediglich Nachfolger. Von Anfang an war das so. Seine Aufgabe war es, dein Überleben zu sichern, er war für dich nichts weiter als eine Versicherungspolice. Für Alpentouristik, dein Bürgermeisteramt, deine Vormachtstellung in der Gemeinde. Er sollte so werden wie du.«

Konsterniert schüttelte Leopold den Kopf. »Das stimmt nicht, Maria.«

Roxy beobachtete ihn von der Seite. Der Mann war sichtlich betroffen, und sie kaufte ihm seine Erschütterung sogar ab. Die Wahrheit lag wahrscheinlich irgendwo in der Mitte, zwischen seiner und Marias Sichtweise. »Sie hätten sich trennen können«, wandte sie sich an Maria.

»Natürlich hätte ich das«, erwiderte sie genervt. »Sie haben keine Kinder, Frau Mayrhofer. Sie wissen nicht, wie wichtig eine funktionierende Familie für Kinder ist.«

»Sonderlich intakt hört sich das alles aber nicht an.«

Maria dachte einen Augenblick nach und nickte dann schuldbewusst. »Das stimmt. Doch ich habe versucht, meine Familie heil erscheinen zu lassen.«

»Dann haben Sie Ihren Sohn belogen.«

Marias Augen blitzten. »Ich habe ihn beschützt«, zischte sie Roxy an. »Hans sollte in dem Glauben aufwachsen, dass wir eine Familie sind, dass einer für den anderen da ist. Ich denke, das habe ich gut hinbekommen, auch wenn mein Gatte oft genug sein eigenes Leben geführt hat.«

Roxy war keine Psychologin und konnte nur hoffen, dass ihr Plan aufgehen würde. Sie musste irgendwie Schuldgefühle in Maria wecken, ihr Gewissen damit belasten, in Hans' Erziehung vielleicht doch nicht alles richtig gemacht zu haben. »Trotzdem haben Sie Ihrem Sohn nicht die ganze Wahrheit gesagt«, blieb sie hartnäckig.

Maria lachte verächtlich auf. »Wo soll dieses Gespräch hinführen, Frau Mayrhofer?«

»Ich glaube, Hans hat ein Recht darauf, die Dinge zu erfahren. Episoden, Gefühle, Vorkommnisse – alles, was Sie ihm bisher verheimlicht haben. Machen Sie reinen Tisch, erzählen Sie es ihm. Das können Sie am besten in Ruhe an seinem Grab. Nicht in der Schlucht vor Ihnen.«

Einen Moment schien Maria über diese Worte nachzudenken, doch dann legte sich ein trüber Schimmer auf ihre Augen. »Da unten bin ich ihm aber am nächsten«, flüsterte sie mit einem Lächeln, das zu Roxys Entsetzen stark nach Abschied aussah. »Dort ist seine Seele, nicht auf dem Friedhof. Ich spüre es jedes Mal, wenn ich hier bin. Dort unten wartet er auf mich.«

In Roxys Hals bildete sich ein Kloß, ihr Plan schien nicht aufzugehen.

49

»Haben Sie damals mein Fahrzeug manipuliert?« Toni hatte bisher schweigend zugehört, nun aber das Gefühl, eingreifen zu müssen. Zudem benötigte er noch etwas Zeit, er kam dem Messer in seiner Hose zwar immer näher, greifen konnte er es aber noch nicht.

Maria wirkte verdutzt, fast schien es, als hätte sie vergessen, dass er neben ihr saß. »Dein Fahrzeug?«

»An dem Tag, an dem Hans in den Tod gestürzt ist. Hier, an diesem Ort. Sind Sie schuld daran, dass er gestorben ist?«

»Ich habe meinen Sohn geliebt«, zischte Maria mit aufgerissenen Augen. Sie beugte sich zu Toni hinüber und drückte ihm den Lauf der Glock an die Schläfe.

»Das beantwortet nicht meine Frage«, erwiderte Toni scheinbar unbeeindruckt, und sein Blick huschte an Maria vorbei zu Roxy.

Deren Augen waren geweitet vor Entsetzen, und sie schien das Atmen eingestellt zu haben. Aus ihrem Gesicht war jede Farbe gewichen.

»Du hast meine Familie zerstört, Anton Hauser«, sagte Maria monoton. »Um sie zurückzubekommen, musste ich etwas unternehmen.« Sie nahm die Waffe wieder von Tonis Kopf.

Roxy atmete auf. Sie ahnte, dass Toni dieses Gespräch mit Maria Bräuning nicht ohne Grund führte. Er lenkte die Frau ab und tat damit alles, was momentan in seiner Macht stand. Ihr Blick glitt unauffällig zur anderen Straßenseite, wo Hubert auf das Signal wartete. Der Moment schien günstig, Maria war auf das Gespräch mit Toni konzentriert. Mit der Hand fuhr sich Roxy durch die Haare und nahm schon im nächsten Moment aus den Augenwinkeln heraus eine Bewegung hinter dem Strauch wahr.

»Sie haben also geglaubt, mein Tod wäre die Lösung«, hielt Toni das Gespräch mit Maria am Laufen.

»Unsere Familien sind Konkurrenten, das war schon immer so«, erwiderte Maria. »Für Leopold übrigens viel mehr als für mich. Deswegen habe ich noch keine Gefahr gesehen, als ihr euch angefreundet habt, Hans und du. Schlimm wurde es erst, als du ihm den Floh ins Ohr gesetzt hast, euer eigenes Unternehmen zu gründen.« Sie seufzte. »Glaub mir, Toni, es gab heftige Auseinandersetzungen in unserer Familie. Einmal waren Hans und Leopold drauf und dran, sich zu prügeln, und nur weil ich mich zwischen die beiden gestellt habe, ist es nicht so weit gekommen. Es war eine schlimme Zeit. Hans sollte irgendwann Alpentouristik übernehmen, doch dann ist er von zu Hause ausgezogen, um mit dir eine Zukunft zu planen, in der ich keine Rolle mehr spielen würde. Mir blieb gar nichts anderes übrig, als dich zu töten.«

»Das war vor zehn Jahren. Ich lebe aber noch immer.«

»Ich glaube, Hans hat es nie bemerkt, doch ich habe ihn beobachtet«, redete Maria weiter, als hätte sie Tonis Äußerung nicht gehört. »So habe ich auch mitbekommen, wie ihr euch am Vorabend in seiner Wohnung getroffen habt. Ich habe geglaubt, du übernachtest bei ihm, wie du es ab und zu getan hast, steigst am nächsten Tag in dein Auto und fährst dich zu Tode. Oder wenigstens zum Krüppel, sodass ein eigenes Berg-tour-Unternehmen für euch keinen Sinn mehr ergibt. Dann wäre Hans nämlich zu mir zurückgekehrt.« Maria machte eine Pause, aufgewühlt, wie sie war, schien ihr das Reden schwerzufallen. »Es stimmt, ich habe die Bremsschläuche deines Autos durchtrennt«, fuhr sie fort. »Aber ich konnte nicht ahnen, dass du Hans in den Tod schicken würdest.«

Toni lachte auf. »Sie versuchen, mir die Schuld daran zu geben?«

»Du hast mir keine andere Wahl gelassen!«, schrie Maria.

Roxy sah, wie Hubert begann, mit dem Seil in Richtung des Golfs zu kriechen. »Wie haben Sie das gemacht?«, fragte sie in dem Bestreben, Maria weiterhin abzulenken.

Die schien irritiert. »Was meinen Sie?«

»Die Bremsschläuche manipuliert«, erklärte Roxy. »Wie haben Sie das hinbekommen? Die Motorhaube eines Autos lässt sich normalerweise nicht so einfach öffnen.«

Maria lächelte zu Toni hinüber. »Du hattest damals deinen Autoschlüssel verloren, erinnerst du dich?«

»Ein paar Tage vorher, ja«, bestätigte Toni. »Ich musste mit dem Ersatzschlüssel fahren.« Dann machte es klick. »Ich habe den Schlüssel überhaupt nicht verloren, oder?«

Mit einem Blick zu Roxy kicherte Maria Bräuning amüsiert. »Womit Ihre Frage wohl beantwortet wäre, Frau Mayrhofer.«

»Trotzdem muss es verheerend für Sie gewesen sein, zu sehen, dass der Schuss nach hinten losgegangen ist«, sagte Roxy. »Wie sind Sie damit klargekommen?«

»Das ist sie ja eben nicht«, warf Leopold ein.

Maria funkelte ihren Mann böse an. »Es ist nicht jeder so gefühlskalt wie du.«

Roxy nutzte den Disput der beiden, um Huberts Position zu checken. Er hatte den Golf fast erreicht.

»Was ist mit Christoph Steiners Tod? War das genauso ein Unfall wie damals?«, fragte Toni.

Maria seufzte. »Gewissermaßen ja«, sagte sie. »Schließlich war es auch diesmal nicht er, der sterben sollte.«

»Wir können beweisen, dass die Steinlawine absichtlich ins Rollen gebracht wurde«, sagte Roxy. »Mit einem Jeep Wrangler, einem Mietwagen, den Sie zu diesem Zeitpunkt genutzt haben.«

»Sie haben Ihre Hausaufgaben gemacht, Frau Mayrhofer«, erwiderte Maria. »Das passt jetzt vielleicht nicht hierher, aber ich habe Sie schon immer für eine außergewöhnliche Polizistin gehalten. Daher hat es mich auch nicht gefreut, als ich mitbekommen habe, dass Sie in den Dingen herumstochern.«

»Außer Christoph habe ich niemandem erzählt, dass ich die Strecke an diesem Tag gehen wollte«, sagte Toni. »Wieso wussten Sie davon?«

Maria ließ ein ärgerliches Schniefen hören. »Mit dieser

Panne hat es angefangen, das stimmt. Es war wie verhext, du warst einfach nicht zu fassen, Anton Hauser. Christoph Steiner, Ron Weinbichl, Max Walser – sie alle mussten Schicksale erleiden, die ich nicht geplant hatte. Du willst wissen, weshalb ich wusste, dass du zum Fellhorn-Gipfel gehen würdest? Erinnerst du dich an den Tag, als du in Reit im Winkl aufgetaucht bist? Heute vor einer Woche war das. Du hast dich mit Christoph Steiner vor dem Schwarzen Adler unterhalten. Ihr habt mich nicht bemerkt, aber ich konnte euch hören.«

Toni verstand. »Sie dachten, ich gehe die Tour allein«, sagte er. »Dass Christoph seine Meinung später geändert hat, haben Sie nicht mitbekommen.«

»Ich habe dich vor dem Wirtshaus gesehen, und die Vergangenheit war wieder da. Allerdings nicht die schönen Jahre, die ich mit Hans hatte. Es war der Tod, der mit dir zurückgekommen ist. Ich habe dich gesehen und wusste, jetzt würde ich beenden, was ich damals begonnen hatte.«

»Aber weshalb musste Max Walser sterben?«

Für einen Moment schloss Maria die Augen. »Wir waren Freunde«, flüsterte sie, und eine Träne lief ihre Wange hinab.

»Belügen Sie sich nicht selbst«, sagte Toni. »Ich habe den Tatort gesehen, das war kaltblütiger Mord.«

Maria nickte. »Vielleicht war es das. Aber er musste nicht leiden.«

»Max Walser hatte Sie durchschaut«, sagte Roxy.

»Wir haben uns jede Woche auf dem Friedhof getroffen«, sagte Maria. »Dort haben wir uns angefreundet, gemeinsame Trauer verbindet eben. Wir haben viel geredet, und irgendwann hat er mich gefragt, ob ich etwas mit den Vorkommnissen der letzten Tage zu tun hätte.« Ein glucksendes Lachen entwich ihrer Kehle. »Offensichtlich habe ich zu viel geredet. Glauben Sie mir, ich habe es schweren Herzens getan – ihn getötet, meine ich. Aber ich musste doch etwas unternehmen, um mein Vorhaben nicht noch mehr zu gefährden.«

»Haben Sie sein Handy?«

»Nicht mehr. Ich habe es zerstört und die Überreste in den

Steinbach geworfen. Ich hatte Angst, dass man es orten könnte und die Daten darauf zu mir führen würden. Ich habe von der ganzen Technik keine Ahnung, aber heutzutage ist doch fast alles möglich.«

Roxy nickte. Während sie mit Maria Bräuning sprach, huschte ihr Blick immer wieder unauffällig zu Hubert, der inzwischen dabei war, das Seil um die Anhängerkupplung des Golfs zu schlingen.

Doch auf einmal schien Maria etwas zu bemerken. Abrupt hob sie die Pistole und schaute über ihre Schulter durch die Heckscheibe. »Was ist dort?«, rief sie. »Ist da noch jemand?«

Hubert lag auf dem Boden, und Maria konnte ihn zum Glück nicht sehen, weder auf direktem Weg noch durch die Rückspiegel.

»Bleiben Sie ruhig, Frau Bräuning«, versuchte Roxy, sie zu beschwichtigen. »Niemand ist dort, machen Sie jetzt keinen Fehler!«

»Keine Bange, Frau Mayrhofer, das mache ich nicht«, erwiderte Maria Bräuning leise. Ihr letzter Blick, Hass und Liebe gleichzeitig versprühend, glitt zu Leopold. »Leb wohl, du Mistkerl«, flüsterte sie und trat auf das Gaspedal.

50

Der Golf machte einen Satz, schoss über die Kante des Abhangs und kippte nach vorn. Endlich war das Seil gespannt, und die alte Kiefer ächzte unter der Last. Die Anhängerkupplung des Golfs ebenso.

»Verdammt!«, schrie Roxy hysterisch in Huberts Richtung. »Was war so schwer daran, das Seil gleich zu straffen?«

Hubert kniete schuldbewusst auf der Straße. »Mein Fehler«, keuchte er. »Ich wollte es noch korrigieren, aber da ist sie schon losgefahren.«

Die Blicke der beiden glitten gleichzeitig zum Abhang, wo nur noch das Heck des Fahrzeugs zu sehen war. Ein unheilverkündendes Knacken an der Kiefer ließ ihre Köpfe in die entgegengesetzte Richtung wirbeln, und schon wurde ein weiterer Wurzelstrang aus dem Boden gerissen. Mit einem Ruck sackte der Golf ein Stück tiefer, auch das Heck war jetzt fast verschwunden.

Roxy hastete zum Abhang. Leopold kniete schon dort, und einen Moment starrten sie sich verzweifelt in die Augen. Was konnten sie tun, um Toni und Maria zu retten? Nichts, musste Roxy sich voller Ohnmacht eingestehen, doch dann hörte sie den Motor des Rettungswagens, der wegen des verletzten Pfarrers kam. »Das Auto soll hierherfahren!«, schrie sie zu Hubert hinüber. »Laufen Sie! Schnell!«

Hubert begriff, was sie vorhatte, und rannte los.

Wenig später stand der Rettungswagen mit dem Heck dem Abhang zugewandt. Ein Abschleppseil war daran befestigt, und Hubert, der über der Klippe hing und von Roxy und Leopold an seinen Beinen gehalten wurde, versuchte, den Karabiner des anderen Seilendes in den Golf zu klicken. Doch wieder riss ein Wurzelstrang, und nun war es Hubert nicht mehr möglich, an das Fahrzeug zu gelangen.

Roxy schrie in wütender Verzweiflung. Der Kerl, den sie

eigentlich hassen müsste, würde jeden Augenblick sterben. Weshalb nur tat ihr das so weh? Sie begann zu weinen, und wieder sackte der Golf ein Stück tiefer.

»Es hat keinen Sinn«, keuchte Leopold, und mit vereinten Kräften hievten sie Hubert zurück auf die Bergstraße. Sie waren schmutzig, trieften vor Schweiß, hatten getan, was sie konnten.

An der Kiefer knackte es in immer kürzeren Abständen, und das Seil, an dem der Golf hing, rutschte Zentimeter für Zentimeter weiter über die Kante des Abhangs. Der Fahrer des Rettungswagens brachte eilig das Fahrzeug in Sicherheit.

»Wir müssen auch hier weg!«, rief Hubert. »Der Baum hängt nur noch an einer Wurzel!«

Er hatte den Satz kaum beendet, da brach der letzte Strang mit einem berstenden Geräusch. Der Baum rutschte über die Straße, Roxy machte einen Satz zur Seite, geistesgegenwärtig riss sie Leopold mit sich. Hubert sprang in die andere Richtung. Eine Staubwolke wirbelte auf, der Baum fegte zwischen ihnen hindurch und blieb mit dem Geäst seiner Krone an der Klippenkante hängen. Den Bruchteil einer Sekunde schöpfte Roxy wieder Hoffnung, doch dann wurde die Kiefer von dem Golf in die Tiefe gerissen.

Roxy vergrub den Kopf in den Händen und schrie in schier unerträglichem Schmerz. Krachend schlug der Golf in der Tiefe auf, sie nahm es nicht wahr. Hubert eilte zu ihr und fasste sie an den Schultern, doch sie riss sich los und kroch auf allen vieren an die Kante des Steilhangs.

Doch Roxy sah nicht den Golf, der weit unter ihr an derselben Stelle lag wie vor zehn Jahren Tonis Subaru. Für einen Moment glaubte sie, dass ihr Unterbewusstsein sie täuschte, und sie kniff die Augen zusammen, um sie kurz darauf wieder aufzureißen. Toni war noch immer da, nur ein paar Meter entfernt von ihr klammerte er sich mit den Händen an einen Felsvorsprung.

»Halt dich fest, Toni!«, rief sie ihm zu, und es war mehr ein Kreischen als ein Rufen.

Toni hing ungesichert über der Schlucht, trotzdem wirkte er ruhig und gefasst. »Die Sanitäter haben sicher ein Kletterseil dabei«, rief er Roxy zu. »Holt mich hoch!«

Das Kaisergebirge im Schein der Abendsonne im Hintergrund, saß Toni auf der Ladekante des Rettungswagens. Der Notarzt hatte ihn vorsichtshalber durchgecheckt, er war so weit in Ordnung. Pfarrer Paul Schmelzer lag auf einer Trage neben dem Fahrzeug, eine farblose Infusion lief über einen Zugang an seinem Unterarm in den Körper. Auch ihm schien es den Umständen entsprechend gut zu gehen. Hubert kümmerte sich um Leopold, Roxy stand neben dem Streifenwagen und telefonierte.

Mit gemischten Gefühlen in der Brust schaute Toni immer wieder zu ihr hinüber, und manchmal trafen sich ihre Blicke für einen flüchtigen Moment. Sie sah mitgenommen aus, die Kleidung zerrissen und schmutzig, die Haut zerkratzt und blutig, die Haare zerzaust und das Gesicht tränenverschmiert. Toni ahnte, was sie in den vergangenen Stunden durchgemacht hatte. Zwar war es ihm in letzter Sekunde gelungen, an das Messer in seiner Hose zu gelangen, die Fesseln zu durchtrennen und sich aus dem Auto zu werfen, aber …

Ohne Roxy wäre er jetzt tot.

Tief inhalierte Toni die laue Abendluft. Roxy telefonierte nicht mehr, dafür versorgte jetzt ein Sanitäter ihre Wunde im Gesicht. Mit verbissener Miene starrte Toni auf seine Fußspitzen. Er hatte von Anfang an vorgehabt, wieder zu verschwinden, gleich nach der Beisetzung seines Vaters. Doch die war vor sechs Tagen gewesen, und er war noch immer hier. Was war der wirkliche Grund? Die Zweifel an Hans' Unfalltod und dem von Christoph? Oder war er seiner Mutter und Flo zuliebe noch nicht fort? Vielleicht war es ja wegen Vicki? Aber womöglich hatte er einfach nur das Gefühl, doch hier zu Hause zu sein.

Wieder glitt sein Blick zu Roxy, sie plauderte mit dem Sanitäter. Er hatte sich mit ihr ausgesprochen, die Tage in Reit im Winkl genutzt, um auch mit diesem dunklen Kapitel seiner Jugend abzuschließen. Hatte sie das zu Freunden gemacht? Er hatte keine Ahnung.

Seine Mutter und Flo, was würde aus ihnen werden, wenn er wieder fort wäre? Edelweiß würde es nicht mehr geben, das Bergtour-Unternehmen, das seine Familie seit Jahrzehnten betrieb. Edelweiß war seine Kindheit gewesen, seine Jugend. Aber würde es auch seine Zukunft sein? Nur durch seine Erfahrung als Bergführer könnte Edelweiß überleben, hatte er deshalb nicht auch eine Verantwortung gegenüber seiner Familie? Erst recht jetzt, nach dem Tod seines Vaters?

Und was war mit Vicki, wie würde es mit ihr weitergehen? Max war tot und sie jetzt allein mit der Pension. Wäre er gleich nach der Beerdigung wieder verschwunden, würde ihr Großvater noch leben. Hatte er also auch Vicki gegenüber eine Verantwortung?

Es waren so viele Fragen, und Toni drohte, an seinen Zweifeln zu ersticken. Hilfesuchend wanderte sein Blick hinüber zu Roxy. Sie war nicht mehr da.

51

Am frühen Nachmittag des nächsten Tages läutete die Klingel der Polizeistation Reit im Winkl.

»Das wird der Pizzabote sein«, sagte Hubert, nahm seine Geldbörse vom Schreibtisch und eilte aus dem Büro. Beladen mit vier Kartons, war er wenig später wieder da. »Wer hat Salami bestellt?«

Toni hatte es sich in der Ecke des Büros an einem Besuchertisch bequem gemacht und hob den Arm.

»Dann einmal Margherita«, sagte Hubert und ließ den Blick durch die Runde schweifen.

Roxys Arm schnellte in die Höhe. Sie saß Toni gegenüber, und eine Kiste, in der ihre Utensilien aus dem Büro im Obergeschoss verstaut waren, stand zu ihren Füßen.

»Und dann hätten wir noch zweimal Schinken-Rucola.« Einen Karton reichte Hubert Josef hinüber, der ihm über seinen Schreibtisch hinweg schon seit geraumer Zeit die Arme entgegenstreckte. »Die Pizzen gehen übrigens auf mich«, sagte er. »Ist mein Einstand im Team.«

»Welches ab morgen wieder aus Ihnen und dem Josef besteht«, erwiderte Roxy.

»Höre ich da Freude oder Wehmut heraus?«, nuschelte Josef, der schon fleißig am Kauen war. Das saftige Pizzastück in seiner Hand bog sich bedrohlich in Richtung seines Uniformhemdes.

Roxy deutete dezent auf den Übeltäter, der gleich wieder einen Fettfleck auf Josefs Kleidung hinterlassen würde. »Was wäre dir denn lieber?«, fragte sie und öffnete ihren eigenen Karton.

Josef räusperte sich. »Eigentlich waren wir ja ein ganz passables Team. Ich meine – Mist, schon wieder ein Fleck auf dem Hemd –, ich meine, dafür, dass wir nicht eingespielt waren. Immerhin lebt der Toni, und die Täterin ist unschädlich gemacht. Also, ein bisschen hoffe ich schon, dass du unsere beschauliche Polizeistation vermissen wirst.«

Roxy nickte. »Ich danke dir und Ihnen, Hubert, für die gute Zusammenarbeit.«

»Zwar ein bisschen förmlich, aber etwas in der Art wollte ich hören«, brummte Josef und leckte sich mit einem missbilligenden Blick auf den Fleck die Finger.

»Wieso muss ich euch eigentlich siezen und ihr seid inzwischen per Du?«, warf Hubert in die Runde, und es klang ein bisschen vorwurfsvoll.

Josef setzte eine wichtige Miene auf. »Weil die Frau Mayrhofer und meine Wenigkeit gestandene Polizisten sind und du noch ein Grünschnabel bist.«

»Allerdings ein sehr begabter«, sagte Roxy grinsend, stand auf und reichte Hubert die Hand. »Ab heute Roxy für dich.«

Der junge Polizist strahlte bis zu den Ohren und griff zu. »Und ich bin der Hubert.«

Roxy hielt seine Hand einen Moment fest, weil sie befürchtete, er würde ansonsten noch salutieren. »Wir haben ja denselben Arbeitgeber«, sagte sie salopp. »Da werden wir sicher irgendwann wieder miteinander zu tun haben.«

»Wenn du mal Hilfe brauchst, um einen Schlächter dingfest zu machen oder einen Serienkiller zu überwachen – Anruf genügt.«

»Weil das ja in Reit im Winkl an der Tagesordnung ist«, brummte Josef.

Roxy beugte sich vor. »Wenn es so weit ist, melde ich mich bei dir«, raunte sie in Huberts Ohr. Dann ließ sie seine Hand los und ging zurück zu Toni.

Mit verklärtem Blick ließ sich Hubert auf seinen Arbeitsstuhl sinken. Es war unverkennbar, dass er sich ein bisschen in Roxy verguckt hatte.

Toni registrierte das mit einem Schmunzeln. »Du scheinst Eindruck bei dem jungen Kollegen hinterlassen zu haben«, sagte er leise, damit Hubert es nicht hören konnte.

Roxy winkte ab und nahm sich ein Stück Pizza. »Wann

willst du Reit im Winkl wieder verlassen?«, fragte sie in beiläufigem Tonfall. »Da unser Fall jetzt gelöst ist, hält dich hier doch nichts mehr.«

Bevor Toni antworten konnte, ging die Tür der Polizeistation auf. Greta und Vicki stürmten herein, Flo folgte kurz dahinter. Greta wirkte aufgelöst und nahm Toni in die Arme. »Ich habe gehört, was gestern passiert ist. Weshalb hast du mich nicht angerufen?«

»Tut mir leid«, sagte Toni. »Aber ich musste das alles erst einmal sacken lassen. Ich wollte nachher zu dir und Flo und es euch erzählen.« Sein Blick schweifte zu Vicki. »Und zu dir natürlich auch.«

Die Erleichterung darüber, Toni gesund zu sehen, stand Vicki ins Gesicht geschrieben. »Es war wirklich Hans' Mutter?«

Toni nickte. »Sie hat vor ihrem Tod alles zugegeben. Auch, mein Auto damals manipuliert zu haben. Ich hatte also recht mit meiner Vermutung.«

»Man hat Tollkirschen in ihrem Haus gefunden«, warf Josef ein. »Das passt zu dem Giftanschlag auf dem Dorffest. Außerdem weist der Stein, mit dem die Lawine ins Rollen gebracht wurde, Lackspuren auf, die zu dem beschädigten Frontbügel des Mietfahrzeuges passen, das Maria Bräuning zu der Zeit gefahren hat.«

»Josef will damit sagen, dass wir nicht nur Maria Bräunings Geständnis haben, sondern auch Beweise, die auf polizeiliche Ermittlungsarbeit zurückzuführen sind«, sagte Toni.

Josef nickte heftig. »Das sollte man schon erwähnen. Sonst heißt es noch, wir hätten hier nur Däumchen gedreht, und die Politiker machen unsere Station womöglich gänzlich dicht.«

»Es wird eine entsprechende Pressemitteilung herausgegeben werden, in der du und der Hubert nicht zu kurz kommen werdet«, sagte Roxy. »Keine Angst, ihr macht hier gute Arbeit, und ich werde das auch so weitergeben.«

Toni spürte, dass die Blicke von Vicki, Greta und Flo auf ihm ruhten. Er wusste, dass es gleich passieren würde. Aber wer würde sie aussprechen, die Frage, die ihm Roxy vorhin schon gestellt hatte, um deren Beantwortung er vor ein paar Minuten aber noch herumgekommen war?

Es war Vicki, und sie wählte nahezu die gleichen Worte wie Roxy. »Wann willst du Reit im Winkl wieder verlassen? Jetzt, wo doch alles geklärt ist?«

Vor diesem Moment hatte Toni sich gefürchtet, seit er vor über einer Woche angekommen war. Nun musste er Farbe bekennen. Doch so schlecht war die Situation eigentlich gar nicht. Alle Menschen, die ihm wichtig waren, waren anwesend. Er würde nicht jedem einzeln erklären müssen, weshalb er wieder abreiste. Also, Augen zu und durch.

Nacheinander sah Toni ihnen ins Gesicht – Vicki, Greta, Flo. Roxy hatte er den Rücken zugewandt, doch er spürte ihren Blick in seinem Nacken. Hubert hielt sich abwartend im Hintergrund. Lediglich Josef schien die Spannung in der Luft nicht zu bemerken und beschäftigte sich leise fluchend mit dem Fettfleck auf seinem Uniformhemd.

Toni holte Luft. »Ich bleibe«, sagte er und war schon im nächsten Moment überrascht von seinen eigenen Worten. Sein Blick war starr, und er begann zu zittern.

Vicki nahm seine Hand. »Toni«, sagte sie leise.

Wie in Trance drehte er den Kopf in ihre Richtung.

»Alles wird gut.«

Toni nickte fast unmerklich. Er schloss die Augen, trotzdem sickerten Tränen heraus und liefen über seine Wangen.

Greta kam herüber und schloss den verlorenen Sohn in die Arme. »Danke, Toni«, flüsterte sie und strich ihm zärtlich über das Haar. »Du kannst heute noch zu Hause einziehen.«

Toni löste sich von seiner Mutter. »Ich glaube, das wäre keine so gute Idee«, sagte er und wischte sich mit dem Handrücken über die Augen. »Wir werden Edelweiß halten, das verspreche ich dir, aber ich muss trotzdem mein eigenes Leben leben.«

»Wo willst du denn wohnen?«, fragte Greta.

Toni schaute zu Vicki. »Vielleicht kann ich ja wieder ein

Zimmer bei dir beziehen, bis ich etwas Passendes gefunden habe. Wenn du möchtest, helfe ich dir ein bisschen in der Pension. Jetzt, wo Max nicht mehr da ist und du noch keine anderweitige Unterstützung hast.«

Vicki schenkte ihm ein dankbares Lächeln. »Mit der Pension komme ich schon klar«, erwiderte sie. »Ich habe eine bessere Idee. Bevor meine Großmutter vor ein paar Jahren gestorben ist, hat Max mit ihr in einer abgelegenen Hütte am Lödensee gelebt. Seitdem steht sie leer, und ihr Zustand wird dadurch nicht besser. Ich will sie schon seit Langem renovieren und als Ferienhütte anbieten. Was hältst du davon, wenn du erst einmal dort einziehst und die Hütte nach und nach auf Vordermann bringst? Ich komme dir dafür auch mit der Miete entgegen.«

Toni musste nicht lange überlegen. Die Hütte gab ihm die Möglichkeit, wieder bei Edelweiß einzusteigen und trotzdem seinen Rückzugsort zu haben. Es war die perfekte Lösung. »Einverstanden«, sagte er. »Ich komme nachher zum Panoramablick, dann können wir über die Einzelheiten reden.«

»Aber morgen schaust du bei uns vorbei«, sagte Flo. »Wir haben nämlich auch einiges zu besprechen.«

»Versprochen«, erwiderte Toni.

Flo sah auf seine Uhr. »Wir müssen los, Kundschaft wartet. Sollen wir dich wieder an der Pension absetzen, Vicki?«

»Gern. Bis nachher, Toni.«

»Bis nachher.«

Nachdem die drei die Polizeistation verlassen hatten, hörte Toni ein Räuspern hinter sich. Er drehte sich um.

Roxy stand neben dem Besuchertisch in der Ecke und hatte die Hände in den Taschen ihrer Hose vergraben. »Das ist ja mal eine Überraschung«, sagte sie nüchtern. »Schön, dass du bleibst«, schob sie versöhnlicher hinterher. »Wenn du deine Sachen aus der Ferienwohnung geholt hast, schließ ab und wirf den Schlüssel in den Briefkasten. Soweit ich weiß, ist Friedrich heute zu einer Weiterbildung in Traunstein.«

Toni runzelte die Stirn. Obwohl sie sich im selben Raum

befanden, nur wenige Meter voneinander entfernt, wirkte Roxy einsam und verloren. Es war der traurige Ausdruck in ihren Augen, den er nicht zu deuten wusste, aber bei dessen Anblick sich sein Herz zusammenzog. Er ging zu ihr hinüber und umarmte sie. »Danke für alles«, flüsterte er.

Roxy nahm die Hände nicht aus den Hosentaschen. Für einen kurzen Moment schloss sie die Augen. »Gern geschehen, ist schließlich mein Job«, antwortete sie.

Toni löste sich von ihr und ging in Richtung Tür.

Herzlichen Dank an:

meine Frau Yvonne sowie unsere Töchter Johanna und Helene
für die Unterstützung und Geduld,

die Literaturagenten Nina Wegscheider und Dirk Meynecke
für das Vertrauen und Engagement,

die Lektorin Julia Lorenzer für den hervorragenden Feinschliff
am Manuskript,

das gesamte Team des Emons Verlags für dieses schöne Buch.

Mathias Lehmann